Re: Life in a different world from zero

The only ability I got in a different world "Returns by Death"
I die again and again to save her.

目录
CONTENTS

序 章
浊流
1

第一章
战败处理
9

第二章
骑士的条件
53

第三章
最新的英雄和最古老的英雄
105

第四章
铭刻历史的繁星
167

第五章
终将爱上的人
243

后记
261

Nº 2334

图书在版编目（CIP）数据

Re：从零开始的异世界生活.18／（日）长月达平著；（日）大塚真一郎绘；温玥译.－－广州：花城出版社，2020.11（2023.3月重印）

ISBN 978-7-5360-9261-7

Ⅰ.①R… Ⅱ.①长… ②大… ③温… Ⅲ.①长篇小说－日本－现代 Ⅳ.①I313.45

中国版本图书馆CIP数据核字(2020)第217562号

合同版权登记号：图字 19-2020-135号
原著名：《Re:ゼロから始める異世界生活18》，著者：長月達平，绘者：大塚真一郎
Re : ZERO KARA HAJIMERU ISEKAI SEIKATSU 18
©Tappei Nagatsuki 2018
First published in Japan in 2018 by KADOKAWA CORPORATION, Tokyo.
Simplified Chinese translation rights arranged with KADOKAWA CORPORATION, Tokyo.
Translation copyright ©2020 by Guangzhou Tianwen Kadokawa Animation & Comics Co.,Ltd.

本书中文简体字翻译版由广州天闻角川动漫有限公司出品并由花城出版社出版。未经出版者预先书面许可，不得以任何方式复制或抄袭本书的任何部分。

本书为引进版图书，为最大限度保留原作特色、尊重原作者写作习惯，故本书酌情保留了部分外来词汇。特此说明。

出 版 人：	张 懿
责任编辑：	陈诗泳　欧阳佳子
特约编辑：	吴乔煦
责任校对：	李道学　袁君英
技术编辑：	薛伟民　林佳莹
装帧设计：	杨 玮

书　　名	Re:从零开始的异世界生活
	RE:CONG LING KAISHI DE YISHIJIE SHENGHUO
出版发行	花城出版社
	（广州市环市东路水荫路11号）
经　　销	全国新华书店
印　　刷	中华商务联合印刷（广东）有限公司
	（深圳龙岗区平湖镇春湖工业区中华商务印刷大厦）
开　　本	787 毫米×1092毫米　32 开
印　　张	8.5　2插页
字　　数	220,000 字
版　　次	2020年11月第 1 版　2023年3月第 6 次印刷
定　　价	38.00元

版权所有 侵权必究
本书如有印装质量问题，请与广州天闻角川动漫有限公司联系调换。
联系地址：中国广州市黄埔大道中309号 羊城创意产业园3-07C
电话：（020）38031253 传真：（020）38031252
官方网址：http://www.gztwkadokawa.com/
广州天闻角川动漫有限公司常年法律顾问：北京市盈科（广州）律师事务所

The only ability I got in a different world "Returns by Death"
I die again and again to save her.

序章 浊流

即使头脑发热,像着火了一样,体内流淌的血液却冷冰冰的,仿佛在慢慢冻结。

"哇啊!"

他重重地咬响牙齿,强行融化慢慢结冰的血液。他猛地砸下拳头,用包住手臂的银色钢铁——护盾,直击对手粗壮的手臂,产生的冲击波掀翻了地面的石板。

全力攻击造成的反作用力穿透了肩膀,但根据手感来看,这一击还不足以分出胜负。随着战况的推进,他反倒产生了自己正在远离胜利的感觉——

在加菲尔眼前,身穿黑衣的异形巨汉纹丝不动。

巨汉共有四对手臂,合计八只,他使出无比粗暴的动作,不断招架、反弹加菲尔的攻击,并实施破坏性打击。

加菲尔的脸颊、胸口和腿部承受着打击,皮开肉绽,鲜血四溅。他还被疼痛和冲击搅得心烦意乱,却仍死咬住敌人不放。他知道,巨汉手中的四把攻防兼备的大刀是叫"鬼菜刀"的名刀,它们曾横扫过众多战士,帮助持有者获得了最强的"斗神"称号,是传说中的武器。

敌人将这充满逸闻的武器用得出神入化,就像它们长在自己身上一样——不,不是像,真正用得顺手的武器,就是战士身体的一部分,也就是说,敌人手中的"鬼菜刀"已经和其身体融合了。

"呃!"

刹那间,敌人抓住加菲尔思维的片刻空隙,用豪横的拳头重重地打裂了他的下巴。

"噗,呃——啊!"

加菲尔的骨头嘎吱作响,视野被染得一片鲜红。打击撼动脑部,导致他的膝盖在片刻间使不上劲。在殊死的较量中,如此片刻足以致命。

既然是轻易将最强称号收入囊中的"斗神",就绝不可能放过这片刻的破绽,被举起的四把大刀各自画出不同的轨迹朝加菲尔的要害砍去。大刀的目标分别是头部、颈部、胸部和腰部,哪怕只有一刀命中,加菲尔就免不了战死或是丧失战斗能力,可惜他此刻没有扫开"死亡"的余力。

加菲尔咬紧牙关,为了在绝境中求生,用被染红的眼睛观察着周围。一个幻影突然蹿进鲜红的景色里,仿佛在嘲笑他的垂死挣扎——

加菲尔看见了,面露血色微笑的黑衣女子正在俯视着狼狈的他。

"拽个啥啊,你这蠢货!"

怒吼声立时响起,同时还有钢铁碰撞的声音。

加菲尔动弹不得,面前是长满了长长兽毛的背影——犬人里卡多,他用厚刃大砍刀接住了三把大刀,并用粗粗的腰骨接住了剩余的一击。

"唔啊!痛死啦,该死的!"

痛击使里卡多大骂道,还吐了一口血。他全力挥舞厚刃大砍刀扫开了大刀,但"斗神"没有选择硬碰硬,而是用力向后一跳拉开了距离。

加菲尔摇摇头,趁机重新站稳,走到保护自己的背影旁边:

"抱歉,得救……"

"你甭废话,好好看前面!那不是放水也能赢的对手!"

"啊,嗯,没错!放水可赢不了……"

里卡多咆哮着打断了加菲尔的道歉,加菲尔也鼓舞自己,

然而他还是无法燃起激情,就像浑身湿透的野猫一样,内心依然萎靡不振。

焦躁的加菲尔恨得牙痒痒,对自己的愤怒在胸中暴动,大喊着要杀死现在的自己。在他的脑海中,无谓的念头正接二连三地冒出来,他始终无法打消想杀死自己的念头。

加菲尔眼前的是强敌,他现在绝不能移开视线。尽管如此,他的部分注意力仍一直停留在时不时掠过视野角落的黑衣女子身上。必须夺回的市政厅近在眼前,等着他们救援的伙伴还在楼上,他必须争分夺秒拯救的少女还深陷折磨之中。

"啊——噢——"

在浮想起血色悔恨的瞬间,加菲尔的愤怒超过了沸点,浑身上下的毛都倒竖了起来。伴随着起鸡皮疙瘩的感觉,昭示着兽化的金色兽毛出现了。骨骼发出声音,形状改变,加菲尔小小的身体大了一圈。他直接把多余的念头和对自己的愤慨悉数咬碎,为了消灭眼前的敌人,他要变成巨虎。

加菲尔·丁赛尔要兽化以扫清一切,这样一来……

"这样一来,就能当成什么事都没发生过吗?"

突然间,妖艳女子的一席话勾回了加菲尔处在蒸发边缘的理性。按理说,加菲尔不可能听到她的声音,就在他的注意力被这道话音吸引后不久——

"搞啥啊?"

天空传来巨响,一旁的里卡多抬头望去,顿时目瞪口呆。加菲尔跟着一起抬头,他的意识被碧绿色眼睛捕捉到的景象吸引,随即哑然了。

市政厅的顶层燃起了烈焰,猛烈的气浪刮飞窗户,足以熔化玻璃的热量冲到了大楼外。这一切的元凶是将半截身子塞进大楼内的黑龙,它正拍打着血迹斑斑的翅膀。

黑龙,那是可恨的大敌,即大罪司教"色欲"。

"老大!"

加菲尔松开了牙齿,呼喊着此刻应该正与黑龙战斗的人。他仿佛看见了伙伴暴露在烈焰下化作焦黑尸体的画面,来自内心深处的恐惧令他颤抖不已——

正因如此,在面对紧随其后的剧变时,他的反应才会慢了一拍。

剧变来自远方,加菲尔听见都市外墙处传来了轰鸣声,某种巨大物体的剧烈摩擦声犹如惨叫,响彻整座都市。紧接着,可怕的变化降临在都市中,某个质量庞大的物体缓缓迫近都市中央,迫近市政厅,它带来的震动沿着石板地传到鞋底,使加菲尔的本能敲响了最高级别的警钟。

"喂,喂,喂,开啥玩笑……"

加菲尔身旁的里卡多板起了脸。即便犬人在战斗中表现得威风凛凛、无所畏惧,在意想不到的事态前也只能发出沙哑的声音。

这是人之常情,毕竟制造地震和轰鸣的是……

"加菲尔阁下!里卡多阁下!去上面!"

两人的思维突然停滞了,这时一道尖叫声喊醒了他们。

在一分为二的战场上,与用长剑的女剑士较量的"剑鬼"发出了呼喊。刀光剑影中,威尔海姆先和敌人拉开距离,接着原地垂直高高跃起,但依然没能越过来势汹汹的巨浪。

比普通房屋还高的巨浪迅速落下,淹没了威尔海姆。加菲尔目睹了这一幕,在一秒之后也将承受相同的冲击,于是他稳稳地扎在石板地上,准备承受冲击——

"噗!"

面对可怕的水之暴力,加菲尔的准备是徒劳的,他就像被变成人形的大自然直接殴打了一般,浑身承受着冲击。被水流吞没的他吐着泡泡,在漆黑的世界里拼尽全力划动,试着抓住一线生机。

最终,加菲尔的手指勾住了某样物体,他拼命拽紧它,将头探出水面。

"噗啊!该……死的!大家……怎样了?"

身陷激流的加菲尔抓住屋顶的铁栏杆,四处观望。水势非比寻常,周围一带已彻底被浊流淹没,目前只有几座高层建筑的屋顶勉强露出水面,他随时有可能被冲走。

"大叔……还有'剑鬼'呢?"

加菲尔很担心这两个人,他们应该一样身处威猛的洪水之中。两个敌人的动向也让他很在意,但没过多久,他便转移了注意力。

加菲尔无法动弹,他的正面是被水淹了半截的市政厅。在烈焰环绕的顶层,黑龙正张开双翼准备飞向远方。尽管它已经遍体鳞伤,一双脚爪还是灵巧地抓住了两个人——

分别是绿发女子和黑发少年。

"老……"

加菲尔瞪大碧绿色的眼睛,试着张口发出对方无法听见的呼喊。水立即顺着牙缝涌入他的口中,让他呼吸变得困难,手指快要松开铁栏杆了。

就在加菲尔害怕自己只能眼睁睁地看着敌人把那两人带走时——

"啊?"

一种忸怩的想法驱使加菲尔抵抗水流,他觉得至少要一直盯着敌人。在他的视野中,黑龙的飞行动作突然被打乱,它发出了尖声惨叫。

原来是巨蛇用牙齿咬住了黑龙的翅膀。突然出现的巨蛇大骂飞着逃走的黑龙是胆小鬼,还咬住并残忍地扯裂了它的翅膀。因此,拼命挣扎的黑龙将爪下的少年甩了出去。

加菲尔只能瞪大眼睛看着这一幕,就只能这样看着头朝下坠落的黑发少年沉入水中。少年在昏迷状态下落水,他将任由激流摆布,渐渐远去,被冲到加菲尔无法触及的远方。

"等等……啊……"

加菲尔向消失在水底的背影伸出手,疏忽之下竟导致自己也被水流冲走了。他拼死从水中探出头来,面对远去的光景张口大叫。这既像是在寻找被水淹没的菜月昴,也像是在诅咒没用的自己。

无声的呐喊久久没有平息。

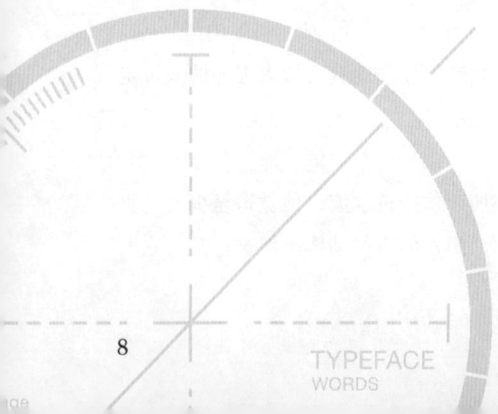

The only ability I got in a different world "Returns by Death"
I die again and again to save her.

第一章 战败处理

1

"爱蜜莉雅,你是处女吗?这件事真的非常重要。"

爱蜜莉雅的思维突然彻底停止了,她不明白自己听见的话。

唐突的提问带来的惊讶是一个原因,但归根结底还是情况太莫名其妙了,爱蜜莉雅的大脑无法完全理解这场奇妙的会面和异常的事态。

爱蜜莉雅的身子只裹了一条毛毯,她开始深呼吸。由于身处难以理解的状况之中,她便试着掌握事态,最近的记忆在脑海中苏醒——

在同为国王选举候选人的安娜塔西亚的邀请下,爱蜜莉雅来到了卢克尼卡王国五大都市之一的普利斯提拉。在那里,她遇上了同样受邀前来的库珥修和菲鲁特,国王选举候选人及相关人员共同度过了一段和睦的时光。

过了一晚后,大家又一起吃了一顿波澜起伏的早饭,随后爱蜜莉雅和昴、碧翠丝一同外出,与老熟人"歌姬"莉莉安娜重逢了。

再后来,昴和碧翠丝一同准备挑战大罪司教,而爱蜜莉雅前来助阵,与敌人打了起来。

爱蜜莉雅面对的是全身缠着绷带、以火焰和锁链为武器的可怕强敌。她奋力战斗,结果却被逼入几乎战败的境地,就这样——后面究竟怎样了?

恢复意识后,爱蜜莉雅在陌生建筑中的陌生房间里的陌生床铺上睁开了眼。为了弄清楚发生过什么事,她走出房间,于是碰上了这样的状况。

第一章 战败处理

爱蜜莉雅在走廊遇见了穿一身白的青年,但是在他面前行动受限,爱蜜莉雅甚至惊讶得忘记了呼吸——

这位青年究竟是什么人?这里是什么地方?自己为什么会出现在这里?

"对不起,对不起,看来让你受惊了啊。我得老实承认,是我失态了。"

面对屏息沉思的爱蜜莉雅,白发青年——自称雷格鲁斯·科尼亚斯的人面带微笑,轻轻地举起了手。

"这么突然,真是对不起,我要老老实实地向你道歉。你想啊,毕竟我是个觉得有错就会老实道歉的人嘛。世上不是有很多丑陋的人吗?他们不愿承认自己的错误,总是在找借口,但我跟那种没肚量的卑贱之人截然不同,没错吧?"

"那个……你的意思是老实道歉很重要,对吗?"

"没错!没错啊,道歉是很重要的,你能明白这点实在太好了。在这个世上,连这种基本常识都不知道的人特别多。既然能在这个问题上达成共识,那你和我今后的二人生活定然会过得很和睦。这下我就放心了,你和我果然命中注定要在一起。"

雷格鲁斯不顾困惑的爱蜜莉雅,双目放光,点了好几次头。他就这样由上至下打量了一番爱蜜莉雅,接着说道:

"正因如此,我并非出于下流的好奇心,才想知道你的贞操状况。要我重复多少遍都行,我是丈夫,你是妻子,夫妻之间必须有强烈的爱情和关怀。在维持夫妻关系的基础上完全委身于另一半,这是理所当然的,所以我必须确信。"

"确信什么……"

"确信你没有被其他男人碰过。不过,这也全是因为爱,即使会让你不舒服,我还是要问。这是一个丈夫的,是一个男人的义务哟。"

雷格鲁斯滔滔不绝地讲述自己的想法，爱蜜莉雅不得不屈从于他的气势。与此同时，他这个人让爱蜜莉雅产生了奇妙的违和感。

当然，爱蜜莉雅确实被雷格鲁斯的强势压倒了，可原因不止这一点，这名青年的样貌和声音令她的某一段深层记忆隐隐作痛。她不知道究竟是哪一段记忆，就这样怀着疑问任由违和感顺着指缝滴落。

可是，爱蜜莉雅很肯定一点，那就是雷格鲁斯非常重视的词语——

"那么，我想再问一遍，爱蜜莉雅，你是处女吗？到底是不是呢？"

"请问，你说的'处女'是什么意思？对不起，我从来没听过这个词。"

"什么？"

面对再三的提问，爱蜜莉雅愧疚地低下了青紫色的眼睛。可以看出来，虽说雷格鲁斯对"处女"一词十分执着，她却对这个词没有印象。听见她的回答，雷格鲁斯的脸僵住了。

随后，在开始因沉默感到不安的爱蜜莉雅面前，雷格鲁斯猛地睁大眼睛：

"太棒了，你简直跟我描绘的理想少女一模一样！"

说着，雷格鲁斯牵起爱蜜莉雅的手，兴奋地笑了起来。

眼见青年的笑容，爱蜜莉雅惊得目瞪口呆。然而，雷格鲁斯毫不在意她的反应，像孩子得到了想要的玩具一样欢欣雀跃，甚至当场点了好几下头。青年带着闪亮的目光踩了一下地板：

"对，对啊！我以前就稍稍怀疑过，身体是处女或许还算不上试金石。因为真正的纯洁潜藏在心中，身体保持处女是理所当然的，但最重要的是连心也保持处女！你向已经获得满足的我展示了全新的真理!"

"啊,是……是吗?"

"嗯,那当然。你是我合格的妻子,简直无可挑剔。今后娶新妻子时,我再也不用问是不是处女这种愚蠢的问题了。对方必须是不知道处女意义的美丽女孩,否则身为妻子的价值会降低。如果她曾思慕过别的男子,那就不配当我的妻子。"

雷格鲁斯松开了爱蜜莉雅的手,心满意足地讲述对未来的展望。爱蜜莉雅不太理解青年这番话的真意,说到底,这人反复提起的夫妻话题就听得她一头雾水。

在爱蜜莉雅的认知中,"夫妻"一词指的是相亲相爱的父亲和母亲,但这与雷格鲁斯口中的夫妻形象不一致。难道说,他提到的是爱蜜莉雅所不知道的其他词语吗?

"不好,说得太久了。不能让你一直裹着毯子站在这里,我这就让人准备替换的衣服。过来,一百八十四号。"

雷格鲁斯看着因困惑闭口不语的爱蜜莉雅,拍拍手如此说道。开门的声音随即响起,走廊里出现了新的人影。

那是一位美丽的白衣女子,长长的金发和动人的站姿衬托着她。她的白色服装纯净无瑕,或许是配合了同样带有强烈白色印象的雷格鲁斯。

女子一言不发地在雷格鲁斯身边站定,恭敬地行了一礼后注视着爱蜜莉雅。她的眼睛毫无情感,活似人偶,让爱蜜莉雅有些惊讶。

"给她……给七十九号换衣服,准备完后就让其他女孩也来帮忙筹备典礼。今后,她的身份就跟你们一样了,要友好地照顾她哟。"

女子没有回答。

"嗯,你已经不再笑了,挺听话的嘛。乖,真是贤妻啊。"

女子沉默不语，面无表情，就只是点头，雷格鲁斯见状便露出了满意的微笑。他走向至今仍未厘清状况的爱蜜莉雅，自然地向那长长的银发伸出手，毫不顾忌地抚摸着。由于他手上动作的感觉明显不同于黑发少年的，爱蜜莉雅随即僵住了。

"那么晚些见，你要打扮得可可爱爱的哟。"

"嗯……"

爱蜜莉雅心中怀有疑问和抵触，但与此同时，本能告诉她不该反抗对方——

雷格鲁斯·科尼亚斯拥有强大的力量，而且强得可怕。

"真乖。"

听完爱蜜莉雅简短的回答，雷格鲁斯点了点头，微笑着悠然转过身去。爱蜜莉雅目送他的背影消失在走廊后，绷紧的肩膀立刻垂了下来。

看来，爱蜜莉雅的身体对雷格鲁斯产生了强烈的警戒，以至于下意识进入了极度紧张的状态。雷格鲁斯单单是出现在眼前，威胁程度就足以匹敌"大兔"群——

"这边请。"

这时，留在走廊的女子向呆站在原地的爱蜜莉雅开口了。

爱蜜莉雅第一次听见女子的话音，它美得像完美调整过的弦乐器发出的。可惜，她的声音和表情一样不带感情，让爱蜜莉雅隐约有些心痛。

"我来为您换衣服。"

"非常感谢，可是我有好多问题，首先是这里是什么地方？我本来在普利斯提拉的大广场……啊，等一下！"

女子无视了爱蜜莉雅的提问，快步走了起来。

"哎，求你了，听我说。我还得联系大家呢，大家应该很担心，而且我也想知道广场成什么样了……"

女子还是没有回话。

"我说啊,你听见了吗?难道没听见吗?真是的。"

走在前面的女子挺直了背,根本不听爱蜜莉雅的话。

爱蜜莉雅的提问被尽数无视,她鼓着脸,被带到了自己最初醒来的房间的隔壁。新房间里放着各色衣装和装饰品,简直像城堡里的衣物间。但是,这里和旁边的寝室一样,也与整座建筑物的无机质风格不同。

"有好多衣服啊……不过,这些原本不是放在这个房间里的吧?"

"全是夫君带来的。七十九号,请换衣服。"

"你说的七十九号是指我吗?刚才那个人……雷格鲁斯也是这么叫我的。请问你是?"

"我是一百八十四号。跟您一样,我也是他的妻子。"

关上房门、背对门口的女子——自称一百八十四号的女子,回答了爱蜜莉雅。尽管语气还是冷冰冰的,但总算是答话了,于是爱蜜莉雅松了一口气。

"太好了,你总算愿意跟我说话了。哎呀,一百八十……"

"我是一百八十四号。请您多加注意,因为他对这个编号也很执着。"

"虽说编号让我很在意,但我更在意刚才一直在说的'妻子',这是夫人的意思吧?如果真是这个意思,那我怎么不记得自己成了雷格鲁斯的夫人……"

听见女子如忠告般的一番话后,爱蜜莉雅按住了自己的胸口。她回想了一遍过去,却不记得是在何时与雷格鲁斯定下了婚约。

面对爱蜜莉雅的疑问,一百八十四号微微眯起眼睛,说道:"您是否愿意并不重要,他希望这么做就行。只要他希望,

第一章 战败处理

那您的想法就无足轻重。"

"这样太奇怪了。结婚应该是相爱的男女举行的仪式吧？可我根本不认识雷格鲁斯啊。"

在这种情况下，爱蜜莉雅居然听说自己要结婚了，深感莫名其妙。根据一百八十四号说的话判断，与其说雷格鲁斯是好丈夫——

"不如说更像是在书上读到的坏国王。"

因国王选举，爱蜜莉雅正在学习各种各样的知识，她听说史册里的诸多国王中也有恶名远扬之徒，其中一位就是独裁者。对他人说的话置若罔闻，唯我独尊，这就是独裁者的作风。

"说得妙。"

"咦？"

"他的作风确实配得上国王……'小国王'这个称号。"（**注：雷格鲁斯的英文为Regulus，即狮子座α星，在我国称为轩辕十四，它是狮子座最亮的恒星。另外，在拉丁语中，Regulus的意思正是小国王。**）

不知为何，听了爱蜜莉雅的一番话，一百八十四号嘀咕了一声。爱蜜莉雅一时间没有听清，发出了疑问，一百八十四号便立刻紧紧抿住嘴，又改口说道：

"我来为您换衣服。"

"啊，等等。"

一百八十四号就像要掩饰失言一般，摆出概不回答的强硬姿态。她就这样上前一步，准备为爱蜜莉雅脱下缠在身上的毛毯——

突然，剧烈的声响和冲击撼动了都市。

"危险！"

因突如其来的晃动和轰鸣，一百八十四号失去了平衡，爱蜜莉雅先是赶紧扶住了她，再猛地转过身冲到衣物间的窗边，

为了找出轰鸣的原因凝视窗外,然后看见了惊人的景象。

"那是……水门?"

爱蜜莉雅颤抖着嘴唇,瞪大了青紫色的眼睛。在她的视野中,大水门——为遍布都市的水路调节水量的门,发出巨大响声,渐渐打开。

随着水门敞开,被挡在外面的水急速涌入都市。由于普利斯提拉是盆地结构的都市,所以爱蜜莉雅很清楚水会流向地势低的都市中央。在远方,都市正中央耸立着作为中枢的市政厅,那栋高楼正渐渐被涌入的水流淹没。

"怎么会……"

道路终将被涌出的水淹没,人也好,物也好,都难逃被冲走的命运。爱蜜莉雅眼前浮现出哀鸿遍野的画面,但她只能抓住窗框,茫然若失。

在爱蜜莉雅失去意识的这段时间里,奔走于都市的每个人拼命造就了这超乎想象的光景——她不知道究竟发生了什么事,她也不知道都市的居民、身处同一个都市的国王候选人及其相关人员是否平安无事。

另外……

"昴。"

爱蜜莉雅更不知道,身为她的骑士的少年在动荡的都市中是否平安。为了祈祷昴能安然无恙,她想着黑发少年的笑容,轻轻地闭上了眼睛。

似祈祷,似期盼——她轻轻地闭上了眼睛。

2

从很遥远、很遥远的地方传来了回音。

他听不出那究竟是谁的声音,也不知道是从哪里传来的。

是男,是女,是老,是少,是上,是下,他都分不清楚。

似吼叫,似哀叹。

那是责备,是抽泣,是怒号,也是恸哭。

就像终于向遇见的某人坦露了藏于心中多年的秘密一般,它如瀑布一般倾泻而下,如巨浪一般排山倒海,如漩涡一般纠缠不休。

他被源源不断的声音洪流淹没,遗忘了自己的容身之处。手、脚、头、臀、胸口和后背全部贴合在一起,搅和在一起,水乳交融。

在大量的声音中,唯一清晰的"自我"溶化并失去了形状。"自我"向四面八方消散,仅剩下无数声音。

变成漆黑渣滓的声音在溶解"自我",还试图将溶解后的"自我"一口喝干。

"自我"就这样彻底溶解在渣滓中,正当他准备委身于无以反抗的温柔终焉时,他发现缠住"自我"的不解之丝正抗拒着渣滓。

一个是在"自我"内部蠢动之物,一个是抗拒黑色渣滓的不解之丝——两者向彼此主张"自我"的控制权,相互争夺,相互厮杀。

最终……

3

"蠢货,你这迟钝又迷糊的脸,要摆到什么时候?"

"呀——啊啊啊啊!"

菜月昂饱受着脸被红莲烈焰抓住的痛苦,尖叫着惊醒了。

庞大的热量扑面而来,眼球被炙烤的疼痛令昂弹跳了起来。他直接捂着脸倒在地上,一边打滚,一边哇哇惨叫。

心脏嘭嘭跳着,吵闹得不行,全身的血液像沸腾了一样炽热——

"出……出……出什么事了?"

"哦?真是可悲,你本来就迟钝的脑子被洪水漂白,看来连脑浆都被冲没了。如此一来,你连小丑都演不好了啊。"

"听这旁若无人、桀骜不驯的口气……"

听着形同恶骂的女子声音,昂一边擦拭渗出的眼泪,一边回头望去。遮挡他视野的迷雾散去,世界变得鲜明,那里正站着一位美丽且带有浓烈红色印象的少女。

"是普莉希拉吗?"

面对昂的疑问,眼前的美少女——普莉希拉,高傲地哼了一声,像夸耀自己丰满的胸部一样抱住胳膊:

"还能是谁?妾身的美貌举世无双,若是你有眼无珠,连这种事情也看不出,那不如挖掉算了,倒也落得轻松。"

"怎么可能!再说了,论美貌,我认为其他国王选举候选人都跟你不相上下……不对,这根本不重要!"

普莉希拉依然我行我素,于是昂被气得条件反射地大骂,却突然回过神来。

昂醒来后,普莉希拉就在他眼前。他最先想到的是发生了以喷泉公园为起点的"死亡回归",这样一来,他就是回到了大罪司教"愤怒"西里乌斯在时刻塔广场行凶前的时间点。

就当昂这么以为的时候——

"这是……哪里?"

看见四周的陌生景色后,昂立刻打消了这个念头。这里和绿意盎然的喷泉公园不同,他正身处狭窄小道的一角。不知为何,小道曾被淹得很严重。

"不对,被水淹过的不光是小道,我也一样……浑身都湿透了啊。"

昴抓着运动衫的下摆,发现自己湿答答的,顿时困惑不已。

昴全身上下都湿透了,就像穿着衣服跳进了浴池一样。要么是在他昏迷时下了一场暴雨,要么是……

"难道说,我掉进了水路,或者是发水灾了……"

"不!不是难道,就是发水灾了,菜月大人!本人莉莉安娜不肖,被惊人的事态吓得腿抖个不停,就像在跳全新的舞蹈似的!就像这样!"

昴心惊肉跳地说道,他的推测被突然响起的乐器声和气势十足的声音肯定了。

这些声音来自一下子从普莉希拉身后跳出来的人影。此人皮肤呈褐色,言行奇特而积极,她就是水门都市的稀世"歌姬"——

"你是……莉莉安娜!没事就好,原来你跟普莉希拉在一起啊!"

"还不是怪你们!菜月大人也好,爱蜜莉雅大人也好,小女孩大人也好,你们三个把我和普莉希拉大人丢在公园,自己跑了!结果都市现在变得乱七八糟的,我害怕得都不敢离开普莉希拉大人身边了。"

说着,示弱的莉莉安娜毫不犹豫地抱住了普莉希拉的腰。

正常来说,这一粗鲁的举动会被普莉希拉视为不敬,莉莉安娜很可能招来杀身之祸。但神奇的是,普莉希拉对"歌姬"的才能很宽容,她抚摸着如小鹿一般颤抖的莉莉安娜的头,点头说道:

"这歌女没说错,你们离开公园后不久,便有许多不解风

情的闲杂之辈污了水门都市的水。即便妾身以慈悲为怀，也无法容忍这种暴行，因此决定亲自砍下他们的头。可就在妾身准备动身时，发现了漂在水面的凡人。"

"嘿，原来如此。漂在水面的凡人……你该不会在说我吧？"

普莉希拉对指着她的昴哼了一声，仿佛在说："还有别人吗？"昴视其为肯定，头脑中的混乱越来越深。

"我漂在水面？你什么意思啊，简直莫名其妙……"

昴回想了一下，在最近的记忆中，自己的所在地是普利斯提拉市政厅的顶层。在那里，可怕的怪物——大罪司教"色欲"让他尝到了败北的滋味。

卡佩拉利用"色欲"的权能随心所欲地改变样貌，而昴没能抵挡住她的猛攻，右腿被撕断，大量出血，痛苦挣扎着失去了意识。

"可是我的腿还在，还好好连着的，不过绷带已经松了……唔啊？"

原本缠着重伤右腿的绷带已经散开，上面沾满了血迹和水。昴解开肮脏的绷带，看见腿的样子后大声惨叫。

"怎……怎么了？哇呀！这这……这是什么情况？"

听见昴的惨叫，莉莉安娜看了一眼昴的腿，同样面无血色地大喊起来，一旁的普莉希拉也向昴的腿投以厌恶的眼神。三人的视线对准了昴那本该在与卡佩拉一战中断掉的右腿，与他的记忆不同，右腿还连在身体上——与此同时，丑陋的黑色肉瘤正侵蚀着伤口。

腿部没有疼痛的感觉。

昴感受着视觉冲击，卷起破损的裤子，只见蠕动的黑色肉瘤像血管一样顺着腿伤呈网状扩散。肉瘤摸起来有弹力，质感无异于人的肌肤。如果无视腿的外观，倒可以宣称已经痊愈了。

"话先说在前头,妾身跟她发现你时,你的四肢完好无损,这条丑腿可跟我们没关系。不过,看你那模样便知道这东西并非天生的。"

"在我因腿部出现恶心纹路而深受打击的时候,谢谢你进行补充……这不是治愈魔法的效果吧?"

听完普莉希拉的解释,昴点了点头,移除了可能性最高的选项。

据昴所知,治愈魔法的效果是提高人体的再生能力,而不是"复原",所以有时候身体会留下疤痕。昴的身上也留着不少此类疤痕,但侵蚀他的黑色异物与这类伤疤截然不同,这些肉瘤绝不是治愈魔法的效果。

昴所知的治愈魔法是更加柔和、更加温暖的奇迹之力,它不仅能治愈身体,还能救治心灵。它能让菲莉丝心怀骄傲,能让碧翠丝自然地钻研,能让加菲尔为了实现愿望而学习,能让雷姆抱着最纯粹的真心不断精进——

黑色的纹路亵渎了这一奇迹。

"为了保险起见,妾身要问一问你这凡人。你那条腿该不会是什么奇怪玩意,哪怕断了也会自己接上吧?"

"感觉你是在随口瞎问啊。嗯,不是那种腿,以前倒也断过,不过我那次死……差点死了。"

"以前也断过吗?菜月大人的人生太悲惨了!"

非常规的问题收获了非常规的回答,莉莉安娜的情绪不合时宜地起起伏伏。

不管怎么说,回顾过往,至少昴的腿在第一次断时丝毫没有能自己接回去的迹象。后来,他应该也没有机会获得这种强大的再生能力。

听完昴的回答,普莉希拉悠然地点了点头:

"原来如此——别叫出来。"

普莉希拉简短地下令,并且快速地挥了一下手中的扇子。昴和莉莉安娜看不清那道红色的轨迹,只能一同莫名其妙地瞪大了眼睛。不过,二人很快明白了普莉希拉的意图。

"啧!"

昴起初觉得腿部有一阵轻微的麻痹,随后袭来一股滚烫的感觉。原来是普莉希拉用扇子的顶端一划,在他被黑色肉瘤入侵的大腿上划拉出一道笔直的伤口。

用普通扇子造就这一切的技术,以及二话不说就划伤别人腿的行径,都让昴深感惊讶。可是,当他看见接下来发生的事情后,惊讶就从心中消失了。

昴腿上的伤口明明深可见骨,却像被蠕动的黑色肉瘤吞噬了一般,在短短几秒内就不复存在了。

昴被自己右腿发生的丑恶奇迹惊得哑口无言,立即用手指摸了摸肉瘤,伤口确实不见了,疼痛也完全消失了。

"那个那个那个,您的腿到底有没有问题啊……"

"没有问题就是最大的问题。这真是我的腿吗?到底怎么了……"

昴回答了提心吊胆的莉莉安娜,右腿的"非自然自愈"令他愕然。腿部发生了异常,这个现象的原因究竟是什么呢?

"是因为……卡佩拉那家伙把血滴在了我的腿上?"

当时,昴的右腿被扯断,大出血和剧痛令他意识模糊。由于那段记忆并不鲜明,因此他不敢断言,但他认为卡佩拉肯定割开了自己的手腕,将血滴在了他的伤口上。他感受着可怕的痛苦,确实听见了卡佩拉的话。

"她说什么会变成丑陋的肉块,还说过对库珥修小姐也做了同样的事……"

"是把血滴在他人的伤口上啊,的确是有浓重的施咒动机。妾身曾听闻,在北方的阴暗术师钟爱的术法内,有不少是必须以麻烦的仪式为媒介才可施展,难道是这类术法吗?"

"咒术,诅咒……对了,血之诅咒。对,是龙!是龙之血,她是这么说的!"

在普莉希拉低语的激发下,昂找回了模糊的记忆,拍了一下手。

在昂昏迷的前一刻,卡佩拉望着被淋上血痛苦挣扎的昂,声称自己的血液中混有龙血。这句话是比喻还是虚张声势姑且不论,应该能成为解开目前谜团的线索。

"龙之血,那是神龙赐予卢克尼卡王室的三大至宝之一。"

"具体情况就不清楚了。不过,既然有这种道具……"

"为枯竭的大地带来丰收,为毁灭带来重生,一瞬治愈不治之症,带来扫清无尽绝望的曙光,这正是伟大神龙的血潮。"

昂正皱着眉头,轻盈的旋律和歌声突然响起,钻进了他的耳中。只见莉莉安娜摆出了奇妙的表情,拨动留利来的琴弦唱起了小曲。

面对昂的视线,"歌姬"当场庄重地行了一礼:

"这是流传于卢克尼卡王国的一段诗篇,歌颂的是王国和'神龙'波尔肯尼卡的友谊。据说神龙赐给王国的至宝是'血''龙历石'和'盟约'。"

"根据诗歌的描述,这龙之血还真够万能的。"

莉莉安娜一遇上诗歌和传说就会性情大变,在被她的气势压倒的同时,昂比较着她唱的那段歌和自己的右腿。"为毁灭带来重生"和"治愈不治之症"的部分与腿的情况很像,然而单看腿上的黑色纹路,"为大地带来丰收"和"扫清绝望的曙光"的部分实在让人怀疑。

一想到根据来自卡佩拉之口，昴的疑虑就变得更强烈了。

"我不清楚到底发生了什么，可连击市政厅前受的伤都好了，那我是不是能把这当成好事……喂，好痛！你搞什么啊？"

"叽叽喳喳，烦人透顶。这种小事也要闹腾不停？"

普莉希拉用手中的扇子擦过昴的脖子，颇显无聊地警告道。她望着扇子顶端，用手指拭去从昴身上削下的皮肤，说道：

"嗯，看来腿之外的伤没法愈合。假如说这就是龙之血的恩惠，那这神龙倒也不像传说中那般伟大。"

"啊？普莉希拉大人，您怎么可以说这种话！哎呀，就算普莉希拉大人又有好身材又是美女又有好身材，有些话也不能说吧！就算有好身材也一样！"

"哦？你只是一介歌女，也想违抗妾身吗？神龙遭到妾身贬低，就这么让你气愤？"

"那是当然！'神龙'波尔肯尼卡是永世流传的传说！对我们这些传唱传说的吟游诗人来说，'神龙'无异于大恩人！不仅恩人被诋毁，还要我视而不见，莉莉安娜之名和本人可是会哭的哟！"

"志气不错。可是想让妾身收回前言，你又该如何做？"

"请立刻砍下菜月大人的头！'神龙'的力量和奇迹，必定会立刻将菜月大人的头重新接上！来吧，请动手！"

"接你个大头啊！"

这相当于让人把老虎从屏风里赶出来，昴随即唾沫横飞地大声怒吼。(注：在日本江户时代的作品《一休咄》中，有一篇故事名为《制伏屏风里的老虎》，讲述足利义满将军命令一休和尚制伏画在屏风里的老虎，但聪明的一休回答"请将军先把老虎从屏风里赶出来"，完美地回绝了足利义满的不合理要求。"把老虎从屏风里赶出来"即比喻去做不可能做到的事情。)

不巧的是，昴脖子上的伤口依然刺痛不已。普莉希拉说得没错，昴应该只有右腿的伤能自愈，而且仅限黑色肉瘤的周围。

"话说，现在哪里顾得上这么多啊？不管龙血是真还是假，既然我的腿已经成这样了，那就得担心库珥修小姐。如果她的遭遇跟我的腿一样……不对，还有更基本的问题。"

昴暂时放下右腿异常的问题，终于回到了最初的疑问。让他忘记腿部的变异——归根结底，他为什么会漂在水路上？

"其他人怎样了？威尔海姆先生和加菲尔他们当时应该也在战斗啊……"

"啊，是这个啊。菜月大人，关于这件事的原因，其实是……"

"你知道吗？"

面对前倾身子追问的昴，举手回答的莉莉安娜便指向了小巷深处。昴顺着望过去，顿时困惑了，因为他没发现任何特别的东西。莉莉安娜手指的方向只有环绕都市的外墙，以及坐落于都市一角的一扇大水门——

"啊……"

看到这些东西，昴突然记起湿透的自己以及小巷的状态。莉莉安娜一开始不就说了吗——水路泛滥了。

"既然事已至此，那不管是多么愚昧的人，也总能明白一二了吧？"

昴呆滞地嘀咕了一声，而红眼睛的女子望着他的侧脸，点了点头。

伴随着一道响声，普莉希拉甩开扇子，掩着嘴唇宣告道：

"如你所见，大水门已被打开，都市遭到淹没。你之所以会漂在水面上，自然是被洪水冲走了。"

4

由于都市的大水门被打开,大量涌入的水流淹没了普利斯提拉。

洪水溢出都市的大水路,冲遍整座都市。涌入都市的水量非比寻常,一时间将都市淹没近半。

被水淹过的小巷残留着洪水过境的痕迹,此刻在都市的各个角落都能看见相同的景象。在这种情况下,有人能在水路发现一息尚存的昴堪称奇迹。

"不幸中的万幸,是大水门很快被关上了,比开着不关好得多,居民们也基本都逃到避难所了。"

"但不是全逃掉了。"

"应该不是。这真是让人悲伤、惋惜、懊恼得撕心裂肺的情况啊。"

莉莉安娜结束说明后,点头肯定了昴带着悔恨的低语。

经过"歌姬"解释,昴大致掌握了都市在自己昏迷期间发生的事。大水门的开放造成了大水灾,要做到这件事,必须在控制塔操纵水门。目前,都市里只有魔女教能做到,因为他们占领了控制塔。

换句话说,侵袭都市的洪水是魔女教干的好事。

"是为了报复袭击市政厅的行动吗?这很合理。"

"怎么?也不想想你之前的所作所为,有因必有果。你们一旦行动,对手也不会闲着,起手就亮王牌亦算常事。"

普莉希拉与昴得出了一样的结论,她淡然却毫不留情地如此断言道。昴一脸僵硬,但她没有理会,而是继续说道:

"倒不如说,妾身以为这样做便算了事,已经是他们手下留情了。假如那帮乌合之众如传闻一般丑恶,那就应该犯下更惹人唾弃的罪行……这么看来,他们还是更想要在广播里要求的东西。"

普莉希拉一边轻轻地扇扇子,一边推测魔女教的计划。昂听着她那冷酷的思考过程,明白是自己招来现状的,不禁焦躁不已。

原本说来,昂在迄今为止的战斗中就没有收获过一次胜利。他被西里乌斯杀了三次,爱蜜莉雅被雷格鲁斯抢走,碧翠丝代替他昏迷不醒,他与同伴们一起挑战市政厅时被卡佩拉玩于股掌之上,最后都市还险些因魔女教的恶意沉入水底——昂实在太窝囊,他都快恨死自己了。

"那个那个,菜月大人,请不要过于烦恼。情况确实已经糟到极点了,危险得不行!就像被人绑住手脚丢到水路里一样憋屈!"

昂捂着脸,仰面朝天,一旁的莉莉安娜则不停地拍手跺脚。娇小的她抱着留利来,拼命鼓励着昂,扎在两侧的头发被她摇来晃去的。

莉莉安娜在这种状况下也没有气馁,光是这样就已经很了不起了,十分值得称道。她的这一表现——

"啊!该死的!我怎能输啊,可恶!谁怕谁啊!"

"唔哇!"

昂将捂住脸的手握成了拳头,大声怒吼道,他也同样值得称道。

昂的吼声吓到了正激励他的莉莉安娜,害得她扑向了身后的普莉希拉,结果普莉希拉扭身躲避,一把推开了她。普莉希拉将"哇呀"一声跌倒在地的莉莉安娜踩在脚下,"第一次"怀着近似关心的情感注视昂:

"真是意外。听你这么说,意思是区区小事,不可能让你屈服吗?"

"差不多吧。这点小事跟那位恶劣魔女的'试炼'比起来连屁都不算,现在擅自放弃还太早了。"

战绩全败,右腿被涂黑,上面的肉瘤全是谜团,都市的状况不断恶化。不巧的是,昴的灵魂没那么脆弱,他不会屈服于这种状况。

昴要把握状况,逼自己下定决心,他现在该做的是……

"先去跟市政厅和留在缪斯商会的人会合,然后重整旗鼓,这次一定要把那帮人赶出都市。"

"能行吗?"

"这不是能不能行的问题,而是做不做的问题,并没有不做的选项。不管怎样挣扎,我首先得跟同伴会合,你又打算怎么办?"

面对昴的疑问,普莉希拉双眸中的火焰摇了几下,她默不作声,示意昴继续说下去。眼见她的表现,昴接着说道:

"我说啊,我可没忘记'水之羽衣亭'发生的事,还记着那笔账呢,但这是两码事,熟人平安无事让我松了一口气。另外,不久之前阿尔还跟我们一起行动,你和我们一起走也许更容易碰到他哟。"

"阿尔跟你们一起?"

"嗯,不过已经分开了。为了找你,他应该正在都市里乱转。"

阿尔在夺回市政厅作战开始前选择了分头行动,昴很惦记他,不知道他有没有被卷入洪水。因为他给人一种又轻浮又精明的印象,昴倒是不觉得他会出事。

听了昴的报告,普莉希拉沉思了片刻,回答道:

"妾身明白了,但妾身另有事情在身,不打算受你的邀请。"

第一章 战败处理

"什么事?"

"可是,你刚才那番气概还算不错,妾身要褒奖你。"

"褒奖?"

昴的邀请被拒绝,转而收到了意想不到的回答,于是他困惑不已。接下来,普莉希拉伸手抓住昴的胸口把他拽倒在地,昴惨叫着,就这样友好地和莉莉安娜一起并排贴在地上。

随后,昴抬起头来,正准备抗议普莉希拉这猝不及防的暴行——

"我说你啊!突然搞什么……"

昴看见,一个有着奇特轮廓的物体猛然扑向普莉希拉。

那个东西发出邪恶的咆哮,高高跃起。它拥有奇异的外形,像野兽一样有着短小的四肢,裂开的口中伸出弯曲的尖牙。如果只看这些部位,可以把它当成丑陋的野兽,至于其他的部位则非常怪异,在它的后背和躯干"长着"剑和枪——既不是它持有的,也不是插着的,就是从身体长出了武器。

那是名副其实的可怕异形,它融合了血肉与钢铁。

"魔兽……不对!那是什么?"

"妈呀!是亚兽!"

听着异形的大吼,趴在地上的莉莉安娜尖叫起来。

在尖叫背景音的衬托下,异形——名叫"亚兽"的怪物,咬向普莉希拉白皙的脖子。看似有毒的肮脏尖牙不断逼近,她却只用手中的扇子轻轻一扫,就将猛冲过来的亚兽打落地面。

亚兽从躺在地上的昴和莉莉安娜中间直穿而过,它身上的刀剑切割了小巷。昴亲眼见证了刀剑的锋利程度和危险性后,愣是忍住了本该发出的呻吟声。

"怎样,它的确丑陋吧?这就是当下在都市里飞扬跋扈的丑恶劣等种。它们并非野兽,也算不上道具,自打出生起就不

完整，自打降生起就是残缺，人们蔑称其为'亚兽'。"

普莉希拉用扇子扫开了亚兽，悠然自得地站在僵住的昴眼前。在为她这颇有余裕的态度感到惊讶的同时，昴抱起莉莉安娜与亚兽拉开了距离。

等昴和莉莉安娜远离后，亚兽挣扎着一跃而起，扭动淌着口水的脸，搜寻刚才攻击自己的普莉希拉的身影。它的动作让昴深感违和，不过他立刻发现了违和感的源头——亚兽的眼睛。

"它没有眼球……是瞎了吗？不对，是原本就没有吗？怎么回事？"

亚兽的脸感觉与狗很像，脸上有鼻子和嘴巴，明明有眼窝，里面却没有眼球。那它是没有视力的生物吗？为什么会有类似眼窝的空窟窿？而且也没有眼珠被挖出来的伤，所以它简直是违和感的集合体，昴不明白它到底是什么东西。

"看仔细了，愚蠢的凡人。既然你要在水门都市里走动，那么随时会遇到这种丑恶东西。虽说它粗劣不堪，既丑陋又不中用，但要杀一两个无力蠢货还是轻而易举。"

"无力就说得太过分了吧！我可是……"

说着，昴将手伸向腰后，却发现钟爱的鞭子不见了，也不知道是在与卡佩拉战斗时弄丢的，还是在水路遗落的。永别了，基尔狄鞭。

这样一来，昴就无法否认自己陷入无力又愚蠢的状态了。普莉希拉故意踏响鞋子，吸引了没有视力的亚兽的注意。它循着鞋的声音猛地转向，咬响了牙齿。

"瞧瞧这死缠烂打的模样。滑稽的是，它们可不习惯那漆黑的世界。换句话说，它们并非天生盲目，可谁叫它们注定如此呢？"

"你到底在说什么……等一等！你刚才是不是说这些东西

在城里到处乱窜？难道说，其他地方也有这种莫名其妙的家伙吗？"

"无处不在。无眼，无耳，无嘴……皆为恶意的产物，只可认为其创造者的审美观彻底泯灭了。"

普莉希拉回答了思绪混乱不堪的昴，紧接着，亚兽再次蹬地袭来。没有视力的亚兽借助声音，向普莉希拉可能身处的位置扑去。不用说，这种不成熟的攻击没有命中如舞动般转动身体的普莉希拉。

尖牙没有咬中目标，亚兽便在地面迅速转身，摆好姿势，准备再次发起攻击——

"这模样实在可悲。妾身就大发慈悲，送你上路吧。"

说着，普莉希拉慢慢从"空中"拔出鲜红的剑。

凭空拔剑确实让昴惊讶，但剑的美丽外形更让他痴迷。剑上有异常美丽的装饰，它是无愧于宝剑之名的极品。普莉希拉拔出的宝剑从剑柄到剑身全是红色，闪闪发光，看上去就像她直接握着火焰一样。

"啊——"

宝剑披着能魅惑所有观者的地狱烈焰，一闪而过，不能直视其光芒的亚兽品尝了利刃的滋味，身体从中轴线被一分为二。

随后，亚兽起火了。承受红色斩击的亚兽连临终惨叫都没能留下，直接被烧成了灰烬。

"让你见识这阳剑的光芒以及亚兽的凶狠，就是对你气概的褒奖。"

昴目瞪口呆地看着被烧成灰烬的亚兽，而普莉希拉对他如此说道。鲜红的宝剑已经消失，她的手里只握着那把眼熟的扇子。昴还以为自己出现了幻觉，可惜亚兽的灰证明刚才发生的都是事实。

"瞧你这蠢样,难道你错过了这仅此一次的机会?即便如此,妾身也不会再度心血来潮,你就诅咒自己无德吧。"

"虽说吐槽点多得要命,但是话说回来,你的实力到底有多强啊?"

"到底?不要瞎问,妾身不想回答。"

普莉希拉轻轻地给自己扇风,无视了昴的疑问。至于被昴夹在腋下、遭人遗忘的莉莉安娜则开始不停摆动四肢:

"菜月大人,等等!"

"啊?抱歉,我摸到不该摸的地方了吗?不过,你有不该摸的地方吗?"

"太没礼貌了!还是有一点的!哇,现在可没空扯这些!"

莉莉安娜扭动身体从昴的胳膊下挣脱,重重摔在地面后又跳了起来。她离开昴和普莉希拉,向小巷的转角跑去。

莉莉安娜望着转角的另一侧,朝二人挥了挥手:

"看啊,果然没错!这边有人受伤了!快来!快来帮帮忙啊!"

"有人受伤?是被刚才的亚兽袭击了吗?"

昴连忙跑到莉莉安娜身边,在她指着的小巷里,有一个青年倒在血泊之中,肩膀和后背有伤。

"你没事吧?喂!该死,他失去意识了,伤得倒不算太深……"

青年对呼喊没有反应,昴在咒骂的同时检查了一下他的伤势,还利落地撕开他的上衣,对伤口进行了简单处理。

"菜月大人,您的手法相当熟练啊……"

"都是师傅的斯巴达式教育的功劳。你也是,真亏你能发现他。"

"是啊,我总感觉听见了声音,是求救的悲哀呼声。"

"你说得自己像正义的英雄一样……好,处理完毕。"

昴为青年的伤口止血,再用木板固定好骨折的部位,大功告成后长舒一口气。虽说青年看上去没有生命危险……

"可也不能放着不管啊,该怎么办呢……"

"你背着他跟上来就好,愚蠢的凡人。妾身要去前方的避难所,到了那里,想必能暂时获得安宁。"

"前面有避难所?话说,你不是有事要办,得跟我们分开吗……"

"走了,别让妾身停下等你。"

普莉希拉没有理会昴,肆意表达了自己的意见,率先走了起来。昴朝她的背影呲了一下舌头后,抱起了昏迷的青年。漆黑右腿迈出的脚步格外扎实,昴在为此感到讽刺的同时追了上去,担心青年的莉莉安娜则迈着小碎步跟在后面。这时,普莉希拉扬起了嘴角:

"你的确是极为'timing'的男人啊。"

"什么?"

面对昴的问题,普莉希拉露出红色的阴惨微笑,宣告道:

"都市另有状况,你就好好看清楚吧。"

5

昴感到汗毛倒竖,立刻察觉到此处气氛异样。

昴等人带着伤者走进避难所后,多道视线立刻对准了他们,视线中透着湿漉漉的黏着感情,让人觉得心情沉重。不明的负面感情,以及让人坐立难安的窒息感一点点地压迫着昴的胸口。

这里似乎是建于四号街某建筑物地下的避难所。

由于避难所本就是用于防水灾的,所以坚固的大门封得死

死的，完美地将洪水灾害拒之门外。可惜，即便免受洪水侵袭，也绝对无法缓解人们对都市遇袭的不安。人们抱膝而坐，只要看见他们那垂头丧气的模样和担惊受怕的眼神，立刻就明白了。

"胸口好难受……这里怎么回事啊？"

避难所内设有简易的医务室，昴把青年交给在此驻扎的治愈术师后开始慢慢环顾四周，同时咽了一口苦涩的唾沫。

这里的人不少，大量民众挤在地下，让人感觉宽阔的避难所十分狭小。奇怪的是，这里很安静，真的非常安静。人们悄无声息，纷纷低着头一言不发，视线没有交会，就像不主张自己活着一样。

"哼，也不是这里。"

在这种环境下，普莉希拉依然毫不动摇地保持着自我，实属异类。

虽说昴认为不受周围环境影响是国王应具备的资质，但另一方面，他也认为丝毫察觉不到民众的不安心情是暴君才有的资质。

一股沸腾的烦躁感在昴的心中油然而生。在冲动的驱使下，昴只想抓烂这拥有无限自信的女子的侧脸，逼迫她改掉这种高傲的态度——

"凡人就是庸俗。区区花招，也会轻易上钩。"

"你说什么……"

"看你那黑眼睛，已带上了残虐之意。但凡是男子，看着妾身都会欲火难耐，可要是想玷污妾身的美貌，那便是纯粹的兽欲罢了。你现在是什么模样，你难道不自知吗？嗯？"

昴明明想抓破普莉希拉的脸，却被她问倒了。他先是愣了一下，接着便哑然了。

这种飞跃性的思维和过热的感情究竟是怎么回事？反感普

莉希拉的态度，这算不上稀奇，但绝不可能演变为如此过激的暴力念头——

简直像丧失了感情控制力似的。

"难道……"

在得出这个结论的瞬间，一阵恐惧袭上了昴的背脊。恐惧感立即增大，昴开始变得冲动，他四肢颤抖，连牙齿都无法咬紧。

对于这种无法自如控制感情的不自然现象带来的违和感，昴有印象。

"这是西里乌斯的'愤怒'权能？是它的影响吗？"

昴扇了一下自己的脸，咬紧牙，向大脑输送正确的疼痛感。

很明显，避难所内没有西里乌斯的身影，也听不见那个怪人的声音。然而，感情如同被放进焦黑的锅中烹煮，产生的不快以及阴郁挥之不去。

昴发现了这个事实，刚产生危机感，问题就爆发了。

"喂，你从刚才就一直盯着人家看！到底看什么啊？"

声音来自避难所深处，一个中年男子红着脸，露出牙齿大吼起来。男子的愤怒对准的应该是不远处的一位年轻人，只见男子带着一脸愤怒走到年轻人身前，一把推开他：

"有意见就说！说来听听啊！你想干吗？"

"那我就说给你听！你才该好好看看周围！都这个岁数了也不知道矜持！你真会给人添麻烦，该死的混蛋！"

"不要！不要啊！别吵了！"

中年男子的暴行令年轻人的愤怒爆发，年轻人身旁的女子则抱头哭喊起来。不知道是不是感情失控了，女子泪流不止，她的悲鸣和过度反应让中年男子更加激动，年轻人的义愤也得到了增长。

感情爆发的现象并非只发生在这三人身上。

"糟糕……周围的人也受影响了……"

尖锐的感情波纹扩散开来,由缓至急。骚乱不断扩大,先前的平静就像假的一样,避难所里很快出现了鬼哭狼嚎的惨状。

"普莉希拉!情况不妙!必须……必须想想办法!不然会死人的!"

"蠢货,你一样失去了冷静,闭嘴乖乖坐下就好。"

"你还有心情说这种话?你连这种时候都……"

昴焦躁不已,连眼睛都急红了。他伸手去抓眼前的普莉希拉,但她只是后退一步就躲开了,还反过来抓住他的头发,把他的脸拉到自己面前。

"唔!"

"听好了,愚蠢的凡人。你的担忧即将成真,都是因为污染都市水源的不快之感会迷惑人心,夺走平静,损害厚意。可是……"

昴正皱着眉头,因避难所的惨剧而嘴唇颤抖,普莉希拉却对他冷酷地陈述道。说到最后,她的视线转而对准了避难所的中央。

昴自然地被带着望过去,看见了普莉希拉眼中的景象——

"灵感来了。敬请欣赏,普利斯提拉摇荡于水面。"

留利来的琴弦被拨动,奏响又高又清澈的声音,穿透了响彻避难所的鬼哭狼嚎。被怒吼和尖叫统治的空间立刻出现缝隙,所有声音在一刹那安静了。这不到一秒的宁静,让一道声音有机可乘——

歌声。

在充斥着超常暴力兴奋的环境下,留利来奏响幻想的旋律。

一旦心灵成为音阶的俘虏，那么整个灵魂都会暴露在后续的歌声之下。

莉莉安娜的红舌头翩翩起舞，歌曲从丹田涌出。

群众、昴甚至普莉希拉都被歌曲的洪流冲垮，沦为豪迈歌曲的俘虏。歌曲以鼓膜为起点，震撼众人的身体、心灵和灵魂，不肯离去。

人们的内心被歌曲夺走了，只能这么形容现场。找回来了，夺回来了——

人们感受到了，被名叫"愤怒"的无形蜘蛛丝死死缠住的感情获得了解放。

这正是歌曲的力量。名叫莉莉安娜的"歌姬"施放的音乐之光是超脱常理的力量，震撼着灵魂——

"谢谢大家听曲。"

说着，莉莉安娜行了一礼，统治着这里的负面感情已然消散。也不知谁先拍响了掌声，最终带起了一片雷鸣般的掌声响彻避难所。

6

"谢谢，谢谢，献丑了，让各位见笑了，对不起。"

"你……"

演奏结束，绕梁余音也散去了，"歌姬"向流泪的听众致谢后便消失了，转而出现的是有着褐色皮肤的莉莉安娜。

莉莉安娜竖起了大拇指，蹩脚地抛了一个媚眼，让昴深感乏力——不是出于莫名的感情，他是真的因为无语而耷拉下了肩膀。

"凡人重夺理智了，歌女做得实在不错。"

第一章 战败处理

"毋庸置疑，就算不听歌，你好像也没受到影响……说实话，我不知道原因是什么，但我可以接受这个现实，因为'愤怒'的权能是让人的感情产生共鸣。"

对唯我独尊、极缺同理心的普莉希拉来说，或许"愤怒"权能的效果很弱，昴这样解释普莉希拉一成不变的态度。

避难所刚才那哭天喊地的状况，毫无疑问是因为众人受到了西里乌斯权能的影响。多亏莉莉安娜的歌声才没出现伤亡，但一想到没有"歌姬"的后果，昴就不寒而栗。

待在封闭空间中，同时魔女教这一危险集团给大家施加了巨大压力，恐怕刚才的导火索不过是鸡毛蒜皮的小事。在难以承受的压力之下，负面念头就悄然钻进了人心，再由权能的力量增大，最后因人与人之间细微的摩擦导致情感爆发。

爆发造成的灾害不断扩大，进而引发感情恐慌，制造出惨状，这种现象正是……

"此时此刻，正在都市各地上演的既丑恶又无意义的现实。"

"按你说的，这种令人不悦的气氛是出于权能？是'愤怒'的权能？那就是说……"

"嗯，没错，这也是大罪司教，也就是魔女教做的勾当。"

听见昴的回答，普莉希拉有些不悦地眯起了红色的眼睛。昴对从她眼睛深处流露出的愤怒感同身受，但这并非是受到权能的影响。

感情的增幅及传播，昴自认为已经充分领教过了西里乌斯"愤怒"权能的可怕之处，可惜他的认知似乎还是太天真了。

可以认为，"愤怒"权能的影响范围现已扩大到了整个普利斯提拉。都市大部分民众逃进了避难所，在他们心中充满不安和怯懦的情况下，一旦受到权能的影响，整体受害情况肯定会超乎想象。

"这里的居民一出事就会前往避难所,强大的执行力反倒被敌人利用了。"

假设"愤怒"权能的效果是共享并增长感情,那么威力就与作用范围内的人数成正比。周围的人就是反射自己感情的镜子,再由自己这面镜子继续反射感情,导致情绪呈加速度累积。

与他人接触是一种感染手段,可以增强"愤怒"权能的效果,而这绝不是西里乌斯谎称的相互理解的力量。在被不安和恐惧统治的状况下,这是强迫人陷入孤独的噩梦般的力量。

"真让人恼火,所以我想再加把劲。"

"莉莉安娜……"

莉莉安娜指着昴紧锁的眉间说道,让昴惊得无言以对。

现已明确,莉莉安娜的歌声可以将人们从西里乌斯的权能中解放出来。她自己也意识到了这一点,正辗转于各个避难所,为人们献唱。

过去,莉莉安娜在罗兹瓦尔邸逗留期间,曾围绕她的歌声出现过纠纷。当时,她必须将生命放在天平上衡量,可她果断地说"不想把歌变成道具"。

这样一个莉莉安娜,正以这种形式用自己的歌声——

"我现在需要做的是用歌曲俘获人心,这正合我意。"

话音刚落,莉莉安娜就蹩脚地抛了一个媚眼,她无疑是都市的"歌姬"。

"那么,你之前说的目的,就是带着莉莉安娜到处转,让大家恢复理智吗?"

明白莉莉安娜的决心后,昴转头询问身后的普莉希拉。

假设真是这样,那么普莉希拉的行动也是出于对混乱都市的担忧。这样一来,昴就必须为误解她的人格和本性好好反省一下了,谁知道——

"蠢货，妾身怎会亲自做这种琐事？"

普莉希拉的回复实在太有她的风格了，昴随即撇起嘴继续问道：

"你说是琐事……那你的目的到底是什么啊？去避难所干什么啊？"

"找修尔特。如果找不到，修尔特会哭，妾身可不忍心看小童哭泣。"

又是符合她作风的发言，实在出人意料，昴的思维不禁停顿了。

普莉希拉没有发现昴愣住了，无奈地耸了耸肩：

"阿尔应该能保护自身，至于另一位凡人是死是活，与妾身毫不相干。但是，修尔特实在很可爱，无可取代，所以妾身必须亲自找他回来，这个仆从真让人费心。"

昴认为这番话没有包含更深层的感慨，应该是普莉希拉的真心话。不过，她以搜寻口中提到的人——在蒙受灾难的都市里行踪不明的年幼侍从——为由而行动，确实让昴感到意外。

意外归意外，却可以接受。普莉希拉为了自己的侍从四处走动是事实，她的态度表明无非是自身行为的结果碰巧达成了莉莉安娜的目标。

"瞧你这表情，到底什么意思？"

面对普莉希拉诧异的视线，昴暧昧地回了一句"没什么"，接着叹了一口气。他释怀了，既然可以接受，那就不必继续留在这里了。

昴深深地吸了一口气，挺起胸膛，打量着进入好转状态的避难所：

"这间避难所已经没事了。我刚才也说过要走了，去跟同伴会合。"

"明白,我和普莉希拉大人再去别的避难所晃晃,还有很多人需要我的歌……毕竟这是吟游诗人至高无上的荣誉,现在是赚取自尊心的绝佳时机!"

"注意说法!"

莉莉安娜的一番话让昴感觉不合时宜,于是笑着吐槽道。随后,他重新面向普莉希拉,准备为短时间内得到的莫大帮助向她表达感谢。

昴从未想过,自己有一天会如此坦率地面对普莉希拉。

"帮大忙了。估计我们不久还会见面,你也得找一找阿尔。"

"妾身怎会听你的指示?妾身只会随心所欲,你就为清洁都市的水老实奔走就好。若是你能拿出成果,妾身会亲自授予你褒奖。"

"我跟你的仆人不同,可没有舔你脚的爱好。"

说着,昴转身背对敬礼的莉莉安娜和不再看他的普莉希拉,冲出已经消除感情爆发源头的避难所,在都市中奔跑。

普莉希拉和莉莉安娜将去其他避难所阻止感情爆发。如果她们能完成这个任务,那昴应该也能完成自己的任务。

"首先是缪斯商会……假如大家平安无事,那就应该都回去了。"

四号街离缪斯商会有一段路,但是昴气势十足,绷紧了神经——

因为昴接下来要证明,一切距离尘埃落定还为时尚早。

7

在昴的眼前,流着腥臭体液的盲目亚兽,正嗅着地面。

第一章 战败处理

昂屏住呼吸以防自己被发现。他把一路上多次险些发生冲突的亚兽与眼前这只亚兽相比较，胸中生出一股强烈的义愤。

亚兽让普莉希拉觉得丑恶，莉莉安娜也对其厌恶地说"没法唱歌哟"，但昂并不愿意仅用"可怕"一词概括亚兽的外貌。

刀剑和盾牌这类无机物代替了眼睛、耳朵和嘴巴等缺失的部位，与亚兽的身体合一。亚兽被人为地加上了自然界中不可能存在的部分，就是恶趣味的产物。

亚兽并非自然产生，而是凶残思想的创造物。反过来说，假如可以容忍这种非自然的生物，那就有很大可能创造出亚兽。此时此刻，都市里确实存在能不自然地玩弄生物身体的人物。

"卡佩拉，你这混蛋……"

昂的脑海中自然浮现出亚兽的生母，也可以称其为"制造者"——大罪司教"色欲"卡佩拉。她身为人世间恶意的化身，不难想象她会亲自制造出不完整的亚兽，并选择水门都市作为它们的猎场。

与此同时，昂的脑海中还闪过了另一个念头：制造亚兽的"素材"究竟是从哪里弄来的？

"啊！"

在昂咬紧牙的时候，突然响起脚后跟摩擦小石子的声音。没有视力的亚兽立刻扭头，猛然蹬地朝昂扑去。

亚兽头上长出来的斧头很沉重，所以它飞奔的姿势很难看。斧头的尖端碰到了小巷路面，以至于不断擦出火花。面对逼近的亚兽，昂急忙跳向一旁，像要杂技一样踩着墙上的小坑从亚兽头顶跳了过去。

"哟呵！"

右腿的状态好得吓人，昂的跑酷比往常更加犀利，因此他轻松翻越而过，将连忙掉头的亚兽抛在身后，向小巷外面奔去。

"叽噜噜噜噜!"

还有一只亚兽发出难听的咆哮声,从侧面冲向昴,但被他躲了过去。他大跨步起跳,让亚兽从胯下钻过,落地时却失去了平衡。他在地面不断翻滚,准备借助惯性逃走——

"糟糕……"

又有一只亚兽悄无声息地挡在昴眼前,这一只是没有嘴的类型,讽刺的是,这样它就不会发出低吼了。刚才从侧面拦截的那只没有耳朵,再加上最初那只没眼睛的,都市中的三类亚兽至此便到齐了。

前后和侧面都被漂亮地封死,昴被亚兽们围堵在小巷里。他扫了一眼旁边,发现了年久失修的房屋墙壁,只要有气势和决心,翻越这面墙并非不可能,他便在脑海中描绘出初遇菲鲁特的场面。

当时,菲鲁特丢下被顿、珍、汉包围而寻求救援的昴,用这个办法逃走了。现在想来,那几个人能同属一个阵营,实在算奇妙的因果和缘分。

昴借无谓的念头缓解紧张,然后绷紧腿部肌肉。眼看着三只亚兽准备屈膝冲来,他便打算先一步登上墙壁——

"不要动,昴,瞄不准会出事的。"

昴听见可靠的高声呼喊后,明白已不需要自行解决,随即放弃了翻墙的选项。

三只亚兽扑到停下脚步的昴面前,分别用斧头、尖牙、利爪和长着利刃的身子袭向昴,可惜它们无法触及他的身体,因为所有的攻击全被翩翩起舞的纤细骑士剑挡开了。

"不好意思,这个都市需要他,请你们退下吧!"

闯入战场的优雅骑士——由里乌斯向三只亚兽同时使用了剑技和精灵术。

锋利的骑士剑划开无眼亚兽的身体,无耳和无嘴的亚兽则被红光一并吞噬,浑身被火焰包裹,被业火灼烧后化为灰烬,无声地散落在地。

然而,身体被划开的无眼亚兽尽管受了致命伤,却仍在继续攻击。

"由里乌斯!"

"无须担忧。"

由里乌斯画出一道优美的弧线,用华丽的斩击砍下了无眼亚兽的头。

骑士的剑技美得夺目,显得不合时宜。骑士的剑无比锋利,闪过的剑尖准确捕捉到亚兽脖子最脆弱的部分,甚至没让它感到疼痛就了结了它的性命。

昴不禁感叹:如果夺取性命的行为有慈悲可言,那么这次剑击就该定义为慈悲。

哪怕亚兽拥有超越人类认知的生命力,只要头被砍下来就难逃死亡的命运,全身被烧成灰也一样。望着被打倒的亚兽,昴居然心生一股强烈的怜悯。

"昴,你没事吧?"

由里乌斯甩了一下斩杀亚兽的剑,回头对昴说道,昴便点头应了一声:

"刚才好悬啊,不过得救了。看样子,你也没事。"

"不得不说,我非常狼狈。水门被打开,水涌了进来,到头来市政厅的战斗不了了之……你掉进水里消失不见的时候,真是吓得我胆战心惊。"

由里乌斯缓缓摇头,轻轻将手搭在昴的肩膀上。他的手掌罕见地透着难以隐藏的安心,就像在细细品味昴生还一事。

"市政厅怎样了?说实话,跟卡佩拉……'色欲'战斗的后

半段发生了什么事，我已经不记得了。"

"你不记得了？黑龙攻击顶层，把你和库珥修大人带出来了。我情急之下朝黑龙跳去，正准备把你们抢回来时，大水门被打开了……"

"然后在混乱之中，我掉进水路，被水冲走了？"

"说实话，我当时认为你获救的可能性只有五成。现在你能平安回来，真是太好了。"

由里乌斯依然摸着昂的肩膀，点了好几下头，欢迎生还的昂。听完他的说明，昂意识到自己经历了超乎想象的险境，幸亏抓住救命细绳摆脱了险境，还平安地和由里乌斯重逢了。

"其他人呢？都没事吧？记得库珥修小姐很危险，我现在正急着赶回缪斯商会……"

"我明白你的心情，但你先冷静下来。先消除你最大的不安吧……确认你平安无事后，就可以说尝试夺回市政厅的人员全部生还了。"

"全部生还……是这样啊。"

由里乌斯的回答让昂安心得当场蹲了下去。好像是因为神经绷得太紧，昂颤抖的膝盖使不上力气。

"在那种强敌云集的地方，竟然能全部生还……那场洪水也没有导致减员吗？"

"真的是千钧一发。据威尔海姆大人所说，如果没有洪水，我们会被敌人压制，很可能会出现减员。一想到是魔女教放的水，我就觉得很讽刺。"

由里乌斯语气中透出的自嘲胜过悔悟，他的回答令昂皱起了眉头。

据紫发骑士所说，虽然洪水给都市带来了巨大伤害，但在市政厅攻防战中似乎帮了昂等人一把，很可能导致卡佩拉没能杀死濒死的昂和库珥修。

在这种情况下，魔女教打开水门等于自掘坟墓。可话是这么说，却很难认为局部攻防战的胜负会左右他们的喜忧。

"还有很多必须汇报的事情，不过……总之，我们没有错过真是太好了，现在缪斯商会空无一人，你险些白跑一趟。"

"商会里没人？为什么？那里不是有安娜塔西亚小姐和菲莉丝吗？最主要的是，我的贝亚子应该还留在那里……"

"关于这个问题，希望你也能冷静下来听我说。"

昂发现情况不对劲，随即咽了一口唾沫。由里乌斯见状后吸了一口气，说道：

"在我们攻击市政厅的时候，缪斯商会遭受了袭击，敌人的目标是十人会的奇力塔卡氏。不得已之下，安娜塔西亚大人只能指挥留在商会的人员放弃了据点。"

"商会遭到攻击了？可那里是避难所啊，有很多伤员吧？"

留在商会的人里，除去负责警卫的"铁之牙"成员外，有一大半是非战斗人员，其中有昏迷不醒的碧翠丝，以及因"死神加护"导致伤口无法愈合的蜜蜜，还有替姐姐分担伤痛、生命危险的黑塔罗和缇碧。

带着各种伤员面对袭击，又怎可能全身而退？

"碧翠丝……不对，大家怎样了？喂！"

"剩下的人员拼尽全力，勉强成功把伤员们带了出来。碧翠丝大人和蜜蜜他们也安全离开了，不过奇力塔卡氏和回到商会的'白龙之鳞'成员就不知去向，目前生死不明……这就是现状。"

"可恶！哪怕是莉莉安娜，听见这个消息也会哀叹吧……"

即便有碧翠丝平安的好消息，这种状况也终究不能让人开心。考虑到敌人的目标，不难理解奇力塔卡为什么会被盯上。

因为魔女教要求说出"魔女遗骨"的位置,而这只有十人会成员知道。

"失去缪斯商会后,我们就把据点转移到了市政厅,快赶去那里吧。大家很担心你,尤其是加菲尔,他非常憔悴。"

"这也很不妙啊。等一下,市政厅?已经抢回来了吗?"

"水门被打开后,双方的攻防战彻底告吹,所以他们放弃了市政厅。话虽如此,他们在最后又放了一次广播,不知你听见没有。"

"那时,我刚好在水里浮浮沉沉。"

昴感觉无法坦率地为夺回市政厅欢庆,于是歪起嘴角如此答道。听见他的回答,由里乌斯皱起标致的眉毛,犹豫了片刻才说道:

"洪水泛滥,都市各处都遭受了水灾。之后,就在我费心把握混乱的状况时,'色欲'的声音再次从天而降,响遍了整个都市。"

昴以沉默示意由里乌斯继续说下去。面对他的要求,紫发骑士点了一下头,深深地呼出一口气,继续说道:

"'色欲'……不对,应该是魔女教吧,为了惩罚攻击市政厅的行为,除'魔女遗骨'之外,他们新增了三个解放都市的条件。"

"内容是?"

"他们需要名为'睿智之书'的书以及'人工精灵',还有……"

在昴看来,光是这两个要求就足够刺激他了。然而,由里乌斯却对说出最后一个要求感到犹豫,这份犹豫让昴意识到会是极其可怕的要求,于是做好了心理准备。

不过,昴很快意识到犹豫是出自由里乌斯的关心,因为这是最荒唐、最不合时宜、昂最无法容忍的要求。

那就是……

"'与银发少女的结婚典礼',你知道这件事之后肯定无法容忍吧?"

第一章 骑士的条件

1

爱蜜莉雅眼睁睁看着都市被水淹没,她用力抓住窗框,都要把窗框抓变形了。

伴随着一阵轰鸣,打开的大水门又被关上了,一切事情在顷刻间结束了。虽说都市免于灭顶之灾,但洪水造成的损失很严重。

房屋被冲毁,居民们受伤,爱蜜莉雅想着这些受灾情况,慌慌张张地向外面跑去——

"不论您在想什么,别轻举妄动才是聪明之举。"

爱蜜莉雅翻过窗框,正准备冲出去时,有人用一道冰冷的话音制止了她,原来是她身后的一百八十四号,那份冰冷美貌丝毫不见动摇。

一百八十四号的清澈视线和发言,让爱蜜莉雅青紫色的眼睛放出锐利的光芒。

"别轻举妄动,为什么?你看见刚才的可怕景象了吧?要赶紧去救人啊!"

"我理解您的心情,但是您现在出去的话,受害情况会变得更糟,因为他……夫君不希望您这样做。"

"怎么又是这个原因?"

一百八十四号表示无法自由行动的原因出自雷格鲁斯,于是爱蜜莉雅心急如焚地咬住了嘴唇。

先前的对话证明,一百八十四号明显对雷格鲁斯唯命是从。可是,她和爱蜜莉雅的想法不一样,因为爱蜜莉雅绝不是那人的妻子。

"即便如此,假如您违背了夫君的意愿,他会做出怎样的事,难道您想象不出来吗？"

"这个……"

"首先，他会惩罚违背他意愿的妻子，然后再惩罚迫使妻子这么做的罪魁祸首，因为他坚信这是他的权利。"

听完一百八十四号的一番话，爱蜜莉雅开始回想与雷格鲁斯的短暂接触。

雷格鲁斯能说会道，爱蜜莉雅对此却没有坏印象。在这一点上，他和爱蜜莉雅熟知的少年一样，区别是他从不顾及对方的感受。

关心的方向偏离正轨，总是自说自话——原因在于雷格鲁斯认为自己无所不能。

雷格鲁斯·科尼亚斯拥有傲人的强大实力，在爱蜜莉雅迄今遇见的人里，他有着顶级的战斗力，说不定可以匹敌莱因哈鲁特。因此，一百八十四号才会诚恳地劝告爱蜜莉雅不要惹怒他。听完她的话，爱蜜莉雅……

"但是，这绝不能成为我放弃的理由。"

"哪怕自己有生命危险？"

"现在，我的眼前就有很可能身处险境的人。我偷偷跑出去再偷偷跑回来……这样不行吗？"

既然是水灾，那么爱蜜莉雅的魔法应该能发挥效果。冰的外形不固定，融化之后也不会留下痕迹。虽说她不擅长偷跑，但她依然要出去，尽管被雷格鲁斯发现会很糟糕。

"难道您是认真的吗？"

"嗯，我非常认真啊……我看起来不认真吗？"

一百八十四号愣了好几秒，然后长叹一口气说道，让爱蜜莉雅感到惊讶。

爱蜜莉雅自认为是在拼命地恳求，但假如被当成半开玩笑，

那问题就大了。眼见她的反应,一百八十四号望向窗外:

"如果您担心洪水会伤害居民,那就多虑了。因为目前都市的大多数民众都躲进了避难所,应该避过了水灾。"

"避难所……啊,早上的广播里也提到过!大家都躲去那里了吗?"

"好几个小时前就躲进去了。"

"这样啊,原来是这样啊……那就好。"

眼见一百八十四号点头,爱蜜莉雅便安心地抚摸胸口说道。

诚然,水灾带来的损害并不会就此消失,但这番话还是让爱蜜莉雅感到侥幸,毕竟避免了大量一无所知的群众被淹没的悲剧。

"您就这么信了?"

"咦,不能信吗?"

"我是他的妻子……您就没想过,我会为了夫君说谎吗?"

一百八十四号像试探爱蜜莉雅一样,用隐形的爪子挠她的心。受到微弱刺激的爱蜜莉雅只思考了片刻,回答道:

"可是你刚才很认真,所以我觉得你一定没说谎。"

爱蜜莉雅摇了摇头,选择相信一百八十四号是诚意的,而不是恶意的。

而且,如果一百八十四号真要撒谎,那应该会撒更容易骗到爱蜜莉雅的谎吧。但是,她居然反问爱蜜莉雅为什么不怀疑她,这是良心驱使她这么做的。

"啊……"

爱蜜莉雅的一番话,惊得一百八十四号微微睁大了眼睛。眼见她的反应,爱蜜莉雅感觉第一次看见了她真正的表情。

"原来你也会惊讶,看来这下终于可以好好谈谈了。"

"让您见笑了。继续谈下去,会触怒夫君的。"

第二章 骑士的条件

"让笑起来很美的妻子笑出来,居然会惹丈夫生气?真是非常奇怪。"

"您别管奇怪不奇怪……先给您一个忠告。"

一百八十四号的感情被微笑的爱蜜莉雅扰乱了,但她很快调整好呼吸,继续说道:

"夫君喜欢的是您平常的脸和表情。我奉劝您别笑,别难过,最好别改变表情,连嘴都不要张开会更好。"

"意思是不能说话?这又是为什么?"

"因为没人知道什么会侵犯夫君的权利。"

一百八十四号担心侵犯雷格鲁斯的权利,她害怕应对雷格鲁斯。是恐惧束缚了她的感情,爱蜜莉雅很想帮助她。

与一百八十四号聊过之后,爱蜜莉雅明白了她很聪明,是那种笑起来就会给周围的人带来快乐的美人。

"皱眉也不行,夫君不喜欢这样。"

"你拼命思考了很多啊。要怎么才能放下雷格鲁斯,就你我二人好好聊一下呢?"

爱蜜莉雅认真地对一百八十四号说道。见状,一百八十四号轻轻屏住了呼吸,冰冷的眼中闪过一丝犹豫。

"那个……"

一百八十四号面对爱蜜莉雅,准备说出某种不同于先前的话语——

"啊,啊!各位烂肉,今天也精神地缩成一团发抖了吗?尊贵慈悲的、让你们极其倾心的美丽本小姐,又带着美声来广播啦!开心吗?享受吗?有没有激动得唱歌,再郁闷而死啊?呀哈哈哈哈!"

一百八十四号的双唇还没来得及编织话语,一道尖锐的话音就响彻了天空。

"怎……怎么了?"

突然从都市上空倾注而下的狂妄之声,惊得爱蜜莉雅瞪大了眼睛。她不禁抬起头来,意识到这是通过"魔法器"进行的广播。

今天早上,"魔法器"也向都市放过关心居民安全的广播,还有"歌姬"莉莉安娜的歌声。使用者不同,广播给人的印象也截然不同,至少爱蜜莉雅不认为现在放广播的人"尊贵慈悲"。

"好了好了,我有重大消息要通知各位变态烂肉!我太震惊了!我都说得那么清楚了,还是有一堆废物烂肉跑来找本小姐的麻烦!不过呢,我就知道你们会来,所以做好了欢迎的准备。可是啊,该生的气肯定要生啊!"

广播里的声音轻松愉快,但确实夹杂着烦躁,它继续邪恶地宣告:

"于是,说老实话,我觉得已经够了,干脆直接打开所有水门,让整个都市沉到水底也行吧?毕竟我说了这么多还是被彻底无视了,我也是会受伤的。话说,我现在身上到处都是伤,感觉身心都受到了凌辱。"

威胁广播暗示可能打开水门,爱蜜莉雅不禁战栗不已。

大水门只是打开几秒而已,就造成了先前的水灾。如果全部开启,损失就不止这一点了。一旦都市整体浸入水中,现在安然无恙的避难所也必然会被破坏。

广播中的语气嗜虐之人手握决定权,危险性不可估量。

"可是……"

爱蜜莉雅认为对方无意立刻执行威胁的内容。

假如对方是认真的,那刚才不关水门就完事了。对方没这么做,肯定是因为有比水淹都市更加重要的目的。

"不过,我又不是魔女,为了展现本小姐像慈母一样宽容的心,就再给你们一次机会好了。"

对方提出了替代方案,肯定了爱蜜莉雅的直觉。可惜与字面意思不一样,接下来的广播内容并没有证明对方像慈母一样宽容。

"可——是——啊!考虑到你们得向受伤的我支付精神损失费,要是条件还跟以前一样就太不像话了!所以,除了最初提出的请求,我要再加上三个……呀哈哈哈,还有三个请求!"

摩擦般的话音仍在持续。

"第一个,献上应该已经被带到了这个都市的'睿智之书'。"

凌虐般的话音仍在持续。

"第二个,献上应该大摇大摆地来到这个都市的'人工精灵'。"

嘲讽般的话音仍在持续。

"第三个,将在这个都市举办……啊?啊,'与银发少女的结婚典礼'……简单来说,就是你们别来碍事吧。说真的,我才懒得管这破事呢!"

诅咒般的话音仍在持续。

"然后,再加上最后一个,就是我要'魔女遗骨'!总共四个请求!满足全部请求就是我赐给你们的独一无二的生存机会!除此之外,什么办法都没戏!没用!没脑子!毕竟你们的进攻失败已经证明了这一点!"

进行广播的人以强烈且带刺的语言攻击整个都市,极其唯我独尊。

爱蜜莉雅的直觉很准,敌人提出了放弃水淹都市的条件,但直觉还告诉她敌人不会信守承诺,满足敌人条件之时,四个

大水门必定会被打开。

"我的话说完了,你们庆幸吧!我建议你们为了活下去而丑陋地挣扎,总之先努力找出我想要的东西,再向我求饶!我说的每样东西肯定就在都市里面!你们搞清楚是被邻居还是被大人物藏起来了,然后抢过来献给我!呀哈哈哈哈!"

对方在最后留下一道尖锐的笑声,广播就这样迎来了唐突的结尾。

等刺耳的余音消失后,空气中只剩下无所顾忌的沉默。爱蜜莉雅感受着突然从拘束中解放出来的滋味,这才发现自己忘记了呼吸——

刚才的话音恐怕具有抓住听者之心的力量。

那道声音不仅透着与生俱来的魔性,就连说话方式和带动感情的方式也异常巧妙。通过威胁广播,说话人毫无遗憾地发挥出了天生的才能和后天培养的技术。

"刚才的声音……"

"是大罪司教'色欲'卡佩拉·艾美拉达·卢克尼卡大人。"

爱蜜莉雅摸着喉咙,她的疑问收获了冰冷的回答。

只见在触手可及的位置上,一百八十四号的脸庞和眼睛都失去了感情,她那仿佛冻结一般的目光让爱蜜莉雅心生羞愧和悔恨。在广播开始前,她明明想告诉爱蜜莉雅一些事的——

"您已经听见了,现在都市在魔女教徒的掌控之下,如果贸然行动,他们绝不会手下留情,您应该很清楚吧?"

"等等,我知道魔女教……但我来这里之前遇到过自称大罪司教的人,可那人不是'色欲',她说自己是'愤怒'……"

"是的,都市里有多位大罪司教,夫君也是其中之一。"

"雷格鲁斯是大罪司教?"

一百八十四号垂下眼帘说道,爱蜜莉雅在感到惊讶的同时,心中也释然了。

爱蜜莉雅曾在时刻塔广场遇见大罪司教"愤怒"西里乌斯，而那位白发青年散发出与其相似的压迫感。假如这是事实，那么普利斯提拉就有"愤怒""色欲"外加雷格鲁斯共三名大罪司教，开关大水门的权限被握在他们手上。

刚才的威胁广播就是示威行为，即显示了都市普利斯提拉的现状——

"您明白自己所处的立场究竟有多重要了吗？"

"我的立场？"

"请您回想一下卡佩拉大人刚才提出的其中一个要求。"

在一百八十四号的提示下，爱蜜莉雅回顾了一遍先前的威胁广播，没听过的"魔女遗骨"和"睿智之书"姑且不论，"人工精灵"一词让她想到了一些事。另外，让她觉得莫名其妙的是……

"'与银发少女的结婚典礼'……感觉只有这个跟其他要求比起来很奇怪。"

一百八十四号继续保持沉默。

"啊，难道指的是我？"

在一百八十四号的默默注视下，爱蜜莉雅想到了这个可能性，顿时目瞪口呆。这是她第一次被人说成"银发少女"，外加她根本没有结婚的意思，所以这才意识到。

不过，假设威胁广播的要求是大罪司教们所期待的，那么计划举办结婚典礼的人就只可能是雷格鲁斯，他的求婚对象只有爱蜜莉雅。

也就是说，如果爱蜜莉雅毫无计划就从这里逃走——

"普利斯提拉就会被沉入水底。"

"看来您已经明白了。这次真要换衣服了，所幸在您睡觉

的时候已经量好了尺寸。根据夫君的喜好,已经为您备好了新娘衣装。"

说着,一百八十四号向爱蜜莉雅身上的薄毯子伸出手。爱蜜莉雅的身体僵了一下,但她一想到威胁广播的内容就放弃了抵抗。而且,身上一直缠着一块布实在太不成体统,这样很对不起帕克和安妮罗洁。

"是你帮我脱衣服的吗?"

"您以为是夫君吗?他不会贸然触碰女子的肌肤,只是想主张所有权而已……顶多就确认一下是不是处女。"

"你也说到'处女',这是什么意思啊?"

"虽说有点难以置信,但您的确是不知道啊。"

一百八十四号冷冷地回答了无知的爱蜜莉雅,看样子她被当成了相当缺乏常识的人。她暗下决心,日后一定要查清楚——没错,等一切尘埃落定后。

"昴他们没事吧……"

既然水门都市整体落入了魔女教手中,那么在时刻塔广场与大罪司教"愤怒"对峙过的昴和碧翠丝,肯定正在为夺回都市而奔走。

除了爱蜜莉雅之外还有其他国王选举候选人在,只要大家都平安无事、团结一心——

"您刚才也说过这个名字,那是男子吗?"

"嗯,他是我的骑士,现在肯定非常担心我,我也一样担心他……但愿他没有勉强自己。"

爱蜜莉雅嘴上这么说,心里却认为昴在勉强,他应该很担心自己才对——

她丝毫不担心昴会被杀死。

昴身边有碧翠丝,说到底,爱蜜莉雅根本无法想象他会陷入窘境以致有生命危险。无论遇上多么大的问题,恐怕他都能解决。但是,信任归信任,她因害他不安和担心而产生了罪恶感,所以她觉得自己让他为难,实在太不争气了。

爱蜜莉雅思念着昂,一百八十四号则望着她的侧脸,微微睁大了眼睛。

"在夫君面前,绝对不要提起那位叫昂的男子。"

"为保险起见先问一下,这是为什么?"

"借夫君的话来说,就是心灵的纯洁会受到怀疑。"

"又是这个……"

雷格鲁斯不解释清楚,却总拿这个当理由,让爱蜜莉雅实在不知所措。

面对心怀不满的爱蜜莉雅,一百八十四号拿起准备好的白色礼服,轻轻地在爱蜜莉雅身上比了一下并满意地点了点头。漂亮的礼服看上去闪闪发亮,质感却很柔软,一摸就知道它非常高级。

"不过,穿起来活动不太方便啊。"

"奉劝您最好也别表达不满,要换衣服了哟。"

一百八十四号开始娴熟地换衣服,爱蜜莉雅乖乖听话,穿上了白色礼服。总之,目前先听她和雷格鲁斯的话。

毫无计划地逃跑会令都市陷入危机,所以要慎重地拟定好计划再行动。

2

"你这废物!"

最先进入昂耳中的是某人悲痛的喊叫。

刚踏入市政厅,感情激昂的尖叫声便敲击了昂的鼓膜。那

是一道熟悉的声音,他还是头一次听见说话人将感情宣泄到这个地步。

在透着难耐悲愤的大喊声响起的同时,巴掌扇脸的清脆声音也响了起来。

"别介,小姑娘!这么责备他也没用啊!这不能怪谁,小姑娘应该也明白这个理吧?"

"少啰唆!我不想听这种假惺惺的话!外人给我闭嘴!"

争执变得白热化,市政厅的大厅内充斥着烦躁的气氛。昴不忍看见这样的场面,胸口隐隐作痛,咬紧了嘴唇。

大厅很宽敞,有接待台和等候室。虽说内部有打斗的痕迹,但还算整洁有序,损坏的桌椅被挪到了边上。在大厅中央,三人正瞪着彼此,气氛剑拔弩张——

一个是含泪的菲莉丝,一个是抓着菲莉丝的手并露出牙齿的里卡多,至于甘愿被菲莉丝扇巴掌的人是红着脸的威尔海姆。

面对争执的二人,老剑士无力地垂着头,蓝眼睛里闪烁着悔恨:

"我无可辩解。"

"你倒是辩解一下啊!你倒是解释一下,说是出于某些不得已的原因才会变成这样,好让我接受啊!就算道歉……就算跟我道歉也没用啊!"

"小姑娘,俺懂你的心情,大家都很悔恨。这……"

"悔恨……悔恨有什么用?废物!懦夫!你们!你们全一个样!为什么……为什么,谁都没能……让库珥修大人……"

菲莉丝大口喘气,瞪着威尔海姆和里卡多,当场跪了下去。

听见菲莉丝带着哭声的责备,两位男子一言不发。在二人——错了,现在还要加上昴和由里乌斯,在四人的注视下,菲莉丝开始挠坚硬的地面。他就像在责罚自己一样,把漂亮精致的指甲和手指挠得变形,让人心痛。

"说什么'青'啊……在这种时候一点忙都帮不上,有颜色又能怎样……废物!废物废物……废物!"

滂沱的泪水洒在地面,菲莉丝的责难声像诅咒一样持续不断。如果他把愤怒对准了周围人还好说,可一旦明白他气的是无能为力的自己,那就没人能拭去他的悲痛了。

因为在场的所有人,无一不责备自己的弱小和不争气。

"小哥回来了啊,由里乌斯也辛苦了。"

里卡多没对颓然的菲莉丝说什么,他发现进入大厅的昴和由里乌斯后打了一下招呼。见状,昴微微板起脸,走到三人身边。

"昴阁下……您平安无事就好。"

"威尔海姆先生和里卡多也都安好,但我没法单纯为此感到庆幸啊……"

"让您见笑了……菲莉丝。"

"知道了。"

威尔海姆向前来会合的昴行了注目礼,接着提醒了菲莉丝。菲莉丝立即用袖子匆匆擦了一遍脸,以十分平稳的动作起身,再轻轻将手放在昴的身体上。他检查完困惑的昴,凝视着昴的眼睛说道:

"嗯,看起来没问题,也没有奇怪的感觉。你能说出自己的名字和故乡吧?"

"啊,好的。名字是菜月昴,故乡是日本。"

"是从来没听过的乡下地方啊……那我先回库珥修大人身边了。"

菲莉丝把昴的回答当成无聊的玩笑,眼中依然毫无感情,他就这样迅速转过身去,离开大厅。望着他那纤瘦的背影,昴不知该说什么才好。

"昴阁下,我先告辞了,我现在也要陪在库珥修大人身边。"

说着,威尔海姆跟上菲莉丝,同阵营的二人接连离去了,大厅紧张的气氛稍稍缓和了一点。

"收到由里乌斯报的信后,俺就出来接小哥了,结果碰巧撞见了小姑娘和威尔海姆先生。然后,你们也看见出了啥事。"

"这也没办法。会合之后,菲莉丝就一直在治疗伤者,更主要的是他一直在集中精力诊治库珥修大人……不过对威尔海姆大人来说,这段时间太残酷了。"

由里乌斯一边说,一边隔着衣服摸收进怀里的"对话镜"。在返回的途中,他用那个"魔法器"通知了带回昴的消息,于是菲莉丝下楼准备为昴检查伤势,结果发生了刚才那一幕。

"他很难受吧……"

菲莉丝悲痛的大喊,以及对自身和周围人的怒骂在昴的耳中挥之不去。与此同时,一股焦躁感抓挠着昴的胸腔:库珥修小姐的伤势有这么严重吗?

"拿去,小哥,你掉的东西。"

"咦?喂,噢!这是……"

里卡多将手中的某个东西抛向神色严峻的昴。昴下意识伸手去抓,原来是泛着黑光的鞭子,即本以为遗失了的基尔狄鞭。

"你捡回来了吗?帮大忙了。有了这个,我就能多使一些招数了。"

"用不着感谢俺。毕竟小哥用它把公爵小姐姐和黑龙绑在一起了,俺只是把它解开收起来罢了。"

"我把黑龙和库珥修小姐绑在一起?这是什么意思?"

昴将失而复得的鞭子别在腰后,对里卡多的回答心生疑问。

"一开始已经跟你说过了,从顶层被击飞出去的黑龙,从'色欲'手中抢回了你和库珥修大人。当时,失去意识的你为防止库珥修大人从黑龙上掉下去,就用鞭子把她和黑龙绑在一起。"

"我做了这么多,结果自己掉进水里了啊。要是库珥修小姐平安无事,那我就可以对自己说干得漂亮,自吹自擂一把……"

"菲莉丝一直在尽力治疗,可惜情况似乎不太理想。"

由里乌斯稍稍犹豫后答道,肯定了昴不好的预感。

库珥修与昴一样,也被淋过卡佩拉的血——昴想起自己右腿像花纹一样的黑色肉瘤,感觉喉咙急速变得干渴。

"不太理想?那具体情况呢?"

"或许是'色欲'对库珥修大人做了什么,有异物进入了她体内,从内部折磨着她。你也知道菲莉丝有多么凌乱,实在太让人看不下去了。"

由里乌斯语气低沉,不禁让昴担心库珥修陷入了相当危险的状况。

昴被淋上卡佩拉的血后,感受到了自我被异物侵蚀的恐惧。与疼痛和苦痛不同,那是另一个层次的恐惧。如果说折磨库珥修的是昴品尝到的异物感——

"对了!是龙血!卡佩拉那家伙确实这样说过!"

"龙血?指的是赠予王国的神龙之血吗?"

眼见昴抬起头来,由里乌斯便皱着眉头询问道。

"是不是那么厉害的龙就不清楚了。库珥修小姐呢?她什么都没跟你们说吗?"

"没有,库珥修大人一直没醒,所以菲莉丝应该也没听说这个消息。"

"还没醒……血的消息能算得上线索吗?"

"我想不出来,不过菲莉丝也许能想到什么,赶快去告诉他吧。"

"啊,嗯,是啊,那就赶紧——"

"小哥就别去了,俺代你捎话吧。"

这个消息或许有助于改变状况,但里卡多阻止了扑向这一可能性的昴。

犬人里卡多如教科书一般豪放磊落,这样一个他正神情严肃地抱着胳膊,摇了摇头,表现出符合年龄的深思熟虑感。

"小哥还没看过,还是不看为妙。"

"这是什么意思?"

"就是字面意思……毕竟是美女,她被看了会更加痛苦。"

里卡多的说法不仅勾起了昴的不安,还催生出更加糟糕的想象——不对,犬人根本没打算隐瞒,他只是在告诉昴要自己理解、自己接受。

犬人很体贴,但压根没想过无条件保护少年的心。尊重强者,这正是里卡多推崇的野性生存之道,他不会把昴当成小孩,他的言外之意是:俺可以关心你,但不会和你走得太近。

"俺去说。由里乌斯,你带小哥去见大小姐。还有啊,你这蠢货,瞧你这颓废模样,把腰板挺直咯,赶紧振作起来。"

"对不起,菲莉丝那边就交给你了。"

里卡多挠了挠头,用大手掌抓住由里乌斯的肩膀,说完这句话便离开了,自家人的激励让由里乌斯皱起眉头开始自省。

"小哥,晚些见……你平安无事就好。"

里卡多最后只留下这句话,背影不断朝大楼深处远去。

"上面的大房间被当成救护室了,碧翠丝大人和蜜蜜他们也在里面。不过,只有库珥修大人……"

"只有她在其他房间吧?你也认为我最好别去见她吗?"

"只要库珥修大人本人不希望。"

由里乌斯用短短一句话给予了肯定,表示他和里卡多的意见相同。

第二章 骑士的条件

说实话，昂想亲眼确认库珥修的安危，哪怕同伴们纷纷表示最好别去见她。这不过是昂的私心，恐怕是谁都不愿见到的私心。

"走这边，去见安娜塔西亚大人吧。"

到头来，昂没能坚持己见，他在由里乌斯的带领下于市政厅内行走。二人离开损坏的大厅进入一条通道，墙壁和地板上都留有无意义的破坏痕迹，魔女教占领这座大楼时有过怎样的示威行动已跃然眼前。

当然，昂认为这样的损伤痕迹不只这里有，都市的各个地方都遭受了攻击，只是"色欲"和"暴食"齐聚的市政厅尤其满目疮痍。一想到那两个大罪司教，忸怩之情就涌上昂的心头。

"由里乌斯，你跟'暴食'那个混蛋……"

"彼此都负伤了，但没能决定胜负。跟楼下的战斗一样，因黑龙和水灾的混乱，我最终放跑了他。"

"这样啊……"

听完由里乌斯的回答，昂用微弱的沙哑声应了一句。

由于之前一直没提讨伐"暴食"的结果，昂已经不抱多大希望了，但明确得知对方跑掉后，他还是极其失望。

尽管今天一下子就与四个大罪司教结下了恩怨，可是"暴食"——让雷姆长眠不醒，将对她的记忆从世界删除的敌人还是很特别。如果要昂说真心话，那他恨不得亲手把那家伙大卸八块。

"对不起……我连自己的任务都没完成。"

"别这样，总是道歉会习惯成自然的。里卡多不是才说过吗？你要振作起来，别逼我也骂你蠢货。失手的是我们所有人，所以找回场子的也得是我们所有人。还是说，因为'最优秀骑士'先生的履历被玷污了，所以你要放弃？"

69

面对目瞪口呆的由里乌斯，昴挑衅般耸了耸肩，紫发骑士见状便扬起嘴角：

"真能说啊。在这种状况下还敢夸下海口，你真是天不怕地不怕。"

"怕还是会怕的。我知道这世上最可怕的是什么，还感受过，所以为了对这些事情说'No, thank you'，我会使劲挣扎的。"

昴有自知之明，他自责过也反省过，正因如此，他不能停下脚步。

世上最可怕的事情，是失去与那些重要之人的联系，是再也无法与重要之人一起遥望本该存在的幸福，是获得幸福的可能性被永远剥夺。

如今在这个都市里，这些最可怕的事情很可能降临到每个人的头上——

"我们应该还能做些什么。"

昴将决心转化为语言，并向由里乌斯点了一下头，之前的失败就用后续行动来挽回。

要说不甘心，由里乌斯也一样。在威胁广播播放之前，他的弟弟约书亚为了接收"暴食"的情报，离开了旅馆。既然之后没人提起他弟弟的名字，那就表示其目前生死未卜，这也算他与"暴食"的某种恩怨。

"什么嘛，比想象中有精神啊，这下我就放心了。"

昴陷入了沉思，但来自走廊另一头的话音敲击着他的鼓膜。他不禁挑起眉毛，看见说话的女子后安心地耸了耸肩。

那是一位面容柔和动人的女子——由里乌斯的主人安娜塔西亚。

"哎呀，被你听见了。你真是坏心眼啊，安娜塔西亚小姐。"

"为了整理思绪，我就出来散步了，结果正好听见了菜月的声音。你们好像在谈重要的事,我也不好打扰你们。"

安娜塔西亚扶着脸,恬静地如此答道。随后,她用浅蓝色的眼睛望着昴身边的由里乌斯,慰劳道:

"辛苦了,能把菜月带回来,真是太好了。这样一来,等加菲尔回来后就能冷静地谈谈了。"

"听你这话,意思是加菲尔不在这里吗?"

"他几乎没休息,一直在外面奔波。他去确认过附近的避难所是否安然无恙,还有消灭街上冒出来的诡异怪物……最关键的则是为了寻找他重要的老大。"

"他在找我啊……"

仔细一想,这是理所当然的。在战斗过程中,昴被水冲走,行踪不明,那么得知昴失踪的加菲尔又怎可能安分下来?他可以利用嗅觉搜寻昴,所以在都市里奔波一点都不奇怪。

"毕竟情况特殊,连里卡多也说菜月的气味时而消失,时而跟其他的气味混在一起。可谁知道被派去缪斯商会的由里乌斯先找到了你,还真够讽刺的。"

"那么,加菲尔还不知道情况,就这样在街上瞎跑吗?"

"姑且叮嘱过他,让他每隔一小时就要回来露个面,等他下次回来时应该能见上吧。话说回来……"

这时,安娜塔西亚注视着昴,陷入了意味深长的沉默。昴感觉身心正被她的理性眼神估价,不由自主地挺直了胸膛。

眼见昴的反应,安娜塔西亚扬起嘴角:

"嗯,看来你真的没有勉强自己啊,毕竟你骗不过我的眼睛嘛。"

"我就没想骗你,我的身心都很健康。接下来呢?"

"我想跟菜月谈一点重要的事。"

安娜塔西亚向昴走近了一步,来到能感受到彼此呼吸的距

离静静地说道。昴在极近距离感受着声音的压力,身体轻轻后仰问道:

"重要的事?"

"菜月也听说了吧?在离开市政厅之前,大罪司教'色欲'新加了各种条件,你肯定很气愤吧?"

"没错,我很生气,已经气炸了。"

昴意识到,安娜塔西亚指的是他难以容忍的"结婚"一事,于是气得额头冒青筋。听见他的回答,安娜塔西亚满意地点了点头,继续说道:

"由里乌斯,我接下来要跟菜月谈重要的事,这段时间的事务能交给你处理吗?"

"如您所愿。不过,您要跟他谈重要的事吗?"

"用不着这么担心,我不会害他的。嗯,我是说真的。"

安娜塔西亚面露并不可爱且深不可测的笑容,挺起了平坦的胸口。

得知主人决心已定,由里乌斯便没再提出疑问。眼见自家骑士的态度后,安娜塔西亚移开视线,用浅蓝色的眼睛注视着惊讶的昴,面带微笑说道:

"那就开始吧,开始左右都市未来的、很重要很重要的谈话。"

安娜塔西亚一边抚摸白狐围巾,一边从容不迫地断言道。

3

左右都市未来的重要谈话——

恐怕这既不是威胁,也没有别的意思,只是安娜塔西亚的真实心声。

正因为昂立刻理解了严重性，这番话的力道才能胜过威胁，在他心中扎下根来。他感觉混乱的觉悟和决心现在有了明确的方向。

"于是，跟普莉希拉她们分开后，我独自朝商会进发，在半路上遇见由里乌斯，他就把我带回了市政厅。"

昂直截了当地交代完自己遇上的事，轻轻呼出一口气。

目前，二人正在市政厅二楼的会议室谈话。室中央的桌子上铺着普利斯提拉的地图，上面标有许多文字和记号，被显著标明的是位于都市四角的控制塔和大水门，至于其他小点——

"是所有的避难所啊。都市这么大，避难所的数量也实在够多的……虽说多亏有它们，水灾的严重程度被降到了最低，但又出现了其他问题。"

望着地图上的记号，昂的脑海中浮现出不久前避难所的混乱场景。

在西里乌斯的权能作用下，不安的感情被增大，都市的居民们情绪失控，导致事态不断恶化。相同的一幕和相同的问题应该正在都市的各个角落上演，至于以意想不到的方式应对这个问题的人——

"嗯，嗯……嗯，谢谢。什么嘛，这下很多事情都可以接受了。消失不见的公主在做出乎意料的事，我感觉也在意料之中。"

"啊，嗯，我明白这种感觉，出乎意料才是意料之中。"

昂提及在出乎意料的方面发挥出超常行动力的普莉希拉，让安娜塔西亚的嘴角露出了暧昧的微笑。不过，她很快板起脸，目不转睛地注视着昂：

"你那断掉又接上的腿，没有问题吗？"

"好在蹦蹦跳跳没有问题，但是外观很恶心，你要看看吗？"

"嗯，让我看看。"

安娜塔西亚毫不犹豫地点头答应,昴在略感惊讶的同时将右腿的裤子卷了起来。眼见黑色肉瘤侵蚀身体的场面,安娜塔西亚微微皱起了眉头。

"真的不痛吗?看起来就像灌了脓一样。"

"我就不问你要不要摸了,可是真的不痛,摸上去的感觉也很普通。不过,也就是这部位的伤的恢复速度快了一点。"

"感觉这并不能单纯当成一件好事。菜月可以蹦蹦跳跳就好,毕竟今后还得让你多多努力才行。"

安娜塔西亚心中也残留着疑问,她的结论与被迫接受现实的昴一样。肉瘤本身无法去除,但它不会对行动造成影响,既然如此就应该不管它,先去处理优先级更高的问题。

当前的问题是……

"是'色欲'权能的受害者,就是市政厅里被变成苍蝇的那些人……目前都集中安排在三楼。"

"之前我和库珥修小姐都不在,你们是怎么知道那些人的情况的?"

"多亏了把库珥修小姐带出来的黑龙,那个人可以沟通,被变成苍蝇的人也有意识,愿意听从指示……真不知道这算不算好事。"

对于安娜塔西亚怀有的疑问,昴也不知道答案。

如果这些人的大脑与外貌一样也被改变了,那就不必为样貌改变而痛苦烦恼了。可是这意味着会丧失自我,同时也让他人难以接受。

然而,失去自己的身体,被变成截然不同的物种,在这种状态下是否还算保持着自我呢?外人恐怕无法给出答案吧。

"拜身体无法自由活动所赐,目前还没出现自残的人。估计有些人还没有接受现实吧……光是能在此之前把大家保护起来，就已经很庆幸了。"

"自残，你是指自尽吗？这种事……"

"你觉得不用担心吗？"

"唔……"

面对这个问题，昴还是无法轻易给出答案，不过他可以感受到，对于这种过于超常的事态，安娜塔西亚在制定对策时远比他冷静。他还意识到，她是真的对没人自尽的状况感到最起码的安心。

"只要活着就有希望。身体自不用说，要是心死了，希望就会破灭。活下去，别放弃希望，任何情况下都要活下去。"

安娜塔西亚平静地轻声说道，不光是对昴说，也是在对自己说。假如说这拼尽全力的、死缠烂打的生存之道是她的生死观，那么昴也一样——

必须活下去，哪怕苟且偷生。

只要还活着，反抗的机会就一定不会消失，早晚会轮到自己。为此……

"问题堆积如山，在都市蔓延的'愤怒'权能，被'色欲'变化而看见地狱的受害者，所在位置和目的不明的'暴食'，还有最让人无法理解的'强欲'……"

"只能逐一击破。"

安娜塔西亚隔着地图坐在桌子对面，抬头望着握拳表态的昴，在她的注视下，昴深深呼出一口气。现在想来，情况真是不可思议，两人会像这样为解决混乱都市的问题而对话，换成以前是无法想象的。

"上次跟菜月面对面谈话，还是在白鲸讨伐战的前夜吧？"

"真巧啊，我也在想同样的事。当时也是在商量该怎么应付强敌……对吧？那么，这是我和安娜塔西亚小姐第二次当历

史的见证人了。"

"历史的见证人,菜月说得真夸张。不过呢,嗯,嗯……"

安娜塔西亚点了好几下头,像是在细细品味,于是昂感到很讶异,觉得这不像她的风格。让人感觉凡事都很果断的她,现在看起来很犹豫。

"安娜塔西亚小姐,有话就直说吧。凭我们的交情……倒也算不上有什么交情,可你都把由里乌斯支开了,就是因为有话要跟我说吧?"

安娜塔西亚命令由里乌斯离开,是因为必须和昂单独谈一谈。昂的一番话令她叹了一口气并点了点头,她又抬起头来目不转睛地注视着昂,张开了嘴唇:

"是啊,我就直接问了,小碧翠丝是'人工精灵'吧?"

安娜塔西亚的疑问里带着几分确信,让昂惊讶无比。

事实上,碧翠丝的确是"强欲魔女"艾姬多娜亲手创造的"人工精灵"。由于爱蜜莉雅阵营外的人无从得知这个情报,所以不管安娜塔西亚有多确信,昂都可以佯装不知——

"嗯,没错,碧翠丝是'人工精灵',她是魔女教那帮人的目标之一。"

昂没有隐瞒,只是平静地点头,肯定了安娜塔西亚的疑问。

洪水袭击都市后,敌人通过威胁广播追加了三个要求,其中一个就是献上"人工精灵",换句话说就是要求献上碧翠丝。这是让昂觉得不可理喻,想冲敌人竖中指的两个原因中的一个。

"虽然贝亚子的出身有一点特别,但除了超级可爱之外,她没什么特别的地方。那帮人为什么想要我的贝亚子,真是个谜团。"

不安因素并非不存在,毕竟碧翠丝的生母是那个性格恶劣的魔女。

第二章 骑士的条件

"强欲魔女"想控制昂，把他变成满足自身求知欲的人偶。照她的性格来看，会在碧翠丝体内埋下怎样的炸弹都不足为奇。魔女教以碧翠丝为目标，背后可能也潜藏着此类原因。

"在这个都市里，除我以外估计没人带着'人工精灵'了。我认为魔女教想要的肯定是碧翠丝……安娜塔西亚小姐？"

说到这里，安娜塔西亚的模样让昂歪起了脑袋，她听完昂的回答竟目瞪口呆。随后，她被昂叫住回过神来，继续带着惊讶点了点头：

"啊，嗯……居然……没错，菜月居然这么老实地说出来了。看来小碧翠丝有危险啊。"

"问题是敌人的目标，我要是有所隐瞒，就成利敌行为了吧。而且根据现状来看，我最想借助大家的力量，先坦露实情是理所当然的。"

"利敌行为……是啊，嗯，的确没错。"

昂耸肩答道，安娜塔西亚听完后嘀咕起来。她的低语听起来透着格外沉重的真实感，但在皱眉的昂追问前，稍显坐立不安的她摸着围巾摇了摇头。

"我本以为，菜月在大家面前可能会不便开口，看来是我多虑了啊。"

"我们阵营的人都知道贝亚子的身世，迟早会传出去的。而且，我不会答应魔女教的任何要求，可以认为你的想法也一样吧？"

"是啊，一个条件都不会答应。一旦满足他们就完了，都市必定会被沉到水底，绝不能让他们得逞。"

在昂的眼前，安娜塔西亚释放出的压迫感令他不寒而栗。他在近距离感受着她的魄力，这才意识到她心里的强烈感情是什么——

难以压抑的怒火一直在她心中燃烧。

从安娜塔西亚动人的容貌、平静的表情和冷静的态度中很难看出来这点，现状让她心生无尽燃烧的怒火。至于她愤怒的原因，想必在于逃到市政厅之前发生的事。

"安娜塔西亚小姐，缪斯商会发生了什么事？"

由里乌斯已经告诉过昴，缪斯商会遭受袭击，安娜塔西亚等人经过一番死斗才撤出了那里。而且，身为都市代表之一的奇力塔卡·缪斯及其私人军队"白龙之鳞"的成员不知去向。

事态不断恶化，愈发严峻，受此影响，总是保持冷静的安娜塔西亚已经无法控制住自己的感情了。昴心想肯定出大事了，于是提问时很慎重。

"那是由里乌斯和里卡多跟你们一起去夺回市政厅后的事情。"

安娜塔西亚压抑着自己的感情，开始回答昴的提问。

在夺回市政厅作战开始的同一时间，缪斯商会也出事了，降临在安娜塔西亚等人头上的恶毒灾难究竟是什么？

那就是……

"全身缠着绷带的大罪司教向我们发起了攻击。"

4

"安娜塔西亚大人，现在查明了一件糟糕的事。"

奇力塔卡的脸色很难看，他提起的事让安娜塔西亚皱起了标致的眉毛。

不久前，放在桌上的镜子收到了另一头传来的消息，为了夺回市政厅而派出去的战斗班已经开始与魔女教徒战斗了。

战斗一旦开始，安娜塔西亚就只能静候佳音。虽然这让她牙痒痒的,但身为非战斗人员,她总是借祈祷和对伙伴的信赖度过这段时间。因此,她认为这次也不例外,便在"对话镜"前静静地等候着,可谁能想到……

"听你的口气,情况不太理想啊。出什么事了?"

"您应该知道吧,我命令部下去保护十人会的议员了。"

"的确听你说过,如果十人会成员被魔女教抓住,大家一起隐瞒的'魔女遗骨'的位置很可能会暴露。该不会是……"

安娜塔西亚心生不祥的预感,表情随之阴沉下来。

"已经有人被抓住了吗?然后遗骨的位置暴露了……"

"不是的,事态更加严峻,普利斯提拉十人会全灭了。我收到报告,称除我之外的议员都被不明人士杀死了。"

"啊?"

出乎意料的报告颠覆了最糟的预想,安娜塔西亚随即语塞了。眼见她的反应,奇力塔卡也不掩动摇地摆头说道:

"全灭了。我的部下确认过,他们死在了自己家或工作单位。根据状况来看,他们早在最初的广播开始前就已经……"

"等一下,那就太奇怪了,因为那帮人的目标应该是遗骨才对啊……"

说到这里,安娜塔西亚恍然大悟。她刚才很自然地说出了"那帮人",可是魔女教——大罪司教原本并不具备合理性,不会为了同一个目的齐心协力、结伴行动。

现已发现,普利斯提拉同时存在三名大罪司教,但他们不适合协调互助正是发起夺回市政厅作战的根据之一。以此为鉴,参照十人会议员遇害的背景,一个假说就浮出水面了。

尽管难以置信——

"只有十人会成员知道'魔女遗骨'的位置,可他们明明想取得遗骨,却接连杀害知道位置的人……只能认为敌人内部

有两种意见。"

"是有想获得'魔女遗骨'的一派,以及想横加阻拦的一派啊。"

"要是相信菜月的话,说不定还不止两派。"

奇力塔卡似乎得出了相同的结论,安娜塔西亚就和他开了一个让人开心不起来的玩笑。

之所以不能简单地当成玩笑,原因出自魔女教恶劣且不合理的特性。敌人缺乏凝聚力的特性会给人可乘之机,但这同时也是制造不确定性的因素。

考虑到避免了因"魔女遗骨"被夺走而导致都市早早沉入水中的情况,虽说很对不起遇害的十人会议员,但现状未必算得上非常糟糕。不过,根据此事可以推测出——

"奇力塔卡先生,我想你应该很清楚……"

"下一个目标就是我,即这个商会。安娜塔西亚大人,请准备避难。"

"奇力塔卡先生打算怎么办?"

安娜塔西亚直截了当地询问奇力塔卡,略过了细节。她很清楚奇力塔卡身为都市代表的决心,以及身为十人会一员的责任感,但清楚归清楚……

"可别浪费生命啊。无论发生什么事,一定要活下去。"

说着,安娜塔西亚坚定地注视着奇力塔卡,奇力塔卡见状便挑起了眉毛说道:

"真让人吃惊,我还以为安娜塔西亚大人是一个当断则断的人呢。"

"我不是冷血无情的金钱奴隶,让你很吃惊吗?要做亲爱客人的邻居,是我们商会做生意的原则哟。"

"请恕我冒犯,美丽的大商人阁下。如果时间允许,我真想邀您共进一餐,加深友谊……"

"你已经有心爱的'歌姬'小姐了吧?花心可不好啊。"

"嗯,没错,而且时间也不允许。"

二人互说了一通确认彼此状况的话,但奇力塔卡的一番话让安娜塔西亚板起了脸。

时间紧迫,假设杀害十人会议员的敌人接下来要对奇力塔卡动手,那么缪斯商会就是绝佳的猎场,而且这里的非战斗人员实在太多了。

"我自作主张,已经命令部下把避难群众和伤员移送至附近的避难所。安娜塔西亚大人也带上菲莉丝阁下和'铁之牙'成员去避难吧,我要跟部下一起分头行动,您跟我们在一起实在太危险了。"

"你找好去处了吧?"

"当然了,我不打算坐以待毙……"

奇力塔卡回答了问题,拉正白衣服的衣领,正准备露出笑容——

冲击波立即击碎了缪斯商会的多面窗户。

玻璃破碎的声音化为风暴,蹂躏安娜塔西亚的双耳。由于听觉受到了刺激,她情急之下趴倒在地。

随时随地都要保持警戒——假如没有从小养成的习惯,恐怕安娜塔西亚已经浑身插满玻璃碎片了。她条件反射般地抓起"对话镜"收入怀中,然后抬起头来。同样趴在地上的奇力塔卡猛地起身,朝屋外大喊起来:

"出什么事了?来人啊,快报告……"

"抱歉。谢谢。"

听见这道话音,一股寒意袭上安娜塔西亚的背脊,她便立刻用力拽了一把眼前之人的袖子。

虽说安娜塔西亚很轻,但她用上了全身重量去拉瘦弱的奇力塔卡。他无力抵抗,一屁股坐在地上,这时锁链攻击划出一道金色的轨迹扫穿石墙,从他的头顶呼啸而过。金色的破坏象征猛然回旋,激起破碎声和粉尘,掀翻了整整一层楼。

多亏安娜塔西亚拽了奇力塔卡的袖子,他才勉强保住一命。如果慢上一秒,他的身体已经一分为二了,两个商人就这样在一瞬间跨越了生死境界。

"啊,啊,太美妙了!相互关心、相互帮助、相互谦让的心救活了彼此!真是……没错,真是表现得太美妙了。鼓掌!"

伴随着踩在玻璃上的脚步声,刺耳的嘶叫声正不断接近二人。最终,在屏息的二人眼前,半边变形的门被人狠狠踹开了。

异形怪人用蛮力破门而入,穿过烟尘现身了。她浑身缠着绷带,长着银色的头发,正用青紫色的眼睛睥睨世界,散发出丑恶的存在感。

安娜塔西亚只是听人说过此人的特征——

"大罪司教……'愤怒'。"

"哎呀,还没自我介绍就被认出来了,感觉挺难为情的。您单方面认识我,但愿我没有负面传闻吧。"

怪人用手掩住嘴角,同时锁链的金属摩擦声不识趣地响了起来。可以看出,她难为情的举动并非虚情假意,羞涩的举止是出自内心的,这样更加凸显出异常性。其样貌、品行和言行,无愧为世界的异物——大罪司教。

"我是大罪司教'愤怒',名叫西里乌斯·罗曼尼康帝,今后还请多多指教。"

怪人西里乌斯礼貌地行了一礼,表现出未经虚饰的亲切之情。面对这个扭曲的人物,安娜塔西亚感觉灵魂干渴,顿时大口喘气。

第二章 骑士的条件

面带亲切微笑的怪人,是在短短十几秒前大肆破坏了商会的罪魁祸首。她对此暴行毫无歉意的态度并不异常,不以为然的言行才异常。

"安娜塔西亚大人,能站起来吗?"

奇力塔卡距离怪人几米远,他叱喝颤抖着的膝盖站了起来。安娜塔西亚刚准备回话,却发现一股负面感情在心中膨胀。

"啊,唔……这怎么……可能……"

安娜塔西亚心中萌生出的懦弱膨胀起来,打击试图站起来的意志,斗志没能传到纤细的腿上。她气喘吁吁,越来越痛苦,别说站起来了,很有可能直接倒下去。正当她心生危机感时——

"唔!""哈!"

强烈的冲击波掀起狂风卷起散落在地的玻璃碎片,在室内肆虐。冲击波结实地打中绷带怪人,使她呻吟着向后退去。

两个人影打破天花板,在怪人和二人之间着地——原来是竖起橙色耳朵和尾巴、四肢趴在地面咆哮的小猫人兄弟。

眼见二人,心中充满懦弱的安娜塔西亚瞪大眼睛喊道:

"黑塔罗!缇碧!"

"大小姐!没事吧?""这就是大罪司教……"

兄弟二人望着身后高声大喊,让安娜塔西亚振作起来。她看着趴在地板上严阵以待的两个背影,张开了口:

"这点小事,我才……不怕呢!可是,你们没事吗?"

小猫人兄弟黑塔罗和缇碧正处于重伤状态,应该还在睡觉才对。

这是二人使用加护的代价,为了让姐姐蜜蜜保住性命,他们利用加护分担了蜜蜜无法愈合的伤。可是,原本无法动弹的二人现在出现在了这里,让安娜塔西亚的心里直发毛:难道是蜜蜜发生了致命的变化——

"不是您想的那样,安娜塔西亚大人!"

"菲莉丝先生?"

安娜塔西亚抬起头来望向被兄弟二人打破的天花板,与猫耳少女——似的骑士菲莉丝对上了视线。

菲莉丝摇了摇头,指着黑塔罗和缇碧说道:

"小菲莉用了禁术!跟昴的腿一样,他们是在硬撑!"

"跟菜月的……"

经过菲莉丝提醒,安娜塔西亚脑海中闪过以攻略组成员身份出征的昴。

与魔女教交战过的昴身受重伤,连走路都困难。即便如此,他依然决心参战,于是菲莉丝对他进行了特殊处理,使用了可以掩盖疼痛的术式。

如果说黑塔罗和缇碧此时此刻能出现在这里,是因为被施加了相同的术式——

在两个小猫人的脚边,鲜血正不断滴落在地。在他们的白色斗篷之下,鲜血从绷带里渗出。二人——错了,是三人以生命被侵蚀为代价换来了无痛。

涌上的焦躁抓挠安娜塔西亚的胸口,使她感觉自己变得白热化,然而——

"大小姐!你必须前进啊!"

"黑塔罗……"

"如果姐姐在,无论再怎么痛苦,她应该也会让我们帮助大小姐!我们要实现她的心愿!大小姐呢?大小姐准备怎么做?"

"我……"

黑塔罗居然怒吼着质问,让安娜塔西亚惊讶不已。因为他平时很稳重内敛,经常负责驯服奔放的蜜蜜和豪爽的里卡多。

毫不夸张地说,他真的是在如吐血般怒吼。

眼见黑塔罗的表现,安娜塔西亚——安娜塔西亚·合辛会怎么做?

"黑塔罗、缇碧,帮忙争取一点时间。就两分钟,能行吗?"

安娜塔西亚板起脸,询问两个小小的背影。

二人没有回头,只是摇晃长长的尾巴直接答道:

"换成姐姐,肯定会说交给我吧!"

"要是能办到,那就太帅了!"

黑塔罗和缇碧身陷困境依然面带笑容,说完后便分别蹬地、蹬墙向敌人扑去。西里乌斯举起手臂,挡住了二人使出的法杖攻击。

兄弟二人的联合攻击令怪人睁大了青紫色的眼睛:

"好可爱的兄弟之情,你们是双胞胎吗?啊,这也好美啊……"

"很不巧!""我们是三胞胎中的两个弟弟!"

金色的锁链狂舞乱弹,猛烈地打在蓝色的魔法屏障上。安娜塔西亚把高强度消耗战交给小猫人兄弟负责,自己抬头望向上方:

"菲莉丝先生!让我的人把蜜蜜和小碧翠丝带出去!总之先去外面碰头!"

"好……好的!明白了!"

眼见猫耳慌慌张张地缩了回去,安娜塔西亚便拉着奇力塔卡的袖子奔向窗边。由于门那边已经沦为战场了,两个非战斗人员无法通行,只能从紧急出入口离开。

"唔,呃……"

安娜塔西亚翻过窗框来到外面的平台,平台边缘有紧急用梯子,可以从那里下楼。她用力咬住发抖的手指,利用疼痛阻止发抖,再通过梯子来到楼下。二人就这么从商会三楼下至二楼,再从窗户翻进室内。

"要喘口气……还早得很……"

在二人头顶,黑塔罗和缇碧还在坚持奋战。假如拖得太久,二人肯定会有生命危险,恐怕连蜜蜜都会受到牵连,陷入更危险的境地。

只要菲莉丝好好调遣"铁之牙",带四楼的蜜蜜等人逃离并非难事,可问题在于离开缪斯商会后能逃去哪里。

"最好的办法是跟攻打市政厅的人会合。"

"我同意您的看法。再说一点,要尽可能提高成功会合的可能性。"

安娜塔西亚开动脑筋得出了结论,她身边的奇力塔卡则一边喘气,一边给出意见。她明白他这番话的真意,西里乌斯出现前,他在楼上也说过相同的结论。敌人的目标是十人会,为了分散受害点,他已经定好了逃跑路线。

奇力塔卡还知道,在那个大罪司教的追杀下,走那条逃跑路线究竟有多么困难。

"请您尽快赶往都市中央,我会和部下们一起吸引那家伙的注意力。"

安娜塔西亚无法对奇力塔卡的决心说三道四,因为这是他冷静思考——努力试着让自己冷静思考后得出的妥当结论。既然没法拯救所有人,那至少应该选择能够拯救最多人的办法。

"少主,这边准备好了,来大干一场吧!"

二人冲进了通道,这时奇力塔卡的手下"白龙之鳞"在他们面前聚集起来。眼见大家已做好战斗准备,奇力塔卡悠然地耸了耸肩:

"大干一场……可是你们也知道,我这人喜欢内敛稳重。"

"爱上莉莉安娜小姐的男人还好意思说内敛?笑死人了!"

这群男人们只等一声令下便会冲上生死战场,却突然大笑起来。要说他们是部下,感觉太过亲近了,所以安娜塔西亚从中看见了自家阵营的影子。

就像安娜塔西亚爱着"铁之牙"一样,奇力塔卡也爱着"白龙之鳞"。为了守护美丽的都市,他要与心爱的同伴们一起拼命战斗。

没人带着悲壮感,为了尊严与心爱之人而战的男人不需要那种表情。

"这样太狡猾了。"

"安娜塔西亚大人,这座都市……普利斯提拉就交给您了!"

言毕,准备先一步踏入战场的奇力塔卡,将自己的责任托付给安娜塔西亚。

安娜塔西亚咬住薄薄的嘴唇,接受了真挚的恳求。奇力塔卡的话还没结束,他怀着爱和期待以及饱含人情味的感情继续说道:

"请从那帮恶毒之人的手中保护好这美丽的水之都——保护好我心爱的'歌姬'。"

5

"接下来,就是奇力塔卡先生和'白龙之鳞'的人负责殿后。等黑塔罗他们逃出来后,我们也撤退了,这就是商会事情的大致经过。"

"于是你们来市政厅会合了?"

"嗯,半路遇上水门开放,当时可惨了,要是发现晚了,估计我们现在已经被冲走了……还好没变成那样。"

安娜塔西亚讲完非常惨烈的经历,松了一口气,昂也跟着长舒了一口气。

"愤怒"西里乌斯对缪斯商会发动了袭击,安娜塔西亚等人在主力缺阵的情况下将牺牲程度降到了最低,最后成功逃离,实在不容易。

"都市的代表十人会几乎全军覆没,奇力塔卡先生不知去向……他把都市托付给了我,所以我必须回报他的期待。"

昂暗自感叹,安娜塔西亚则把洁白的双手紧握在一起,连指甲都深陷入肉里。这就像诅咒一样,她将被托付的责任铭刻在自己身上。

安娜塔西亚心中的愤怒究竟源自哪里,昂非常清楚。

"被救助让我欠下了人情,账一定要算清楚,这是我身为卡拉拉基商人的矜持,是打着合辛名号之人的义务。"

安娜塔西亚的决心十分强烈,她的坚强表现让昂意识到缪斯商会的攻防战惨烈至极。

如果没有奇力塔卡及其部下的英勇奋战,真不知会有多大的损失——不对,不光是这样,要是没有他,不仅是安娜塔西亚,连碧翠丝也会有危险。

奇力塔卡的决定,拯救了缪斯商会中所有昂认识的伙伴。

"账一定要算清楚啊……那我也必须遵守这个规矩才说得过去。"

对这个生死不明的男人,昂打从心底里为之前的评价赔罪。

所有人都做出了最好的选择,昂等人勉强保住了东山再起的机会。即便如此,依然出现了很多死者,昂不禁心生苛责之念,他一想到死者中可能包括自己欠下巨大人情的奇力塔卡,这股念头就更强了。

"话的顺序说反了,抱歉。总之,这下我也有不能退让的理由了。菜月的立场也跟我一样吧?"

"对,那是当然。我不管他们要'人工精灵'还是什么,那群混蛋休想碰我的贝亚子一根手指。"

"嗯,这样就好。"

昴握紧拳头,同仇敌忾之心尽显,安娜塔西亚见状便面露严肃神色。随后,她重新望着地图,指向位于都市四角的控制塔:

"那就接着说吧,魔女教要求的下一个条件是……"

"安娜塔西亚小姐,关于这个条件,我要先说一下。"

魔女教在威胁广播中宣布了四个条件,刚才已经说过了"人工精灵"的情况,不过之后的条件让昴想到了一件事。

因为魔女教要求的东西——

"关于'睿智之书',那东西已经不在这世上了,已经被烧成灰了。"

"你详细说说吧。只有这本书毫无情报,没少让我头痛。"

敌人要求献上"睿智之书",因此安娜塔西亚希望了解此书的昴能给出相关信息。

说实话,"睿智之书"完全是让昴厌恶不堪的魔书。它关系到罗兹瓦尔在"圣域"的幕后操纵行为,还强迫碧翠丝在禁书库忍受了四百年的孤独,让昴对它保持好印象才是强人所难。

最主要的是,"睿智之书"的来源很特殊。

"怎么说呢,据说'睿智之书'是魔女教徒拥有的'福音书'的prototype……就是原版。那是通晓未来的预言书,好像跟龙历石的原理一样。"

"真够夸张的啊。可是,你说它已经被烧掉了?"

"嗯,总共有两本,都被烧掉了,所以应该已经不在世上了。"

"菜月是听谁说的啊?"

"是创造它的'魔女'说的。"

昂神情苦涩地答道,让安娜塔西亚一脸震惊。她用只有自己能听见的声音咀嚼了"魔女"一词,接着说道:

"这应该不是菜月平常爱说的玩笑,是认真的吧?"

"不是一般认真,是超级认真哟。安娜塔西亚小姐不是也说过吗?除了'嫉妒魔女'以外还有其他魔女,其中一人死在这座都市,遗骨就沉睡在这里。"

"那是死人,还可以接受。但是听菜月的口气,你和那个'魔女'是见过面聊过天的关系啊,而且你的表情还这么复杂。"

"见过面聊过天了,然后被骗又被坑。我跟她之间发生过很多事,还请你体谅一下。"

"圣域"和墓地发生的事情说来话长,关于"魔女"——艾姬多娜,昂没有多少可说的话,尽管这看上去显得很冷淡。更进一步说,是昂不太愿意提及她。

不算好也不算坏,艾姬多娜在昂的心中深深地插下一根尖锐的刺,永远无法消失。

"总之,世上绝无仅有的两本书已经被烧掉了,所以魔女教的要求纯属估计错误,应该可以无视掉。"

"不过,这都是那个'魔女'说的话吧?"

昂摇头说道,这番话却遭到安娜塔西亚断然否决,他只能屏住呼吸,哑口无言。发现自己停止思考后,他愕然了。

"我对那个'魔女'有想法,也不相信她,但我相信她面对的菜月。看来,你跟她的关系又棘手又麻烦啊。"

"我也是这样想的。对啊,我明明压根没信过她,却偏偏信了这件事,很矛盾啊。"

艾姬多娜的话语和关怀都是为了把昂变成傀儡,但她一直戴着虚伪的面具吗?真的该憎恨她吗?之所以有这样的疑问,

难道只是因为昴想相信她吗?魔女仿佛无所不知,他被搅乱的心至今仍未平复吗?

在得知昴的"死亡回归"后,那个魔女对昴说了一句"很辛苦吧"。

"我不会对菜月和那个魔女的关系说什么。情报本身还是很让人感激的,不过……"

"不过?"

眼见昴无法理解这番话的意思,还咽了一口苦涩的唾沫,安娜塔西亚便皱起眉头说道:

"毕竟魔女教特意通过广播提出了要求,他们也可能只是不知道书已经被烧毁了……但是,我觉得最好能考虑一下其他情况。"

昴从安娜塔西亚的委婉语气中听出了她的用心,随即闭上了眼睛。

没有实物,这是昴想相信的结论。"睿智之书"已不复存在,如果这并非真实,那么艾姬多娜对昴撒的谎就又多了一个。假设真是这样,他心里为什么会有失望之情呢?他弄不懂自己。

"菜月。"

昴沉入了思索的海洋,安娜塔西亚的声音将他拉回了现实之陆。

"啊,抱歉。我想想啊,剩下的是……"

"'魔女遗骨'也是问题,不过先放一放好了。现在都市还没有沉到水底,那就证明遗骨还没落入魔女教手中……可惜,这无法证明奇力塔卡先生平安无事。"

"是啊。剩下的最后一个就是……"

"'与银发少女的结婚典礼',对吧?"

安娜塔西亚替语塞的昴说出了条件,她就这样望着昴,眼神中流露出单纯的疑问。她的问题和字面意思一样，纯粹是因为无法理解对方的意图而产生的。

在这种情况下，全体相关人员都知道银发少女指的是谁。在此基础上，对方为什么要提出这个条件——

"才没有什么目的呢，那个混蛋真的只是想举办结婚典礼罢了。"

"即使都市在这种状况下也一样？"

"哪怕绝世天劫要砸头上了，大罪司教依然是想干什么就干什么，他们就是这种人。而且真正让人气愤的是……那混蛋有这个实力。"

昂的脑海中清晰地浮现出横抱着爱蜜莉雅的白发男子。

那个凶徒将爱蜜莉雅带走并断言其外貌就是全部价值所在，还拥有让人恨得咬牙切齿的超强力量——大罪司教"强欲"雷格鲁斯·科尼亚斯。昂不知道其他要求是谁提的，但毫无疑问，这个条件肯定是凶徒所期望的。

"那个自以为是的神经病混蛋……不对，不光是他，他们都一样。碧翠丝也好，连是否存在都不知道的'睿智之书'也好，都市的命运也好，爱蜜莉雅也好，什么都不会交给他们的！开什么玩笑，别太过分了！"

真亏魔女教能提出这么荒唐的要求，只能说他们的想象力简直超出天际，所处的世界与昂等人的不同，常识对他们来说并不通用——

怪物、亵渎者、怪人、凶徒，外加一个已经不在人世的疯狂邪精灵，简直是人世间罪恶的集结、丑恶的化身，即大罪司教。

"虽说我期待过菜月会有这种反应，但你的反应要激烈多了，我觉得很舒畅。"

看见昂激动得大喘粗气，安娜塔西亚便露出更开心的笑容。

不过,安娜塔西亚的笑容绝不表示真正的舒畅。她心中那股确实存在的难耐冲动,令她以这种形式表达了自己的愤怒。

"安娜塔西亚小姐现在的笑容,就和里卡多的一模一样哟。"

"我就当没听见这话。毕竟在夺回这个都市之前,我和你们不能乱了阵脚。"

安娜塔西亚用偏玩笑的态度说道,然后绷紧了松弛的脸庞:

"我已经说过了,不会答应魔女教的任何要求。我有责任,不光是对奇力塔卡先生,我还得对爱蜜莉雅小姐和库珥修小姐负责。她们两个还有菜月你们一行人,都是被我请到普利斯提拉来的,你们都是客人,结果让你们受到这样的伤害……我颜面尽失,所以绝不能默不作声。"

安娜塔西亚注视着昴,浅蓝色眼睛流露出斗志,仿佛在质问他是否也有相同的决心。

"今后需要奋不顾身,菜月也做好准备吧。"

"奋不……顾身……"

"大家都输怕了,可是谁又能接受这种局面呢?我接受不了,要全力挣扎,非要找输的借口也得等离世了再说。"

安娜塔西亚点了点头,她那平静柔和的面容披着一层凶猛的鬼气。

"只要还活着,就有今天和明天,绝不能放弃人生。我觉得自己真可怜。"

少女的娇小身体迸发出的鬼气拥有巨大的力量,足以让人忘记她并未置身于战场——错了,现在此处就是她的战场。

少女站在自己的战场上,她早已身经百战,她就是安娜塔西亚·合辛。

"如果能除掉'色欲'本人,那么库珥修小姐和其他被改变外貌的人有很大可能恢复原样,而奇力塔卡先生只是没消息而已。菜月，你也不想让心爱的公主一直待在那个横刀夺爱的男人身边吧？"

"那是当然。嗯，没错，既然那帮人给我们提了四个条件，那我们也得回以颜色才行。"

昴已经受够了任人宰割。

"我要把爱蜜莉雅从那个变态的手中救出来，再干掉'暴食'，让那个混蛋把雷姆的记忆吐出来。然后，我要收拾掉让居民们不安的西里乌斯，还要让卡佩拉跪下磕头，把被她变形的人全部恢复原样，最后夺回都市，happy end！"

"嗯，算我一个。"

昴伸出拳头想来个对碰，安娜塔西亚却用手掌温柔地握住了他的拳头。尽管她的回应方式与昴预想中的不一样，但二人应该是心意相通了。

还可以战斗，还可以反抗。昴也强烈赞同安娜塔西亚的想法，所以——

"一起拯救这个都市吧，安娜塔西亚小姐。不靠别人，就靠我们自己亲手拯救。"

昴朝安娜塔西亚点了一下头，再次望向桌上的地图。

地图描绘出了普利斯提拉的全景，但是居民们的脸庞又带着怎样的表情，可没法从这小小的地图中看出。正因如此，昴需要闭上眼睛描绘。

昴要将爱蜜莉雅、雷姆以及想救的所有人铭刻在脑海里——

为了拯救都市和珍视之人不断战斗。

6

"安娜塔西亚大人,还有昂,你们在这里啊。"

言毕,出现在房门处的由里乌斯安心地垂下了眉梢。随后,他迈出修长的腿跨过地板的裂痕,朝房间深处的二人走去。

由里乌斯习惯性地伸出手利落地摸自己的刘海,还用黄色的眼睛环顾房间——市政厅顶层被烧得焦黑,一片狼藉。

"二位来这里做什么?"

"菜月说想来这里确认一点事情,我们就来看了。"

说着,安娜塔西亚扬起下巴示意昂。昂正跪在撒满炭渣的地面,视线落在房间深处那特征鲜明的"魔法器"上。那是用于广播的"魔法器",能向整个都市传播声音。在与卡佩拉交战时,它应该被卷入了黑龙的攻击,不过最终奇迹般幸免于难。

确认"魔法器"的功能完好后,昂轻轻呼出一口气。

"原来如此……那么,您和昂的谈话结果如何呢?"

"虽说拖得有一点长,但感觉谈话很有建设性,菜月好像跟我一样也很不服输。由里乌斯,你那边呢?"

"我已遵照指示,让'铁之牙'成员分组轮流巡逻。目前还没有新情况发生,算是不好也不坏吧……"

"这反倒是坏事吧。只要没有明确好转,随着时间流逝,情况会越来越差……毕竟不安就是指现在这样。"

安娜塔西亚温柔地抚摸脖子上的围巾,回答了站在一旁的由里乌斯。听完身后二人的对话,昂抬头望向由里乌斯说道:

"在来这里之前,我只去过一间避难所,其他避难所的情况怎样?"

"我实在不忍心说出口,但实在没有好消息,哪里都不容乐观啊。在大多数避难所里，人们都不安地低着头，一动不动。魔女教的负面宣传影响很大。"

听完这番话，蹲在地上的昂站了起来，嘀咕道：

"负面宣传……'色欲'在放弃市政厅之前进行了最后一次威胁广播，她宣布了四个交易条件，同时散布了我们夺回市政厅失败并撤退的消息。"

"就是宣传我们打了败仗啊。现在这种印象操纵可是最难办的。"

正因如此，卡佩拉阴险的策略准确地戳中了昂等人的痛点。

西里乌斯的"愤怒"权能和威胁广播顺利结合在了一起。明明这帮人毫无配合可言，却能以市政厅为诱饵，实际攻击了缪斯商会，对重点目标实施了精准且最为可怕的打击。拜他们所赐，都市的人们失去了锐气，被拖入失意的沼泽，深陷恶性循环。

"虽然很生气，但假如只是垂头丧气，没力气站起来，那还算幸运的。有时候，不安会引起其他冲动，进而导致危险的情绪爆发。"

"变成这样的避难所会怎样？"

"为防止出现受害者，我会尽快赶往事发地点。我已经尽全力了，可是……"

说到一半，由里乌斯很犹豫，不知该不该继续说下去。然而，他说到这里就已经充分暗示出后面是阴沉的结论，不过——

"一旦爆发就不可收拾了，有的避难所已经没救了，死者也不少。你这么含糊其词，是不是太懦弱了？"

"安娜塔西亚大人……"

安娜塔西亚让人好好正视牺牲的一番话，刺痛了听者的心。

听完后，由里乌斯若有所思，安娜塔西亚见状便更加用力

地板起脸,瞪着自己的骑士说道:

"就算不去正视,已经发生的事也不会消失,现实总是摆在我们身边……你怎么了,由里乌斯?"

"我绝对……"

"真是一点都不像你啊。"

安娜塔西亚起初很强硬的语气变得温和且柔弱,她的目光也跟着闪烁起来,在一瞬间流露出担忧由里乌斯的真情。可是她在眨眼间便隐藏了动摇的感情,再次张开紧闭的双唇:

"已经出现牺牲了,今后还会增加。既然决定要拯救更多的人,那么牺牲少数人就是在所难免的,而且人手也不够,所以最起码我们不能视而不见。至少现在菜月的背挺得比你直,他接受了牺牲,还有着面对未来的决心。由里乌斯,你呢?"

面对安娜塔西亚的质问,由里乌斯的黄色双眸出现了迷茫——错了,那不是才出现的,它一直在缥缈且无助地摇荡。

看见由里乌斯眼中的迷茫后,昂终于发现了——

"愤怒"权能的效果无疑影响到了市政厅。

哀叹连连的菲莉丝,被自我反省和自我训诫束缚的威尔海姆,心中充满义愤和烦躁的里卡多,受不安驱使上街巡逻的加菲尔,誓要履行接过的责任的安娜塔西亚,以及无法消除迷茫的由里乌斯,他们全受到了影响。

所有人的心和感情都受到权能影响,强烈地表现了出来。想必昂受到的影响也不轻,他很想宣泄心中的情绪。

昂察觉到了这个事实,他面前的安娜塔西亚和由里乌斯主仆正注视着彼此。由里乌斯无法扫清迷茫,端正的侧脸流露出苦恼,他随后闭上了眼睛。

安娜塔西亚的话在情在理,必须好好面对现实,不能逃避已经发生的事,要下定决心以牺牲为前提挑战敌人。可以看出,听完主人的话，由里乌斯也想斩断心中的纠葛，也想通过刚才那句话下定决心。为了抓住胜利，即使已付出众多牺牲，他也要和主人一起走下去。

如果拿了太多淋果，它们从手中滑落就是在所难免的，袋子终将被撑破，进而漏掉所有的淋果。为了避免这种情况就要挑选淋果，这是小孩子都能做出来的算术题。

但是——

"你好像搞错了一件事哟，安娜塔西亚小姐。"

昴第一次插嘴说道，吸引了主仆二人的视线。尽管心中的感情不同，但二人的眼神都透着理性，在他们的注视下，昴继续说道：

"我刚才已经向安娜塔西亚小姐发过誓了，一定要拯救这个都市，但我的意思不是指为了拯救更多的人，就要对较小的牺牲视而不见。"

"在刚才的谈话中，不是已经定好大目标了吗？"

听见昴的一番话，安娜塔西亚眯起眼睛如此问道。

"菜月也要一意孤行？这样的话，不就和在王城时的你一样？你现在好歹也是骑士吧？"

"没错，我也是一介骑士。正因为是骑士，所以我不会退让，绝不能退让。这时候要是退让了，就会砸了骑士的招牌。"

昴一边说，一边走动，站到了由里乌斯身边。随后，他朝凝然地睁大双眼的由里乌斯耸耸肩，挺起了胸膛。

如果抱太多淋果，那早晚会抱不住，这是理所当然的。昴是骑士，由里乌斯也是骑士，他们双手抱着的不是淋果，而是更加宝贵的无可取代之物，不是可以放下、可以舍弃、不会说话的淋果，是会哭也会生气的人，是人命。他们有家人，有朋友，有心爱之人——全是人命。

"我一个人都不打算放弃,把这说成决心倒显得很帅气。但你是要放弃,就一点也不帅气。"

"又说这种荒唐的话……讨伐白鲸的时候,还有之后跟魔女教战斗时应该都出现了牺牲,当时菜月可没这么不干脆吧?"

"别瞧不起人啊,安娜塔西亚小姐。"

听见安娜塔西亚拿与白鲸和培提奇乌斯的战斗说事,昴的眼神变得锐利起来。他实在无法对她的指责和意见置若罔闻,因为这纯属跑题。

"那时,在战斗中牺牲的人都事先下定决心了。有人死亡自然让人悲伤,死去的人也并不想死,但他们都有决心。是否有决心,结果根本不一样,这个都市的居民们应该没义务下定赴死的决心。"

昴知道这是理想的意见,或许也不合情理。他刚否定完一种决心,又马上肯定了别的决心,哪怕批判他在玩双重标准也没问题,但事实上确实存在必须拼上性命的场面,以及相应的决心。

"把这里变成战场的人实在是为所欲为,普通民众只是被他们牵连了,要求民众下定决心是错误的。"

"就算不情愿,没有决心的人也会被伤害。这么一来,这些人也必须下定决心,难道不对吗?"

"你错了,下定决心的敌人该由同样下定决心的人迎击。在我看来,骑士需要时刻铭记这一点,坚定决心,这是我对骑士的期待,而且我平时在村里的孩子们面前也是这样装酷的。"

昴被授勋为骑士后到处受人追捧,在当了一把徒有其表的骑士后,他自然地决定了自己的骑士道。

昴发誓要遵守自己的骑士道,只要孩子们向他投以闪闪发亮的目光,他便会竭尽全力遵守骑士精神,以不辱誓言——

因为爱蜜莉雅也在一旁听他们聊天,眼睛也闪闪发亮。

"我是爱蜜莉雅的骑士,我想为了她而战,但这不表示我只需要保护她一个人。由里乌斯可是你的骑士哟,安娜塔西亚小姐,他最想为你而战,也想好好听你的命令,可光这样是不够的,因为骑士这种生物就是喜欢装酷,就是很贪心。他也会在生死线上装酷直至战死,谁叫他是'最优秀骑士'呢?也就是说,他比所有人都爱装酷。"

在沉默的安娜塔西亚面前,昴用大拇指指了指旁边的骑士。一直默默倾听的由里乌斯突然屏住呼吸,瞪大了眼睛。

眼见二人惊讶万分,昴感到十分舒畅,扬起嘴角露出了不合时宜的坏笑。

"安娜塔西亚小姐说过要奋不顾身,对吧?但是我在后面还说了,要一起拯救这个都市。都市和国家指的不是房屋和土地,是人。嘿,这些话是从各种漫画和游戏里学来的。"

从一开始就选择放弃,与最终没能救下每个人是不一样的。把昴说的话看成自我满足倒是很容易,可是——

"关键是能把自我满足传染给别人,这就很恶劣了。那是能让无数人沉溺其中的英雄幻想。"

就在昴用天真的理想论改写理想论时,第三者的声音犀利地戳中他的要害。

昴瞠目结舌地转过身去,传入耳中的是熟悉的沉闷话音,里面透着几分讽刺以及轻浮厌世的豁达——在回过头来的昴等人注视下,发出话音之人摇晃着漆黑的头盔说道:

"就算用这么热情的视线望过来,我也拿不出一件礼物送你们哟,先用我的笑脸将就一下吧。哎哟,可惜隔着头盔也看不见。"

"阿尔。"

铁盔男子——阿尔,他出现在门口,吊儿郎当地耸了耸肩。

在攻打市政厅之前,阿尔选择与昴等人分头行动,后来应该行踪不明了,他现在却脚踏地板,慢慢朝三人走去。

安娜塔西亚仍未解开刚才的心结,阿尔的出现和发言令她重重地说道:

"回来得还真够早的啊。"

"严格来说,我回来的地方不一样了。离开又回来,我也很尴尬。真不好意思,我是没有新鲜感的老面孔,并不情愿回来啊。"

面对明显不怀好意的安娜塔西亚,尽管阿尔摆出了轻飘的态度,透出的气场却不令人轻松。

昴感受着有几分紧张的气氛,插嘴说道:

"喂,我想问的话有很多,但你平安无事就好,我还担心你被冲走了呢。"

"冲水的时候,我碰巧在高处,所以才能得救。又碰巧还有话要转告给兄弟,你懂的,其实我是信使。"

阿尔耸了耸右肩膀,轻浮却果断地说道,让昴皱起了眉头。都市处于这种状况,昴听见"信使"一词后一时间毫无头绪。

"信使?这种时候会有谁让你传话……"

"是对兄弟来说非常非常重要的公主哟。"

"爱蜜莉雅让你传话?"

昴万万没想到阿尔会说出这个名字,他像被雷劈中一样极其震惊,难以置信地瞪大眼睛望着阿尔,但看不见阿尔藏在铁盔之下的眼睛和真意。只见阿尔点了点头,说道:

"就算是我也不会说这么低级趣味的谎话和玩笑,真的是兄弟家的小姐姐让我带话,如假包换。亏她能在敌阵中乱来啊,吓死人了。"

阿尔耸了耸右肩膀,无奈地叹了一口气。这不同于他平常的轻浮态度,也不同于在这种状况下的尖刻讽刺,他纯粹是在叹息。随后,他望着昴说道:

"结婚前的新娘会一直等待白马王子把自己抢走。你真让人嫉妒啊,兄弟。"

The only ability I got in a different world "Returns by Death"
I die again and again to save her.

第三章 最新的英雄和最古老的英雄

1

"啊,挺好的。果然跟我想的一样,你很适合白色。"

"谢谢……"

看见换上白色礼服的爱蜜莉雅,雷格鲁斯满面欢喜地说道。

爱蜜莉雅换好服装,离开衣物间,在一百八十四号的带领下步入了雷格鲁斯等待的房间。

房间的内饰豪华得扭曲,将整个房间装点一新,令其与整座建筑物的无机质印象相去甚远。爱蜜莉雅皱起眉头,心想:这是雷格鲁斯的喜好吗?

不久之后,爱蜜莉雅发现雷格鲁斯的服装与在走廊碰面时不同,尽管他从头到脚还是白色,但他现在穿的属于礼服正装。

雷格鲁斯察觉到爱蜜莉雅的视线后,便轻轻拉开自己的衣领,说道:

"毕竟是重要的结婚典礼嘛。虽说我也想过,要像平常一样不穿戴饰品,但我不愿因无聊的坚持让你蒙羞,毕竟相互关心、相互谦让才是理想的夫妻关系。当然了,你没必要为这点小事背上包袱。不过,我是有肚量的人,愿意为你进行一定程度的改变,希望你能了解我这宽阔的胸襟。"

雷格鲁斯还是老样子,长篇大论让听者难以应付。

单纯听来,雷格鲁斯说的都是正论,可爱蜜莉雅也不知道为什么,自己就是不愿认可他的话。

有一点很明显,那就是爱蜜莉雅确信眼前这个男人是大罪司教,这是通过威胁广播和一百八十四号弄清楚的事实。在理解这一点的基础上面对其本人,就能理解为什么不能无视他散发出的异样存在感了。

这是本能敲响的警钟,意在传达生命正危险的信息。

严重威胁生命的人物就在眼前,这个事实让爱蜜莉雅——不对,是让所有人类的灵魂因恐惧而瑟缩求饶,所以她始终有一种异物感萦绕心头。

"你看起来不太开心,阴沉的脸蛋可不适合你哟……不,你忧郁的神情倒也挺可爱的,但不是最可爱的,你是有什么心事吗?"

爱蜜莉雅僵在原地,雷格鲁斯就立刻抚摸她的脸庞。她自认为没有移开视线,但不知为何,原本距离数米远的二人居然在眨眼间站在了一起。

发现爱蜜莉雅依然绷着脸,雷格鲁斯便闭上一只眼睛问道:

"一百八十四号,在换衣服的时候,她出了什么事吗?"

"请恕我直言,恐怕是受到了卡佩拉大人刚才那道广播的影响。"

"广播?噢,是那个啊。那个肉女的声音还是那么刺耳,早就被我当成耳边风了。不过嘛,女孩子第一次听会觉得不舒服,这的确是我疏忽了。"

由于爱蜜莉雅闭口不言,雷格鲁斯转而质问站在她身边的一百八十四号。也不知是不是一百八十四号提前准备好了,回答得十分流利,让他接受了。

雷格鲁斯脸上流露出厌恶和轻蔑,他哼了一声,又说道:

"真叫人不舒服。那个毒害之女不过是自卑的集合体,她对'自我'的理解肤浅至极,根本用不着理会她口吐的狂言。你跟那个不值得任何人爱的女人不同,你有我所爱的容颜,你天生就比她高贵,所以你可以自信一点。"

"那个……"

"你的心情还是没法好转吗?那个肉女真会给人找麻烦。

虽说我不想看她那丑陋的脸，但是看这样子，等下我得亲自去找她抱怨才行。好了，先不说这个了……结婚典礼近在眼前，怎么才能让新娘开心起来呢？"

雷格鲁斯歪着脑袋询问道，于是爱蜜莉雅开始思考该怎么回答。就现状来看，她的选项大致有两种——

第一种是改变自身的处境，这是因为爱蜜莉雅通过威胁广播的内容得知自己相当于人质。说实话，摆脱一百八十四号的监视逃到外面恐怕并非难事，但在这种情况下，水门会被打开，都市会被水淹没。

若要问雷格鲁斯能否只为爱蜜莉雅做到这个地步，那她的感觉是这位大罪司教很可能做得出来。如果要赌一把，风险实在太大，所以不得不摒弃这个方案。选择在这里击败雷格鲁斯，倒也算爱蜜莉雅出奇制胜的变招——可惜，这恐怕无法实现，她的本能告诉她，仅凭她是无法战胜雷格鲁斯的。

问题在于爱蜜莉雅极其缺乏破局方法，所以她要选择另一个选项——

避免操之过急，贯彻收集情报和伺机而动的准则，这是苦涩的选项。

"你很不开心啊。我正在问你，怎样才能让你的心情好转，你却不回答吗？确实，既然还没举办结婚典礼，那我和你就不算正式的夫妻，可事实上，我们的立场应该相同。既然如此，妻子该为丈夫做什么呢？为了今后能相处圆满，你应该履行你的责任和义务才对吧？"

"啊，对不起。是啊，我好像有一点累，可以休息一下吗？"

"累？"

雷格鲁斯很快便对默不作声的爱蜜莉雅失去耐心。他语速变快，挑起了眉毛，手扶下巴并反复念叨：

"累，累啊……原来如此，是我想得不够周到。抱歉，我会深刻反省的。短时间内突然发生了那么多事，你会感到累也是理所当然的。既然如此，你就回房间稍微休息一下吧。婚礼的正式婚纱是另一件，你就算穿这身衣服躺着也不用担心起褶皱，会场的准备就交给我和我的妻子们吧。"

"会场……"

"啊，这栋房子旁边就是圣堂，那里很朴素，非常适合我们。为了欢迎新的家人，妻子们全部出动了，大家正在圣堂准备我和你的结婚典礼，你也很安心吧？大家又坚强又美丽，是我引以为傲的妻子们。"

雷格鲁斯骄傲地点了好几下头，随后打开了房间的窗户。在他的招手示意下，爱蜜莉雅来到他身边，从窗口俯视着隔壁的楼房。

爱蜜莉雅的眼前是一座圣堂，正是用于举办婚礼等庆典活动的，通过敞开的大门和墙上的大采光窗可以观察到内部情况。圣堂里有几个忙碌地走来走去的人影，均是打扮得很漂亮的貌美女子，她们正在进行装饰、搬运用品等工作，一丝不苟地筹办着结婚典礼。

"我的妻子共有二百九十一人……令人悲伤的是，有许多位已经离世了。若算上你，现在还留在我身边的妻子就有五十四人了。我自认为向所有人倾注了平等的爱，这是当然的，身为丈夫，偏袒之爱是极其扭曲的，我绝不会做出这种不义之举。要将决定好的爱，以决定好的方式倾注决定好的分量。你也好，她们也好，我一定会给你们相等分量的爱。"

"谢……谢谢，我会……好好记住的。"

爱蜜莉雅战战兢兢地摸索正确答案，然后她恍然大悟了：自己现在的态度，简直与惧怕雷格鲁斯的一百八十四号一样。

长时间面对这种巨大的压力，再坚强的心也会被消耗殆尽，恐怕这就是雷格鲁斯的妻子们反抗的力气不断被剥夺的原因吧。

"真听话。你先回房间吧，等准备完成后，我会派人去叫你的。"

所幸，爱蜜莉雅顺从的回答似乎没有刺激到雷格鲁斯，他只是单纯地关心爱蜜莉雅的身体，命令她回房间罢了。

爱蜜莉雅没有反抗，径直离开雷格鲁斯，跟着一百八十四号一起朝门走去。她要就这样回到寝室，再想办法打破现状——

"话说回来，我想到一件事。没发现新娘累了，我确实有错，但一直待在她身旁的某人应该早就发现了，难道不对吗？"

爱蜜莉雅正准备伸手开门，这时背后传来了一道话音。一股寒气瞬间袭上她的背脊，她便急忙用伸出的手抓住别处。

"危险！"

"咦？"

一百八十四号听到了喊声，自己的手还被抓住，因此顿时瞪大了眼睛。爱蜜莉雅用力将一百八十四号轻盈的身体拽到身边，再抱起惊讶的她跳向一侧——

紧接着，一阵风横扫一百八十四号先前站立的空间，墙壁像被巨人的手掌拍中似的爆碎了。地面被掀开，破坏力沿直线传播，笔直地穿透石砌通道，撕裂空间，蛮横地踩躏了房门。

爱蜜莉雅目睹了压倒性的破坏力，说不出话来，只能抱着一百八十四号。她怀里的一百八十四号也意识到了这次破坏的目的，不得不缩成一团，浑身僵硬。

雷格鲁斯刚才只是轻轻地挥了一下右手，现在他面对二人，歪起脑袋说道：

"抱歉，抱歉，我一不小心就动手了，你们没事真是太好了。那么，我还有事要办，就先去其他房间了。啊，在婚礼正式开始前，你还是把头发扎起来比较好，我觉得你那样会魅力大增。尽管你就这样也足够漂亮，可是为变得更漂亮的努力也是必不可少的。当然，我是个满足于现状的人，但我不会否定想变得更好的你。因为在我看来，为了喜欢自己的人而努力，是一个人应尽到的最低限度的礼仪。"

听雷格鲁斯的语气，他似乎把刚才的破坏行为当成没发生过。他对爱蜜莉雅笑了一下，丢下抱在一起的妻子和妻子候补，快步离开了房间。

"刚才是怎么回事？"

待远去的白色背影消失不见后，爱蜜莉雅长舒一口气，如此嘀咕道。

爱蜜莉雅是真的无法理解，她既无法理解行凶的理由，也不理解破坏的手段，是双重意义上的无法理解。

"谢谢您救了我。"

说着，一百八十四号离开了茫然的爱蜜莉雅的怀抱，先前的动摇表情从她脸上消失了。她一边捋顺凌乱的头发，一边起身，然后走到被雷格鲁斯破坏的房间入口开始收拾。

"等等！这也太奇怪了！你刚才差点被杀了啊！"

一百四十八号忍受了片刻前的凶暴行径，开始其他工作，这让爱蜜莉雅发出了抗议。

雷格鲁斯的确是个威胁，他的言行中很可能含有旁人所不知道的规矩，但就算是这样——

"要不是我拽你，你的身体已经七零八落了。刚才，你的身体明明还在颤抖啊？"

"身体还在颤抖，那又如何？我已经为您救我一事道过谢了，请不要对我有更多的要求，那样是侵犯我的权利吧？"

"我说的根本不是权利和义务！是更加重要、更加宝贵的

事物！"

一百八十四号执着地拒绝正面面对爱蜜莉雅。爱蜜莉雅也知道，她像这样锁上自己的心是一种自卫手段，可知道归知道，能否接受则是另一回事。

"雷格鲁斯说过他待人平等，那么，圣堂里的夫人们也全和你一样吗？大家都害怕他，都在看他的脸色，心惊胆战地生活吗？就因为是夫人，哪怕险些被杀也得默默接受……这样太奇怪了！"

"世上也有这种形式的夫妻，仅此而已。等您面临相同的处境后，也会渐渐习惯的……如果习惯不了，那就到此为止了。"

爱蜜莉雅拼命地恳求，但一百八十四号在回答时甚至都没回头看她一眼。她在一百八十四号的背影中看到了抗拒，就像在对她说"你和我眼中的世界不一样"似的。

"这样太奇怪了……结婚应该是很幸福很幸福的，结婚的不是一对幸福的人吗？可是我和你还有其他人，看起来根本不幸福，难道是我错了吗？"

"嗯，是您错了。就算不幸福也可以结婚，就算不相爱也能结为夫妻。只要一直在一起，就能成为夫妻，就能习惯夫妻关系。"

一百八十四号不否认自己是被强迫来到这里的，在此基础上，她肯定了她现在的立场。这是扭曲且错误的，因为结婚和成为夫妻应该是自发的，而不是因为所谓的习惯。

"请您听从夫君的指示，回到房间，好好休息。脱掉礼服也没有关系，在婚礼开始前，我会前来为您扎头发的。"

之后，一百八十四号再也没有开口，只是默默地收拾瓦砾，全身心投入到打扫房间的工作中。即使爱蜜莉雅想对那个背影说些什么，也想不到正确的话语。

现在，爱蜜莉雅拿雷格鲁斯毫无办法，无论说什么都没有说服力。她不得不收回伸出的手，不甘心地握紧拳头——

狠狠地、狠狠地握紧了拳头。

2

"好，这下就准备好了。"

爱蜜莉雅用握紧的拳头拭去额头上的汗水，为眼前的工作成果满意地点了点头。

被一百八十四号拒绝后，爱蜜莉雅回到最初的寝室，因自身的无力而深受打击，躺在床上怄气——她并没有这么可爱地对自己失望。当然了，她对无力的自己感到失望是事实，但她的内心反倒更为振奋。

雷格鲁斯不听任何解释，强迫一百八十四号和其他被视为妻子的女子们服从命令——爱蜜莉雅不会对她们置之不理。没错，她的内心在燃烧，可惜她再怎么叫唤，再怎么取闹，恐怕都无法让雷格鲁斯改变想法。就算硬碰硬，她也只会输给力量更强的大罪司教，所以她决定向昴学习，寻求其他解决之策。

"换成昴，他绝不会什么都不想就直接起冲突。首先，我得做好准备才行。"

说着，爱蜜莉雅为眼前的床——放在床上的和自己一样的冰像盖上床单，伪装出自己正在睡觉的场面。这样一来，如果只是站在门口望进来，肯定不会发现那是假货。

在结婚典礼开始前，爱蜜莉雅就这样制造出自己一直在休息的假象，要问她准备干什么⋯⋯

"好嘞。"

爱蜜莉雅要从窗户翻出房外，开始着手搜集情报。她举起

手，在外墙制造出冰之平台，再轻巧地跳到上面，轻而易举地逃出了房间。她大可就此溜之大吉，但在诸多因素的作用下，她否决了这个选项，开始探索周围。

"这里果然是水门的控制塔啊。"

一开始，爱蜜莉雅先来到建筑物的顶部，观察了囚禁自己的地方，通过整体印象判断其与自己记忆中的控制塔一致——

控制塔遭到占领，大水门的开关权限落入了魔女教手中。他们为了炫耀这个事实，在塔顶挂上了一面一看就很邪恶的旗帜，其他三座控制塔的顶部似乎也挂着同样的旗帜。

"四座塔同时被占领了，所以无法行动啊……"

爱蜜莉雅眯起青紫色的眼睛，目视远方其他控制塔的状况，陷入沉思。

只是打开一扇水门就导致了那么严重的水灾，即使爱蜜莉雅冰封这座塔，名副其实地冻结塔的机能，但剩下的三座塔是她无可奈何的。

"要是我有四个身体，那该多好啊……"

这样一来，爱蜜莉雅就能一次性冰封四座控制塔。而且如果有四个她，她就可以让两个自己互相教对方功课，还能让一个自己学做菜，再让一个自己陪昴说话，这样就能一下解决很多问题了，只可惜世上没有这么好的事。

"再怎么烦恼，我的身体也只有一个……所以，我只能跟别人配合。"

值得爱蜜莉雅依赖的伙伴们，还有多位国王选举候选人，应该都会为了夺回都市而行动。他们都比爱蜜莉雅聪明得多，而且实力不俗，能做到很多事。不过，不小心被敌人抓住的估计只有爱蜜莉雅，这意味着除了她以外，没人能从敌人内部打探消息——

自己没有同伴，自己不小心被孤立了，自己在敌阵之中。

在爱蜜莉雅的脑海里，如此绝望的状况被反转了，这正是她从菜月昴那里学来的思维方式。

"隔壁就是圣堂，所以这座控制塔应该是三号街那座……既然有很多大罪司教，那么哪位大罪司教在哪座塔里，应该是有用的情报。"

在爱蜜莉雅看来，比起实力差距，能力是否相克更容易带来优势。

雷格鲁斯和西里乌斯确实是强敌，但搭配好友方的人选组合就有机会取得胜利。遗憾的是，爱蜜莉雅想不出该怎么击败雷格鲁斯这种等级的强者。

"只要知道雷格鲁斯在这里，昴他们应该能想出打败他的方法。"

爱蜜莉雅对昴报以巨大的信任，她为了履行自己的职责，从塔上跳了下去，利用平台快速下降，白色礼服的下摆迎风摆动。在旁人看来，恐怕她的所作所为无异于超越人类理解的魔女，但是在当前这座都市中，并没有多少人敢于抬头凝视挂着魔女教旗帜的控制塔。

爱蜜莉雅带着这份缥缈的恩惠，从控制塔上飞驰而下。

3

"我说啊，你以为我现在想说这么无聊的话吗？"

爱蜜莉雅在一块较大的冰之平台上着地后，立刻听见了这道烦躁的话音，她便背靠外墙，屏住了呼吸。在她身后，圣堂的一个房间里响起了雷格鲁斯的声音。

爱蜜莉雅于短时间内在控制塔周围转了一圈，有了几个收

获。首先,如果不算雷格鲁斯的妻子们,那除了雷格鲁斯之外,控制塔连一个魔女教徒的人影都没有。她起初不敢相信,还悄悄地接近了大水门控制装置所在的房间,发现控制塔的警备可谓漏洞百出。

也不知这算是大意还是自信,或者说考虑到雷格鲁斯的单人实力,如此松懈是理所当然的。不管怎么说,除雷格鲁斯之外再无需要戒备的人,这算实打实的喜讯。但是,倘若就此收手,爱蜜莉雅感觉收获还不够,必须再打探一些更有决定性的情报,于是听见话音后,她下定了决心——

爱蜜莉雅在房间窗外的下方制造出平台,躲在了上面,开始聆听室内的动静。

雷格鲁斯正在与某人对话,爱蜜莉雅便绷紧神经,随时准备翻进去。如果在与烦躁的雷格鲁斯对话的是他的某位妻子,那么他先前对一百八十四号发泄的怒气也可能发泄在那人的身上。爱蜜莉雅必须阻止,哪怕反击意图会就此暴露。

爱蜜莉雅紧闭嘴唇,在手中制造出冰镜以窥探房间内的情况,而映在冰冷镜面中的是位于圣堂二楼的相关人员休息室。圣堂与控制塔不同,内部的装潢显得很庄严,适合用来举办庆典,休息室虽不算华丽,但给人一种壮丽稳重的印象——

前提是,室中央没有那位散发着邪恶鬼气的白衣男子。

"没有别人?"

爱蜜莉雅倾斜冰镜,环视了一遍室内,接着皱起了眉头。室内除雷格鲁斯之外,就再也看不见人影了,那刚才是他在大声自言自语吗?就算真是这样也不足为奇,但经过仔细观察,爱蜜莉雅很快意识到并非如此。

雷格鲁斯确实在与某人对话——对着他手中的镜子。

"我已经说过很多遍了吧?我来只是为了迎娶命中注定的

第三章 最新的英雄和最古老的英雄

新娘,而我遇见了那位新娘,所以要举办结婚典礼。结婚理应接受祝福,无论如何都不能被打扰。会耍这种阴险招数的,就只有嫉妒他人幸福的卑鄙之人。当然了,我很清楚你们是这种人渣。"

雷格鲁斯通过镜子在和某人对话,还用上了丝毫不考虑对方感受的语气。他手中的镜子是"对话镜",是能与远方拥有成对镜子的人对话的"魔法器",他正用它和远方的某人交谈。

"我对你们的动作才没兴趣呢。不过,开放水门……这可不好啊,这不在计划之内。你们擅自行动,害得我的新娘很不安,我只能认为你们是想糟蹋我难得的婚礼。你们竟敢让新娘的脸庞蒙上阴影,玷污我人生中最闪耀的幸福结婚舞台……你们严重侵犯了我的权利。"

雷格鲁斯越说越烦躁,爱蜜莉雅感受着室内的气氛,感觉后颈十分滚烫。与此同时,她认定正在与雷格鲁斯对话的是魔女教的人,而且好像和刚才在都市制造大洪水的罪魁祸首有关——

"你的塔刚好在对面,我从这里也能看清楚。"

正在和镜子对话的雷格鲁斯突然推开了窗户,由于爱蜜莉雅就在窗子正下方,这一突如其来的行动险些令她发出尖叫。她忍住卡在喉咙里的喊声,祈祷千万别被头顶的雷格鲁斯发现,同时屏住呼吸,聚精会神地听大罪司教说话。

所幸,雷格鲁斯并没有察觉到爱蜜莉雅,他倚着窗框继续对话:

"既然能看见你的塔,那我从这里也能把它轰飞。给你一个忠告,别认为我和你的级别相同,别逼我让你用身体明白这是我下的命令……什么?"

雷格鲁斯注视着远方的景色,而爱蜜莉雅根据他这番话推

测,通过镜子和他对话的人位于都市对角线上另一侧的控制塔。至于那个人——

"打开水门的不是你?喂,这是在狡辩什么?你刚才在广播里的威胁不是很有气势吗?现在才说这种话,哪里来的说服力……别说这种让人猜不透的谎话啊,丑陋的肉女。算了,我已经说完要求了。听完你的稀烂演说,估计都市里的那帮人也不想跑来妨碍我和新娘的结婚典礼了……一旦会场准备完毕,我就会举办结婚典礼,然后离开这座都市,你可得在这之前达成自己的目标。"

雷格鲁斯狠狠地说道,关上了手中"对话镜"的盖子。随后,他眯起眼睛望着窗外远方的景色,抓住自己的刘海说道:

"说什么有老鼠在到处乱窜,蠢透了。不提自己办事不力,居然还跑来忠告我?真是小人物风范尽显,也不掂掂自己几斤几两。不就是因为自己被打得体无完肤吗?本性真是烂到家了,而且烂的不只是本性。"

雷格鲁斯打从心底愤恨地恶骂同属一个势力的谈话对象,只有在窗户外面听见了这段嘀咕的爱蜜莉雅,能明确感受到他心中对他人的隔绝,以及绝对无法与任何人共存的灰暗绝望。

就在这时——

"夫君,现在方便吗?"

"进来吧。"

敲门声响起,在雷格鲁斯回话后,一位女子走进了休息室。她不是一百八十四号,不过打扮得很漂亮,但眼睛和面庞透着冰冷的感情,一眼就能看出她也是雷格鲁斯的妻子。

"会场那边的准备工作很顺利,现在正准备开始装饰内部……我听说夫君要亲自指挥,就前来叫您了。"

"啊,已经过去这么长时间了。没错,我想起来了,那就过去吧。"

女子捻起裙角，低头行礼。雷格鲁斯一边嘀咕，一边点了点头，随后离开窗边，带着女子离开了休息室。关门声响起，雷格鲁斯的气息远去了，休息室随即沉寂下来。

"呼……好危险，我差点发出声音了。"

爱蜜莉雅抚摸胸口，从窗户翻进安静的房间。尽管玛娜还绰绰有余，但刚才的"攻防战"严重消耗了她的精神。她感觉像翻过了一座大山，于是一边深呼吸，一边整理偷听到的内容。

"能从这里直接看见的控制塔……这里应该是三号街，那么对面的是一号街的控制塔吧。根据刚才的谈话来判断，那座塔里的大罪司教是'色欲'。"

爱蜜莉雅站在雷格鲁斯刚才站的位置眺望相同的景色，她确信自己的判断是正确的。

虽然雷格鲁斯没有直接说出对方的名字，但根据"放广播的人"和"肉女"这个蔑称来看，可以肯定镜子另一边的是大罪司教"色欲"。这下就确定了一号街的"色欲"和三号街的雷格鲁斯的所在地，哪怕只是这么少的情报，想必也能帮上昴他们一点忙，可问题在于——

"怎么把这个消息告诉昴他们。"

爱蜜莉雅抱着胳膊，愁云满面地歪起了脑袋。如何共享获得的情报，可以说这是最大的难题。好不容易获得了有用的情报，要是无法送出去就毫无意义了。

爱蜜莉雅能想到的办法，无非是在控制塔塔顶制造一块大冰牌子，再写上大字通知同伴，但这样会被很多人发现，十之八九会失败。她又思考，干脆加急赶往同伴身边，再若无其事地返回控制塔，却不知道能否行得通。

"离开那么久，肯定会暴露的……"

　　雷格鲁斯的警戒确实漏洞百出，但若爱蜜莉雅期待他会疏忽大意，那就等于无计划地莽撞行事，不能把大量人命押在这种不利的赌局中。

　　"要是有什么稳妥的手段……咦？"

　　爱蜜莉雅绞尽脑汁思考，下意识环顾房间，突然挑起了眉毛。房间与用冰镜偷看时一样，本身并无变化，不过她在深处的书桌上发现了一个让人在意的东西，那是被雷格鲁斯烦躁地胡乱扔开后倒在书桌上的"对话镜"。

　　雷格鲁斯刚才还在使用它，看来是没用之后就被扔掉了。爱蜜莉雅拿起它，反复确认手感。

　　"要是这个'魔法器'能连通任何镜子就好了……"

　　遗憾的是，"对话镜"不是这么方便的"魔法器"，能对话的只有成对的"对话镜"，因为上面施加了成对物体专用的术式。虽说也存在由多面镜子组成一套的"对话镜"，但基本说来，使用镜子的交谈对象总是固定的，即使启动这个镜子，也只能接通大罪司教"色欲"。

　　"要是能跟'色欲'聊一聊就好了。"

　　现在没法冷静下来好好谈，这样只会暴露爱蜜莉雅在单独行动的事实。因此，考虑到现状，她只能放弃利用镜子分享情报的计划，或是趁现在打碎镜子，那么雷格鲁斯就可能无法与其他魔女教徒配合了——

　　"可是，就算不打碎，感觉他们也不会配合，我到底该怎么办呢？"

　　贸然行动，让雷格鲁斯确信存在"老鼠"就麻烦了。就在爱蜜莉雅抱头烦恼时，变化出现了——

　　被扔在桌上的"对话镜"启动了，白光照亮了合上的镜子盖内侧。

"哇！"

爱蜜莉雅被惊得下意识后退了一步，与书桌拉开了距离。镜子仍通过发光不停呼叫，这是另一面镜子前的人要求应答的信号。接下来，只要简单地打开镜子盖就能接通对方——爱蜜莉雅陷入了骑虎难下的境地。

很明显，镜子另一头要求应答的肯定是魔女教的相关人员，而且有很大可能是"色欲"。刚才已经分析过了，就算接听了也没有好处，但雷格鲁斯在使用镜子时透露了不少情报，彻底无视镜子也不稳妥。

爱蜜莉雅绞尽脑汁苦思，最终做出了选择——

"嘿！"

爱蜜莉雅将镜子的背面对准自己，打开了盖子，不让自己的身影出现在镜中，这样一来就接通了镜子两边的人，对方却看不见她。对方应该很快能发现不对劲，但只要不小心透露出一点消息，就算爱蜜莉雅走运了。

可惜，爱蜜莉雅打的如意算盘，以她完全始料未及的形式落了个空。

"噢，有反应了。喂，怎么谁都看不到啊，怎么了？跟听说的不一样啊，有哪里搞错了吗？"

"啊？"

从镜子传出的声音来自一个男子，这出乎爱蜜莉雅的意料，让满以为对方是"色欲"的她措手不及。但是，让她惊讶的不只这一点，因为她听过镜子里的人声，而且是今天早上才在留宿的"水之羽衣亭"听过——

"阿尔？是阿尔的声音吧？"

"喂喂……真的假的？我可从没想过会有这种情况啊。"

爱蜜莉雅将镜子转回来，看见映在镜中的人物后眨了眨青

紫色的眼睛。镜中的是一顶漆黑头盔——普莉希拉的侍从阿尔。即使看不见他的表情，也能看出他发现拿镜子的人是爱蜜莉雅后很动摇。当然了，他那边也能看见爱蜜莉雅的脸。

"啊，真巧，小姐姐，你怎么会拿着这个'对话镜'？"

"其实我在偷偷到处调查，正好在调查镜子……对了！"

"怎……怎么了？"

"我说啊，阿尔，你能联系上昴他们吗？我想请你帮我带个话。"

居然是熟人拿着"对话镜"，这一奇迹令爱蜜莉雅双目放光，于是她前倾身子，希望可以有效利用这个机会。阿尔被她的气势吓得后仰，回答道：

"哦，嗯，这个嘛，我会告诉兄弟的，就说小姐姐平安无事，希望有人来搭救之类的……"

"三号街的控制塔里有白发的男大罪司教，名叫雷格鲁斯。还有，一号街的控制塔里好像是大罪司教'色欲'。三号街没有其他魔女教徒，但我感觉雷格鲁斯非常强，请你告诉大家不要大意。现在还不知道西里乌斯在哪里，要是能调查一下别的塔就好了。还有，广播里都那样说了，就得保护好碧翠丝。那个，还有，还有……"

"你等一等。"

就在爱蜜莉雅扳着手指交代必要的事时，阿尔喊停了她。听见他低沉的话音，爱蜜莉雅茫然地回问道："怎么了？"

"我知道小姐姐很坚强，心态超级乐观，但是你看啊，你还有更该说的话吧？好好想一想你现在的处境。"

"这是我拼命思考后的行动结果……还有更好的方法吗？"

"不是的！我不是这个意思……我是说，你用不着坚强地做这个做那个……你可是被关起来的公主哟。"

"唔……"

镜子另一头的阿尔强烈主张自己的观点，紧张的气氛让爱蜜莉雅屏住呼吸，眼神闪烁。

"用不着这么坚强吧。就算向兄弟……向菜月昴求救……"

"阿尔，对不起，让你担心了。不对，谢谢。不过，我不要紧的。"

"你说不要紧……"

"我不是在逞强。另外，这么说也许很奇怪……"

说到这里，爱蜜莉雅停了下来，坚强地——错了，是自然地流露出微笑。她身在敌营，孤身一人，强大的敌人近在身边，这明明是她人生中最大的困境。

"我毫不怀疑昴会来救我，所以为防止来救我的昴陷入危险，我想做好所有能为他做的事。"

这无疑是爱蜜莉雅的真心话。

昴必定会来救爱蜜莉雅，但她绝不能单方面等着他来救自己，这就是她抱定的决心。

"阿尔，拜托了。事后，我会为这任性的请求去跟普莉希拉道歉的……"

"真不知道还有没有事后。啊，该死的，真够厉害的。"

阿尔手摸头盔的接缝，一边抠铆钉，一边深深叹气，他是真的在深深叹气。

"明白了，我会把刚才那些话好好转告给兄弟的。小姐姐就安心当好被囚禁的公主，剩下的事情就等白马王子解决吧。"

"我认为会想办法解决的不是王子，而是昴……"

"啊，没错！是兄弟！是我错了！我耍帅失败了，丢死人了！你真的要老实待着哟，我没跟你开玩笑哟。"

"嗯，明白了。阿尔也要当心，拜托了。"

阿尔调侃了几句后，很严肃地给出忠告，爱蜜莉雅听过之后点了点头。

听完爱蜜莉雅最后的话，阿尔哼了一声，关闭了"对话镜"。爱蜜莉雅手中的镜子也失去了光亮，变成了普通的镜子。

"太好了……这下就能把消息带给昂他们了。"

由于意外获得了分享情报的好机会，爱蜜莉雅便罕见地感谢自己的运气。随后，她把镜子放回书桌，小心翼翼地清除自己来过休息室的痕迹，再翻过窗户，从圣堂返回控制塔的寝室。

总之，四处走动搜集情报的行动已经到极限了，而且爱蜜莉雅也不认为镜子碰巧接通阿尔的偶然状况会再次发生。这样一想，她觉得自己真的很幸运，能让非魔女教成员带话就已经极其走运了，而且那个人还是阿尔，简直再理想不过了——

爱蜜莉雅相信，阿尔一定能完成这个任务。

"咦？为什么我这么有自信呢？"

爱蜜莉雅不明白，为什么把消息托付给阿尔后，自己会有一种做好了万全准备的感觉。不过，她很快隐约意识到了答案——

阿尔在某些方面的印象和气场与昂很相似，这肯定是原因所在。

爱蜜莉雅慌慌张张地跑上平台，再没有深入思考这件事了。

4

新娘会一直等待白马王子把自己抢走——

阿尔自称是爱蜜莉雅的信使，宣布了托他带的话。昂听完后目瞪口呆，好半天才把这番话塞进脑子里，再回答道：

"你这家伙,还好意思说没说谎和开玩笑?爱蜜莉雅怎么可能说出这么机灵的话嘛,信不信我揍飞你?"

"我全力以赴的幽默表现,居然对你们主仆都没用,我真的会失去自信的哟。"

"你的自信关我屁事!倒是你,开玩笑要适可而止……"

昴朝耸拉着肩膀、不掩失望的阿尔发出怒吼。为了问出他那让人捉摸不透的真实想法,昴正准备上前一步——

"老大!"

"哦?"

有什么东西滚进了房间,笔直地朝昴扑去,打断了二人的对话。

面对强大的冲击力,昴大喊一声,向后退了一大截,防止自己翻跟头。他勉强化解了冲击后,低头看自己的腰部,发现一个长着金发的人正低着头紧紧抱住自己。根据那人的后脑勺模样和对自己的称呼来判断,昴立刻意识到原来是数小时未见的自家小弟。

"加菲尔,你没事啊!你这也太突然了……"

"这话该本大爷说才对!老大才是的,本大爷生怕老大已经完蛋了!本大爷……"

"喂,喂喂,难道你在哭?"

"才没哭呢!只是心情有一点糟糕……老大也好,奥托兄也好,爱蜜莉雅大人也好,碧翠丝也好,大家都……"

根据加菲尔有些抽动的声音和埋头不肯露脸的姿势来看,昴还以为他哭了。这时,加菲尔抬起头来,带着扭曲的表情如此说道。他勉强忍住了没哭,但脸都红到耳根了,泪水差点决堤。

然而,现在不是调侃加菲尔的时候。事实上,昴非常理解他的痛心,因为与他一起来到普利斯提拉的成员不是陷入昏迷就是生死不明，更何况他的身份还是护卫，却只有他自己没大碍。光是想想自家小弟感到的绝望，昂就觉得心酸。

结果，加菲尔不顾安娜塔西亚等人的劝阻，为了寻找昂，于这几个小时内在都市里来回奔波。

"让你担心了，抱歉。如你所见，我平安无事，就是有一部分变黑了……"

"啊？变黑了？什么意思……"

"当我没说吧。话说，阿尔，你跟加菲尔几乎同时出现在这里，是偶然吗？"

加菲尔心生疑问，但昂摸了摸他的头，询问他后脑勺对着的阿尔。面对昂的问题，阿尔歪起脑袋回答道：

"可以吗？这是你跟小弟感动的再会吧？你们慢慢聊，我完全等得起哟。"

"我心中的急躁先生在闹腾，说这样可不行。那么，到底是怎么回事？"

"既然急躁先生都这么说了，那就没办法了……嗯，兄弟的想法没错，虽说我接受了为公主带话的任务，但我一个人很难在城里自由走动，你懂的吧？"

阿尔点头肯定了昂的疑问，言外之意是还希望昂能理解都市的危险状况，到处为寻找猎物而徘徊于大街小巷的亚兽等敌人。除此之外，敌人里或许还包括受到西里乌斯权能的影响，任由冲动驱使从而失去理性的居民们。

"然后，阿尔阁下在前往市政厅的路上发现了加菲尔？"

"本大爷当时只是在找被水冲走的老大。水门被打开，导致都市被水冲了一遍，老大的气味也消失了，于是本大爷拼命到处闻，好不容易闻到了相似的气味……"

"结果找到了我。他当时有多失望，真想让兄弟也看看。

我明明没做错,罪恶感却不是一般强烈。"

阿尔说得很轻松,但加菲尔可没法一笑而过。果不其然,加菲尔一脸不悦,用锐利的眼神瞪了一下阿尔。

"烦死了,你这胆小鬼。再说了,要不是你说要替爱蜜莉雅大人传话,本大爷压根不打算把你带来这里。"

"在这个问题上,我也一样。要不是小姐姐托我带话,我也不会特意来这里一趟,我还没找到我家的公主呢。"

阿尔之前说过要分头行动,导致加菲尔与他的关系相当差。昴伸手制止了准备咬上去的加菲尔,刻意插入二人之间说道:

"别调戏年纪还不到你一半的人啊。另外,关于普莉希拉,我碰到她了,不是在这里,是在四号街。她跟莉莉安娜……跟这个都市的'歌姬'在一起,她们为了找到那个叫修尔特的人,正到处搜寻避难所。"

"真的假的?我和兄弟真能跟主人擦肩而过……公主她没事吧?"

"看上去挺好的,真是奇怪。"

昴认为,西里乌斯的权能之所以对普莉希拉无效,是因为普莉希拉无法对别人感同身受,不过又在最后发现似乎并非如此。这样一来,就表示权能的效果因人而异,或者——

"那么,从刚才开始就没说正事……到头来,爱蜜莉雅小姐真的托阿尔先生带话了吗?还是说,你只是在开玩笑?"

谈话毫无进展,安娜塔西亚终于失去了耐心,直截了当地质问起阿尔。

见状,阿尔抠着头盔的铆钉回答道:

"是前者哟。她说等人去救她,这的确是真的,但重点在其他地方。那个小姐姐利用身在敌营的处境,透露了敌人的人员配置。"

"透露了敌人的人员配置……是爱蜜莉雅炭做的?她能干出这么聪明的事?"

"昴,你应该是爱蜜莉雅大人的骑士吧,要注意对主人的措辞。"

昴条件反射般说出的话遭到了由里乌斯的指责。不管怎么说,无论从哪一个角度来看,阿尔替爱蜜莉雅转达的消息都充满了意外性,但事实上,这个情报的价值不可估量。

"说是'色欲'在一号街的控制塔,白发的大罪司教则在三号街,她还说那个男的没带魔女教徒。另外,她让你好好珍惜碧翠丝。"

"算上最后的部分,这些消息还真重要啊,超有用的。"

爱蜜莉雅搜集到大罪司教的所处位置情报,并想办法转告给阿尔。为了完成这个任务,真不知她面对了多少危险。昴很清楚那个雷格鲁斯根本听不进人话,因此他可以轻松想象到她经历了怎样的拼死奋战。

可是,话说回来——

"阿尔,你是怎么联系上爱蜜莉雅的?总不可能是路过时碰巧撞上的吧?"

"我不是说了吗?是碰巧啦,星象实在太好了。我在街上晃悠的时候,捡到了魔女教那帮人用的'对话镜',它跟小姐姐那边的镜子连上了,仅此而已。"

"这到底需要多好的运气……"

不知道是不是不愿认真回答,阿尔的解释极为不具体,但他的话应该不至于全是谎言,也不是调侃和玩笑之类的。反正昴确实能从中感受到认真的成分,所以相信他说的话。

"把他带回来的本大爷说这话可能不太合适,老大啊,真能信这家伙吗?"

"能信。传话里最后对碧翠丝的关心话语,非常像爱蜜莉雅本人的风格……当然了,根据不光这一个。爱蜜莉雅在这种状况下都没有放弃,还在竭尽所能做自己能做的事,我相信她的这种精神。"

如果相信爱蜜莉雅积极乐观、全心全意地做了这些事,那么昴为了救她,也可以积极乐观、全心全意地挣扎着站起来。

"哎呀,但愿她没有努力过头,千万别莽撞行事……"

"我也是这么想的,感觉那个小姐姐在敌营里精神过头了。"

事实上,从与爱蜜莉雅交谈过的阿尔的反应来看,尽管爱蜜莉雅凭形象非常适合当被囚禁的公主,可她似乎根本没好好扮演这一角色。这着实符合她的作风,昴深感自豪。

"那么,我转告完小姐姐的口信了,任务已经完成……话说,大家聚集在这里做什么?后面那个大号'魔法器'又是用来干什么的?"

"这里是从魔女教手中夺回都市的作战部队的总部,后面的'魔法器'是向都市播放声音的广播道具……是改变状况的王牌。"

"哦?"

听见阿尔的问题,昴抬起头来解释道,这番带有某种确信的语气令阿尔笑了起来。不过,与阿尔不同,一旁的加菲尔很惊讶,他抖动尖牙,注视着昴问道:

"改变状况?老大,你想到什么办法了吗?"

"嗯,用一点小办法。安娜塔西亚小姐,你知道这个'魔法器'怎么用吗?如果不知道,能不能找到会用的人?"

"我倒是会用它,不算难。"

眼见回答完加菲尔的昴望向自己,安娜塔西亚便看着"魔法器"答道。听见她的答复,昴点了点头,说了一声"好",

130

第三章 最新的英雄和最古老的英雄

接着望了一圈周围。室内还有加菲尔、阿尔、由里乌斯和安娜塔西亚这四个人,他们都是很好的商量对象。

"大家知道,目前都市里的避难所在'愤怒'权能的影响下,已经成了濒临爆炸的火药桶。只是憋着火还算好说,一旦被点燃就难办了,对吧?"

"嗯,没错。本大爷出去找老大的时候,也去各地的避难所里看过……"

也不知加菲尔在这段时间内究竟看见了怎样的场面,他的表情很难看,脸蒙上了一层阴云。或许还有对外人的担忧吧,他难以平复的样子让昴看了很心痛。

昴用余光望着加菲尔,选择优先说当下的事。如果事情的发展如昴所料,那也许还能同时消除加菲尔心中的担忧。

"魔女教的广播,再加上都市现在的状况……看不到好转的迹象,还只能躲着,不安感急剧增强是理所当然的啊。人聚集在一起,不安感就会呈爆炸性膨胀,避难所起了反作用……不对,就算没有避难所,人也会聚集在一起。"

"正因如此,'愤怒'才显得那么恶劣。加深孤独,损耗心灵,连生命都会受到威胁,这绝对不可饶恕。"

由里乌斯接过安娜塔西亚的话,他的语气中透着平静的愤怒。安娜塔西亚瞥了一眼自己的骑士,一边抚摸狐皮围巾,一边注视昴说道:

"我大致明白菜月想做什么了。"

"就是说嘛。都来这房间里确认'魔法器'还能使用了,那肯定会知道的。"

在安娜塔西亚浅蓝色眼睛的注视下,昴一边挠头,一边苦笑道。

由里乌斯和阿尔看见二人的表现后,似乎也理解了,随即

望向坐镇房间深处的"魔法器"。只有加菲尔无法理解昴的意图，他歪着头说道：

"怎么了……老大，你到底打算干什么啊？"

"也就是说，兄弟是这么想的，就是反过来利用'愤怒'的权能。"

"反过来利用？究竟是什么——"

"西里乌斯的'愤怒'权能增长了市民们的不安，而契机是'色欲'恶劣的广播，既然如此……"

"就像魔女教煽动了不安一样，我们只要唤起人们的希望就行了。"

昴用力点头，肯定了由里乌斯的话。

西里乌斯的权能是共享、增长感情——没错，终究只是共享和增长，虽说可以增减原本就有的感情，但应该无法植入并未产生的感情。既然如此，只要一次就好，在不安蔓延的都市中，只要能用希望改写不安就行。

"希望应该会扩散开，就像不安一样覆盖整座都市。"

"啊！原……原来是这样！的确，这样人们就不会相互厮杀了！垂头丧气的人也不会继续消沉下去，开始好转……"

听完昴的结论，加菲尔双目放光，在胸前对碰双拳，让空气中响起豪爽的声音。他张开大口喊道：

"那就动手吧！'魔法器'就在这里，时间宝贵，立刻开始……"

"请等一下，事情没这么简单，我也不是没想过这个办法。"

"啊，为什么要阻止本大爷？你也很清楚城里现在是什么状况吧？"

"我很清楚，而且想的不比加菲尔少，所以无法贸然决定……在你看来，魔女教听见广播后会怎么行动？"

第三章 最新的英雄和最古老的英雄

面对安娜塔西亚慎重的提问,加菲尔只是"唔"了一声,继而语塞了。

"为了报复攻击市政厅的行为,魔女教打开了水门以示警告。要是再发生同样的事,说不定他们下次就不会关上水门了。"

"我也害怕这种情况,但是在这个问题上存在一个疑点。"

昴同意安娜塔西亚的担忧,同时望向了由里乌斯。面对昴的视线,由里乌斯眯起眼睛问道:

"怎么了?说来听听吧,疑点是什么?"

"当时我失去了意识,所以记忆很模糊。你先听我说,把我和库珥修小姐从卡佩拉那里带走的是被变成黑龙的人,然后没过多久,水从水门流了进来导致战斗中断,我被水冲走了。顺序就是这样的,对吧?"

"应该没错,一连串事件的顺序跟我的记忆一致,可是这个怎么了?"

"难道顺序不奇怪吗?另外,被打开的水门是哪一个?"

"哪个水门?我记得是一号街的……啊!"

安娜塔西亚回想完,正准备回答时睁大了眼睛。由里乌斯稍后也轻轻叫了一声:

"对啊,打开的是一号街的水门。如果爱蜜莉雅大人的消息没错……"

"当时'色欲'应该不在塔里吧?而且开水门的时机也很怪,毕竟开场大水等于是帮我们逃走,而且门很快就关上了哟。魔女教那帮人的所作所为的确没逻辑可言……但他们应该有自己的规矩才对。"

要是单纯地认为魔女教的任何作为都毫无道理,那就太愚蠢了。

确实,大罪司教都拥有异次元级别的思维,会做出超越常

识范畴的行为。可即便如此,他们应该也在按照自己的规矩行动。就算考虑到他们的非常规行为,开放水门也是一件让人难以理解的事,感觉像是有魔女教之外的力量在行动。

当然了,这也可能是彻底错误的估计,不过……

"他们没有破坏'魔法器',放着没管。我们被冲走后,敌人在离开之前还追加了一段广播,所以按理来说,他们有足够的时间破坏它。"

"换句话说,就是对方把我们会使用'魔法器'也计算在内了?他们这么做究竟有什么好处……"

"他们才不需要理由。"

安娜塔西亚难以理解魔女教的行为,阿尔却打断了她的颤抖之声。他话音低沉,还咂了一下舌头,似乎是下意识说出来的。在昴等人的注视下,阿尔慢慢摇头继续说道:

"那帮人根本不在乎我们做什么,他们没输过,也从没想过会输。龙是不会在意脚下的蝼蚁采用什么作战的,没错吧?"

在昴听来,阿尔的一番狠话里带着强烈的确信。但是,阿尔似乎认为说了不该说的话,将视线从昴等人身上移开。阿尔今天的表现特别不像平日的他,不知是不是也受到了"愤怒"权能的影响。倘若果然如此,那难道是愤怒、悲伤和其他某些感情被增强所导致的吗?

有一点可以肯定,在昴等人去攻打市政厅之前,阿尔提出了关于大罪司教"暴食"的忠告,显然他对魔女教有一定了解。不过,根据他的态度就能得知,就算质问他,恐怕他也不会回答。

就在昴陷入沉思时——

"广播的方案,我觉得可以执行。"

"安娜塔西亚小姐……"

或许是与昴得出了相同结论,安娜塔西亚收回了反对意见。

原本说来，这个作战的障碍在于不清楚魔女教会怎样出招，可现在已扫清了障碍，那剩下的关卡就只有一个了。

"谁来广播，说什么内容才能让市民们振作起来？"

"谁来广播……"

安娜塔西亚的一番话令昴皱起眉头，他又望向"魔法器"——利用市政厅的广播让城里的人们鼓起希望，扫清盘踞在内心的不安，至于最适合这个角色的人……

"那肯定轮到安娜塔西亚小姐出场了。你不但是国王选举候选人，而且知名度也很高，只要你亲口表态要继续战斗下去……"

"我自己也不愿意这么说，但是最好别期待我的话能有这么大的效果。这就像承认了自己力量不足似的，真的让人很不舒服。"

安娜塔西亚摇了摇头，驳回了昴的提案。

昴不明白安娜塔西亚的话是什么意思，毕竟她是国王选举候选人，普利斯提拉的居民们当然知道她的立场。别说是水门都市了，哪怕放眼王国也找不出几个知名度比她还高的人。

"只需要知名度的话，那我的条件确实很合适。要是能顺利解决，我也乐意效劳，要我说什么都行，可惜事情没那么简单。在当前的状况下，我的名头不足以扫清魔女教带来的不安，我顶多比无名之人强一点点。"

"即……即便如此！"

"这样是没有意义的。菜月也很清楚吧？需要的是希望，需要能瞬间撼动被不安支配的心，让人们沸腾起来的希望。"

安娜塔西亚如此自我评价和断言，让昴无言以对。说实话，昴很想叱喝懦弱的她，纠正她的想法，但是为自身无力感到懊恼的不是别人，正是她自己。

眼见安娜塔西亚又小又白的拳头因愤怒而颤抖，昂只能细细品尝恨得牙痒痒的滋味。她并非什么都没想就说出了这些话，恰恰相反，正因为经过了冥思苦想，她才能准确判断出自己无法担此重任。

"如果只是用花言巧语骗人，那倒不是不行。如果是骗过十人中的五个人，那我可以出马。可是，菜月想做的不是这种事吧？菜月讨厌舍弃他人，否定了我的决定，你的想法肯定不是骗人的吧？"

"这个……那么，库珥修小姐能行吗？无论是在国王选举的会场，还是在讨伐白鲸的时候，库珥修小姐的话语都有很强的力量，假如由她来说……"

"是啊……假如由库珥修小姐来说，那肯定很有力量，但仅限于以前的库珥修小姐，现在的她没有那个力量。更别说还得把她拽来这里，让她站在'魔法器'前面，那是不可能的。"

只有昂没亲眼确认过库珥修的状况，所以他无法理解安娜塔西亚的表情为何这么沉痛，也无法理解由里乌斯和加菲尔为何流露出怜悯的神色。

这时，菲莉丝和威尔海姆悲痛的神色在昂的脑海中闪现。

"那么，由里乌斯怎么样？你肯定有资格……"

"对不起，我无法回应你的期待。"

"嗯……由里乌斯是我引以为豪的骑士，而且还是近卫骑士队的精英。可是仅凭由里乌斯自身的功勋，在面对魔女教时能发挥多大效果呢？论知名度，我在由里乌斯之上，再算上口才的话，我出马的胜算会更高一点。"

库珥修无法出面，推荐由里乌斯的意见也被其本人及其主人驳回了。这样一来，剩下的人选也许只有威尔海姆和里卡多了。或者说，把在都市里跑来跑去，仍在逛避难所的普莉希拉和莉莉安娜带来的话——

"那个……"

好不容易想出的对抗"愤怒"的策略悉数遭到否决,就在昂为之痛苦不已时,一旁的加菲尔举起手来,他睁圆碧绿色的眼睛,将清澈的目光对准昂,说道:

"这事就不能让老大亲自上吗?"

"啊?"

昂对加菲尔的一番话始料未及,稀里糊涂地叫了一声。他目瞪口呆,无法理解听见的话,没想到在这种局面下,加菲尔居然开起玩笑,拿他寻开心——

面对自家小弟真挚的视线,昂的想法被颠覆了,思维出现空白。这时,加菲尔用力迈出一步,继续说道:

"只有老大能行。国王选举候选人不够格,王国的近卫骑士和大家都知道的'剑鬼'也不行,只有老大能行,不对吗?"

"加菲尔……"

"击败魔女教大罪司教"怠惰"的功绩,只有老大才有。目前在这座都市里,这有……有最重大的意义。"

加菲尔的语言带着热情,眼神也逐渐拥有了力量。少年用力咬响一次牙齿,尊敬地望着昂:

"在被魔女教占领的都市里,有一个击败过魔女教大罪司教的男人,那还有谁比这个男人更有资格?如果有,那么是'剑圣'莱因哈鲁特吗?可他现在不在,那谁又能比菜月昂更有资格?老大!只有你有这个资格啊!"

加菲尔走上前张开双臂,大声吼道。昂被他的气势压倒,向后退了一步,撞上了站在身后不远处的某人。昂回头望了一眼,只见一个身形修长的人扶住了自己的背。

是由里乌斯,他也像加菲尔一样注视着昂,神情严肃。

"我的意见也一样。要说能交给谁来做,那就只能是菜月。"

"怎么连安娜塔西亚小姐都这么说……"

在由里乌斯身后,安娜塔西亚低着头,将嘴巴埋在围巾里。她的脸上还挂着先前对自己能力不足的愤怒,但与此同时,她身为责任人,有强烈的保护都市的意愿以及冷静的头脑。

至此,昴终于意识到自己承担着多么大的期待。

"你也一样吗,由里乌斯?你也真的这么想?"

"昴,不知道你还记得,你在王城、在国王选举会场、在众多骑士面前夸下的海口吗?还记得后来我在练兵场把你打倒的事吗?"

面对昴的提问,由里乌斯顿了一拍后回问道。于是,昴轻轻屏住呼吸,再呼出一口气:

"那是我一生中能排进前三的需要深刻反省的屈辱瞬间,我就算想忘也忘不掉啊。"

"我也记得很清楚。无论是你那毫无根据的宣言,还是你咒骂骑士的丑态,以及后来的白鲸讨伐战,再加上成功讨伐'怠惰'的成果,我都记得。如果说在这个都市里,有谁的声音能帮助不安得发抖的人们……我认为你是最有资格的,至少只要你开口,我就会帮忙。以加菲尔为首,恐怕有很多人会响应你的要求,而我也是其中之一,你要记住这件事。"

这是……这些是建立在无比沉重的信赖之上的誓约。

昴哑口无言,压在身上的重大期待令他头晕目眩。

昴转动脖子,望着安娜塔西亚,只见她点了点头。

昴再回过头,望着加菲尔,只见他露出牙齿,伸出了拳头。

昴扭过身来,望着依然注视自己的由里乌斯,只见他优美地绷紧了脸庞。

他们实在太抬举昴了。

昂觉得威尔海姆、库珥修和莱因哈鲁特都是这样，他们对自己的误会实在太大了，他们都搞错了。明明他们要伟大得多，远比昂努力得多，远比昂崇高，他们却可以理所当然且顺理成章地称赞昂，向昂伸出手，亲切地与昂谈话，这一直折磨着昂。

面对尊敬的人，面对平等对待自己的人，面对绝对无法赶上的人，像这样获得认可，带来的绝非只有喜悦，还有不安。有朝一日，昂的真面目暴露之时一定会令他们失望。当他们发现真正的昂很窝囊、很弱小、一无是处时，他们肯定会露出悲伤的眼神为以前的言行后悔。

昂一直很担心，然而——

"老大。"

加菲尔、安娜塔西亚和由里乌斯依然对昂抱有期待。

昂忍受重负，总是很拼命，可是重重的石头接二连三地压在他身上，就像在对他说"只靠拼命还不够"一样。

这正是菜月昂走的道路——

曾向一位少女发誓，要当只属于她的英雄的少年走的道路。

总有一天，昂无法再当只属于她的英雄，他必须承担起——

"要是犹豫就别干了吧，兄弟。"

昂面部僵硬，一道沙哑的呼吁声敲击他的耳膜。他抬起头来，在他正面，昏暗的眼神正注视着他。

"混蛋，事到如今，你还说这种话……"

是阿尔插了一句，于是加菲尔愤怒地向他走去。加菲尔就这样拉近距离，抓住了他粗壮的脖子。加菲尔保持着随时可以拧断他脖子的姿势，瞪着他吼道：

"闭嘴！你懂个屁的老大啊？少说得像什么都懂一样！"

"我看你才是，说得像什么都懂一样。'老大'是魔法的咒文吗？你当这是能打破任何状况的超人的名字啊？"

"你……"

阿尔冷冷地否定了加菲尔,摸着抓住自己脖子的手。加菲尔立刻脸色大变,迅速收回了手。

面对无法理解自身反应的加菲尔,这次轮到阿尔将脸凑上去,用黑色头盔狠狠顶了一下他的额头。

"你好像相当依赖他,这家伙是如此了不起的男人吗?要是打起来,你比他强。要是比智慧,无论是那边的小姑娘还是骑士,他都比不过。"

"少啰唆!你少谈论老大!你知不知道他对本大爷有多么……"

"如果能承担起所有责任并解决所有问题,那真是了不起,这是主角的器量哟。但是,大多数凡人承担不起这个角色。我自不用说,兄弟也一样。然而,他为什么非得承担这么多……他也太可怜了啊。"

听见阿尔最后补充的那句,加菲尔的表情动摇了。或许是阿尔这番话让他想到了什么,他咄咄逼人的气势有所减弱。

"我说啊,兄弟,对兄弟来说,最重要的难道不是那个小姐姐吗?"

阿尔退后一步,隔着加菲尔询问昴,但没等昴说出答案,他的话语就透出了失望般的感情。他就像提了一个答案显而易见的问题,心灰意冷,不带一点期待。

安娜塔西亚和由里乌斯什么也没说,默默注视着对峙的二人。该说的话已经说完了,剩下的就靠昴自己决定了。

"本……本大爷,对……对老大……"

加菲尔抬起头来,可很快又垂了下去,他犹豫了,不知道该说什么。他想像平时一样叫昴"老大",可一想到这个称呼包含的意义,他就喊不出口。

在场唯一没对昴抱有任何期待的男人继续说道：

"我会为了公主……为了普莉希拉而行动，所以我会把其他人的问题全部搁置。只要我、公主还有修尔特能得救，那就万事大吉了。"

"阿尔……"

"兄弟也这么办吧，救出小姐姐……救出爱蜜莉雅，只为她一人尽力就够了。反正魔女教那帮害虫，不管杀掉多少都会不断冒出来。他们就跟无差别杀人魔一样，跟他们扯上关系只会吃亏。"

阿尔就像在恳求昴一样，话音颤抖，听上去十分不安。

阿尔的想法也是一种答案，关于魔女教那帮人是害虫这一点，昴也完全赞同。扯上关系也没有任何好处，这是毋庸置疑的事实，可惜现在状况受限，他们找上了昴等人。那么为了扫清落在自己身上的火星，昴必须行动起来，或许这让阿尔难以理解吧。

诚然，爱蜜莉雅遭到囚禁，情况紧迫是事实，可就算她没有涉身其中，想必昴也不会选择逃跑，这一定是因为——

"十字路口亮红灯时，如果有小孩冲出去，用不着思考理由就会伸手把他拉回人行道吧……估计是这种感觉。"

昴的回答令阿尔惊住了，只有阿尔惊住了。

这一回答是另外三人无法听懂的，却格外轻松地在昴心中扎下根来。

"别想得太复杂了，因为我人在这里，所以想尽力而为。我在这个都市里还充分体会到，自己力不能及的事有很多，但是……"

在昴看来，认定自己什么都做不到或许太卑鄙了。

在昴看来，这一定是身为菜月昴的使命。

"如果真的要行动,兄弟,那兄弟接下来要背负的就是英雄幻想。"

英雄幻想,这耳熟的词语是阿尔刚踏进房间就对昴说的。

阿尔直到最后都没有将视线从昴身上移开,他继续说道:

"绝不能输,非赢不可。你要扛起希望,背负期待,给大家展示未来,战斗到底。现在一旦下定了决心,你就必须战斗到底。"

"绝不能输,无论在什么时候都一样吧。"

"分量不同。兄弟的输,可不是兄弟一个人输就完事了。"

昴不太理解阿尔的意思。

昴的战斗总是如此,他输的时候,失去的并不只是他自身。他一旦失败,就会失去他想保护的一切。

昴一直是这样,从未有例外。

因为如果输了也没有损失,那昴甚至不想去战斗。即便如此,他还是要战斗,因为有些事物只能通过战斗来保护。而在今时今日,他要保护的事物实在太多、太重要了。

"什么嘛,不是跟以前一样?"

昴呼出一口气,下定了决心,不久前还狂躁不安的内心已然平复,视野变得格外清晰。

昴眼前的阿尔屏住呼吸,明明看不见他的脸,昴却很清楚他正一脸茫然。

"加菲尔,你别犹豫,就像平时一样叫我。"

"啊……"

"起初听你这么叫,我还挺难为情的,可现在已经很有感觉了。虽然我无法保证一定能回应你的期待,但我一定会竭尽全力的。"

昴体谅了加菲尔先前犹豫的心情,对他笑着说道。昴感觉自己很自然地笑了出来，加菲尔见状便惊讶地大喊道：

"老大……嗯，老大，老大！老大果然是老大……"

"都不知道你在说什么了。"

加菲尔握紧拳头，牙齿打战，像细细品味似的叫了好几次这个称呼。眼见他的表现，昴面露苦笑，随后转身面向身后的安娜塔西亚和由里乌斯。

"安娜塔西亚小姐，让我来吧。只要我说的话有用，那我就愿意去做。"

"突然选择成为众人的英雄……你决定好了吗？"

"我该做的事情不会变，做英雄就做英雄吧。说实话，我真不是一般难为情，而且这个称号有点那啥……"

面对质问自身决心的安娜塔西亚，昴用手指轻轻擦了擦鼻头，接着说道：

"单说当英雄的话，我在一年前就已经下定决心了。假如这次我不上，不仅会愧对看着我的女孩，我也没法追上自己眼中的女孩。"

"这样啊。那好吧，真拿你没办法，男孩子就是喜欢出风头。"

安娜塔西亚无奈地笑了起来，将拳头伸到昴的胸前。二人之前在楼下没有成功完成这个动作，因此这是他们意见达成一致的证据——昴也伸出自己的拳头，笔直地抵在她的拳头上。

"就算我说错话了，你也不能笑我哟，也别叹气，最好什么都别问。"

"我绝不会笑，也不会叹气。我会摆正姿势，倾听到最后。"

"啧！"

昴先是狠狠叮嘱了安娜塔西亚身边的由里乌斯，然后咂了一下舌头，又转过头望着站在身后的阿尔：

"谢谢你的关心，阿尔。多亏有你，我才能下定决心。"

昴无须多言,哪怕连这句谢谢的话都不是阿尔希望听见的,但是昴认为有必要,所以向他道了谢。

昴转过身来,面对处于话题中心却坚守沉默的"魔法器",在脑中思考该说什么才好。

很明显,昴还没想好该说的内容。他不知道有没有正确答案,但不知为何,他心中没有不安和迷惑,真是不可思议。

是因为在昴看来,这就像往常一样吗?

是因为在昴看来,自己必须像往常一样逞强吗?

5

沉郁的寂静笼罩着避难所。

空气中回荡着抽泣般的微弱呼吸声,以及不安分地扭动身体和衣服摩擦的声音。

一位少女被打破寂静的杂音搅得心烦意乱,她抱着膝盖,垂头丧气。

少女身材娇小,长着一头金发,她将下巴放在用右手抱着的洁白膝盖上,用左手抱紧了身边的幼童——依偎在她左肩上的年幼弟弟。就在不久之前,她的弟弟还在号啕大哭,现在已经哭累了,带着哭肿的脸彻底进入了梦乡。

少女正准备抚摸弟弟的头,但一想到有可能吵醒他,手就停了下来。如果可以继续睡下去,想必还是像现在这样一直睡着更好。

弟弟只有鼻息很安稳,少女望着他的睡脸,暗自祈祷他至少能在梦境中获得安息。因为少女认为,对于尚年幼的弟弟来说,梦境外的现实实在太残酷了。

普利斯提拉大水门的控制塔被夺走,这一宣言通过广播发出后已经过去半日了。

清晨,跟着弟弟外出的少女在都市的广场上听见了这条广播——充满丑恶的诅咒,让人怀疑听错了内容且难以接受的宣言。听完后,少女在担心父母安危的同时,牵着不安的弟弟的手和周围的大人们一起躲进了避难所。

"遇到不测的事态时,要遵从引导前往避难所",接在每天早上的例行广播之后的指示,以这种形式派上了用场。说实话,除了"歌姬"的歌,少女从没认真听过早上的广播,所以她不禁为大人的先见之明咋舌。

可是,躲进避难所之后发生的事,对所有大人来说也充满了未知数——

魔女教出现了,控制塔遭到占领。魔女教表示控制了大水门,还提出要求,后来又发生了大水灾。

人们因不安而提心吊胆时,女子恶毒的骂声勾起了大家心中的厌恶感。耸人听闻的语言混在不堪入耳的骂声中,其具备的力量足以用绝望统治整个都市。人们被关在昏暗的避难所中,无法与外界取得联系。还没看到好转的迹象,大水门就被打开了,都市一度被水淹没,甚至能听见轰隆隆的响声。

都市的避难所原本是为了应对水灾而建设的,所以大洪水造成的伤害微乎其微,但人们因不安而颤抖的心被粉碎了。相互鼓励的声音变得越来越弱,渐渐地,不安和烦躁开始混入沉默。不知不觉间,四周出现明显的负面情绪,气氛传染开来,人们心中憋着的无从宣泄的不服和不满,像荆棘一样悄悄地疯狂蔓延。

就在这时,大洪水轻而易举地切断了人们紧张的神经,引发了崩溃。人们怒目相视,相互辱骂,相互伤害,很可能演变

为相互厮杀的暴力气息不断膨胀,令避难所里陷入一触即发的状况。

"啊——"

之所以没有爆发,是因为少女的弟弟大声哭了出来,暂时将导火索熄灭了。

幼童用力乱甩一头金色短发,大哭大闹。濒临沸腾的大人们并未对他动粗,是因为他们仍保留着良知和矜持,但距离爆发只差毫厘。

就结果来说,众人的感情爆发被幼童的哭声延后了。少女从身后抱紧这位功臣,抚摸他的头,潸然泪下。

此事过后,这间避难所便再未出现争执,但大家很清楚,这是虚假的安稳,建立在危险的均衡之上。下次冲突的机会一旦到来,孩子的哭声便无法阻止了。本是命运共同体的避难人群对此心知肚明,大家相互拉开距离,通过置身于不会刺激彼此的环境,努力试着自我防卫。

为了自己,为了别人,对他人漠不关心,独自忍受孤独,这才是最好的办法。人们神色严峻,等待时间流逝,寄望于缥缈的希望:一直等下去就会出现某种变化。

少女察觉到征兆,猛地抬起头来,静静期待变化的她察觉到了气氛的细微变化。

周围的人们也有相同的感觉,大家时隔数小时后第一次扭动了脖子。这是普利斯提拉的居民很熟悉的一种感觉,他们知道市政厅的"魔法器"即将开始广播。

少女体会着这股感觉,身体僵硬,将喉咙深处的沙哑喘息咽了回去。她确实期待过变化,但期待的终究是积极的变化,而现在都市的广播能传达的就只有魔女教可怕的恶意。接下来,那道尖锐的声音会恶骂着给都市提出怎样的难题呢?

然而，少女和市民们悲观的预想——

"啊，哎呀，这样大家就能听见我的声音了吗？试麦，试麦，one,two,one,two."

广播里传出少年迷糊的话音，改写了大家的预想。

这次广播与之前的不一样，少年的声音听起来不太自信。那既不是每天早上都能听见的大人物男子的声音，也不是"歌姬"喧闹的声音，而是从未听过的人声。

少女目瞪口呆，周围的大人们也面面相觑。

少年未能察觉到听众的感慨，发了几次声进行检查。他确信人们能听见广播后咳了一声，接下来——

"好像能听见，帮大忙了。那么，最开始让大家受惊了，抱歉。肯定有很多人想知道我接下来会说什么，有做心理准备的，有不安的，不过尽管放心，先声明一点，正在广播的我不是魔女教的人。"

"不是……魔女教？"

少年不熟悉使用"魔法器"，音量有一定起伏，但是无人提及这琐碎的事实，人们对少年宣布的内容更为惊讶。人们抬起头听着从天而降的广播，阴沉的表情开始变化。

"那……那就是说，我们得救了……吗？"

某个期待变化的人从心中萌生出一丝希望，如此嘀咕道。这道低语所代表的希望，几乎进入了整个避难所——错了，是几乎进入了都市所有人的心中。

正是如此，既然使用"魔法器"的不是魔女教的人，那就表示有人夺回了市政厅。既然有人将魔女教赶出了市政厅，那么说不定可以把魔女教赶出控制塔，赶出都市——

"能把那帮人从这里赶出去……"

"另外,让大家期待了,真对不起,目前魔女教那帮人的威胁仍未去除。虽然夺回了市政厅,但控制塔依然在他们手上,都市被水淹的危险和他们的要求依然存在,抱歉。关于这些情况,我也得先声明。"

很遗憾,轻松粉碎了一线希望的不是别人,正是进行广播的少年本人。少年准确地指出大家的想法,就像看穿了避难群众的想法一样。希望的萌芽刚长出来就被掐掉,少年的行为简直无情至极。

从不安中解放出来的征兆被指为误会,人们点燃希望的眼睛再次蒙上了阴影。干脆别怪天灾般的魔女教,把愤怒的矛头对准进行广播的少年就好。

"对不起。"

然而,少年连群众带有泄愤性质的感情都预测到了。

"大家目前在哪里听广播呢?有在避难所里的人,说不定也有人没能躲进避难所,大家心中应该都充满了不安。我理解你们怕得想抱住膝盖的心情,应该还有人想对我说'你算老几啊,居然在这种情况下还勾起大家的期待'。我的确不算什么人物,没什么了不起的,我跟大家一样被状况耍得团团转,快被无情的现实压垮,怕得双腿打战,我就是这样一个人。经历了一番争执后,我才接受了号召大家的任务,我现在依然认为这个担子对我来说太重了,其实有人比我更适合跟大家说话,肯定有的。"

少年的话音颤抖,他以明白人的姿态为市民们沉溺在不安和恐惧中的内心代言。

少年随后的示弱,是质疑自身价值的真心话。包括少女在内,听众们的感情已经超出讶异和失望的范畴,变成了纯粹的疑虑。

如今，谁都想获得希望，想听让人放心的话，哪怕只是谎言，哪怕只是安慰。

可是为什么？为何这位少年要站在"魔法器"前面？

应该有更合适的人选才对，广播中的少年不都承认了吗？那他为什么会——

"不管怎样，现在是我在说话。远比我厉害得多的人说过，这件事应该交给我来办，还说让我来讲话是有意义的……我的声音有没有颤抖？我可不是那种适合抛头露面的人哟。我说不出多么了不起的话，也没有带领大家的领袖魅力。我很弱，一无是处，面临这种重大场面，我现在恨不得赶紧逃走……"

少年的语气渐渐低沉，听众的心也被拖向深渊之底。

听着柔弱且沙哑的话音，人们被不安折磨的胸口隐隐作痛，胃就像被拧起来了似的。如果少年就在大家身旁，就在触手可及的距离，人们会恨不得把他的嘴堵上。

"姐姐……"

不知不觉间，睡着的弟弟醒了过来，呼叫了少女。

少女抱住叫了自己的弟弟，用力把他搂在怀里。为防止这懦夫的声音钻入弟弟耳中，为防止弟弟被软弱的心压垮，她拼死搂着弟弟。

作为保护弟弟的代价，声音撼动少女的双耳，带她一起走上懦弱之路。少年的声音还在继续：

"我也不知道自己究竟能做什么，我是真的很想堵住耳朵，抱头蹲在地上，希望有其他人能在这段时间里解决所有问题……"

"不……要。"

少女紧紧闭上双眼，不情愿地摇头，以抗拒失望和悲叹。

少年替避难所的人们,替都市里畏惧魔女教威胁的人们说出了真实的心声。这是盘踞在少女心中的懦弱,是在大人们心灵深处扎根下的胆怯,是折磨着年幼弟弟的精神的恐惧,是谁都无法改变的绝望。

因此,少年让人直视无法面对的现实的话语,是少女无法承受的。无法承受,恐惧不已,所以——

"但是,我不能逃走,我要战斗。我就是这样一个人,仅此而已。"

少年如此断言,声音竟然还在颤抖,少女则无法相信他刚说的话。

"什么?"

少女还以为听错了,猛地睁开眼睛望向头顶,但空中并没有说话的少年,周围的人也一同惊呆了。

少年顿了一拍,给自己留出选择语言、调整语气的时间,随后——

"我要再问一遍,听见我声音的人现在在哪里?是躲进避难所了吗?是躲在自己家里吗?有没有孤单地发抖?跟别人在一起吗?跟你在一起的是你重要的人吗?你遇见的陌生人,有没有在这几个小时里和你互相认识?这是我个人的想法,你们或许很难办到,但我求你们了,不要落单,一旦落单,你们就会不断地冒出无聊的念头。这是我的经验之谈,我很清楚,所以请你们不要落单,要跟别人在一起。另外——"

少年吸了一口气,他带着一丝犹豫,将话语置于舌尖:

"另外,可能的话,你最好看着你身边之人的脸。"

少女仿佛受到这番话的指引,慢慢垂下视线,望着怀里的人。她发现弟弟正注视着自己,她的视线对上了因不安而闪烁的碧绿色眼睛。

"你现在看见了谁的脸?是对你很重要的人,还是一起度过了最近几小时的陌生人?也可能是朋友的脸啊……估计脸色很难看吧。他可能在哭,可能很痛苦,应该不是笑脸,不过他也可能怕你担心,所以正在强颜欢笑。如果真有这种人,那他就太厉害了。如果对你很重要的人正向你笑着,那你完全可以为他感到自豪。你可以想着自己熟悉的笑脸,跟眼前之人的笑脸做比较。"

弟弟带着一张皱巴巴的脸,随时有可能哭出来。少女发现,弟弟眼中映出的自己正面无表情,魂不守舍。

"你能原谅这种事吗?"

"不……要。"

一道轻声细语从少女口中钻出,话音柔弱且沙哑,连她自己都听不清楚,然而——

"我无法原谅,也不想原谅。"

少年就像听见了少女的声音一样,他接下来的语气强而有力,他的声音还在继续——

"我也有重要的人,有重要的伙伴,我不会允许有谁让他们露出痛苦悲伤的表情,我也不想让他们强颜欢笑。开什么玩笑,别瞧不起人了,我好想大喊出来,我记忆中那女孩的笑容真的非常可爱。"

"姐……姐姐……"

"不能一直输下去,一直逃下去也太没面子了,怎么可能一直任人宰割?错的是那帮混蛋,我无法忍受输给那群家伙,我可不想承认输给了那些人。"

"弗雷德……"

少女抱紧了轻声呼喊自己的弟弟,将额头贴在他的额头上。她感受到了热量,有一股活着的热量,非常非常炽热。她不知道那究竟是弟弟的还是自己的,但她确实感受到了热量。

少年的声音还在继续——

"我想逃,但是不能逃,我想哭,但是不能哭。敌人很危险,但是我不想输,因此我要战斗。我知道自己很弱,也知道自己很笨,我都知道,可我就是要战斗。是那帮人错了,他们害得我喜欢的人都快哭出来了,是他们错了,所以我要战斗。我要战斗——希望大家能和我一起战斗。"

少女屏住了呼吸,她的喉咙突然哽塞了。

少女觉得弱小的自己实在没出息,因为她听见少年的声音已不像刚才那样颤抖,他强有力地向人们展示了未来之路。

少女理解少年的心情,也能痛彻领会他这番话的意义。少女的真实想法与少年的志向一样,她想战斗。如果能赶走袭击都市的邪恶之徒,她也想战斗,但无论是自己还是弟弟都太小,太年幼,根本不具备那个能力。

少女既无力又无知,而且懦弱,所以——

"请不要误会。"

就在少女责备自己太弱小时,少年的话音贴近了她的心,他的声音还在继续——

"虽然我希望大家也能一起战斗,但我不是让大家拿起棍子去打架,我反倒希望大家别这样莽撞。我不是想让大家红着眼,成群结队去跟魔女教战斗,我想让你们做的是不要低头。"

"不要低头……"

"一直盯着脚边看也不会有任何变化,视线可没法挖洞,而且就算能挖,也无法把洞转变为突破口……所以,请大家抬起头来,望着前方。"

少女抬起头来，她看的不是自己的膝盖，也不是弟弟的金发，而是避难所。在避难所之中，少女与那些和她一样被绝望压垮的人视线交汇了，因为大家下意识听从少年话音的指引，与她一样抬起了头。

少年的声音还在继续——

"只要环顾四周，一定会跟某人的视线对上。虽然那是同样心怀不安，或是同样想逃跑的人……但同时也是不想输的人。跟你在一起的某个重要的人，现在跟别人的视线交汇了，再加上你就有三个人了。在某些地方，这个数字应该更高。"

少年说得没错，少女与很多能看清楚脸的人视线交汇了。

少女看见人们眼中流露出复杂的感情，想必她自己也一样，可是在不知不觉间，那已经不是单纯因害怕而惊惧的感情了。

少年的声音还在继续——

"要是你们能就此感受到自己不是孤单一人，我会很高兴的。光是感觉自己并不孤单，就能产生不少力量吧？不想看见重要之人悲伤的表情，不想在别人面前表现出难看的一面，为了这些微不足道的面子逞强的人，该不会只有我一个吧？"

少年恳求的话音和呼吁的话音，正试着唤醒人们的勇气，可是在少女听来，他就像在为自己寻求帮助，寻求一线希望似的。然后，少女终于意识到了，他心中的信念从开始广播的那一刻起就未曾改变。

尽管少年为弱小又无力的自己感到懊恼，但他并未放弃。他说服自己，这是唯一的武器，他还告诉大家，这应该是大家唯一的共同点。

少年的声音还在继续——

"又弱又没用的我都没放弃，就让我相信你们吧。并不只是我这咬死不放的弱者还没放弃……就让我相信你们吧。"

少年的话语很卑鄙,他的号召也很卑鄙。因为他也不嫌害臊,居然在大家都需要帮助的情况下抢在所有人前面大喊"帮帮我吧"——

"难道说,只有我没放弃吗?"

少年的声音失去了自信。不对。打从一开始,他的声音就不存在自信。

少女产生了一股焦躁感,可她不知道该怎样呐喊着宣泄,只想把这股感情压下去。

"不是……的。"

像蚊子叫一样的微弱之声滑出了少女的喉咙。这么小的声音是无法让人听见的,她必须更加大声地回答,正是为了某个因落单而担惊受怕的懦弱之人——

"还没结束……还能继续战斗,会这样想的人难道就只有我吗?"

"不是的!"

少女张开口,如此怒吼道。

声音响彻避难所,却不只是少女一个人的声音。少女和其他也抬起头的人一同大叫起来,那是反抗悲伤、懦弱和恐惧的声音。

如果这就是少年的目的,那么大家肯定已遂了他的意,就算一切都在他的计划之中也没关系。有谁敢断言,他那懦弱得颤抖的声音、不可靠的叱责、难堪的激励以及奢望般的信赖都是虚假的演技呢?

如果这真是演技精湛的煽动,那么就算大家中计也情有可原——

但是,假设这是不善言表的弱者的真心话,又怎能让他孤身奋战呢?

"不是吧?"

"不是!"

"大家也能继续战斗下去吧?不会屈服于懦弱吧?"

"不能输……我不想输!"

少女感觉内心深处无比炽热,她的牙齿颤抖,一股不同于愤怒的感情沸腾起来。

怀有这种感情的不光是少女一人,周围的人们也被同样的感情淹没,这种感情再化为一团火焰,变成熊熊燃烧的激情。片刻之前,人们的心因不安合为一体,现在将因另一种更炽热的感情合为一体。

少年的声音还在继续——

"如果陪着你的是很重要的人,那么请握着他的手,相信他。如果你身边的是陌生人,那就向他点个头,呼吁他一起努力吧。无论是自己还是身边的人,都可以不屈不挠地战斗下去。只要大家不屈服,我也不会放弃,战斗下去。我要战斗——战斗到底,一定会赢得胜利。"

说到底,这里就是一间远离市政厅的避难所,无论在这里喊得多么响亮,就算大喊"我的想法也一样",少年也无法听见。即便如此,少年就像听见了少女和人们的话语,他的语气听起来很安心,他接受了大家的心声,用激动得颤抖的话音果断宣称——

战斗到底,一定会赢得胜利。

人们不怀疑少年是否能办到,人们相信他一定能办到。就像少年相信少女和都市的人们不会输给绝望一样,少女和人们也相信,进行广播的少年一定能在最危险的战斗中取胜。

为什么能相信呢?那是因为,这声音一定——

"我叫菜月昴,是击败了魔女教大罪司教'怠惰'的精灵师。"

一直没有透露身份的少年报出了名号,引得群众吵嚷起来。少女无法理解他的宣言,不过周围人的情况就不一样了。这番话给大家带来的冲击很强烈,但绝不是负面的,大家起初是惊愕,随后便是理解——紧接着,希望和信赖呈爆发状扩散,少女的心也被这股感情巨浪吞没,进而沸腾起来。

"我和伙伴们会想办法解决都市里的魔女教,所以大家请相信我们,战斗下去。请握住重要之人的手,赶走快要屈服的懦弱之心,然后把剩下的事全部交给我吧。"

群众纷纷"哇"地叫了起来,一缕希望变成无数条希望,瞬间扩散开来。

少女低头望着怀里的弟弟,在他碧绿色的眼中看见了明确的希望。

看见了希望后,少女将弟弟抱得更紧了。弟弟的手战战兢兢地回抱住少女的身体,少女一边感受拥抱的热量,一边仰望房顶。

尽管少年依然有恐惧和不安,无法隐藏所有负面感情,但他还是背负起都市大量群众的希望和期待,明确表示要战斗下去。少女连这位英雄长什么样子都不知道,只能在心中描绘他的轮廓,她闭上眼睛,祈祷一切能想到的幸运都汇集在他身上。

如果不这么做,想必少年会被压垮——

因为他肯定也是一个随处可见的普通少年,只是为了保护重要的人才反抗无情的命运。

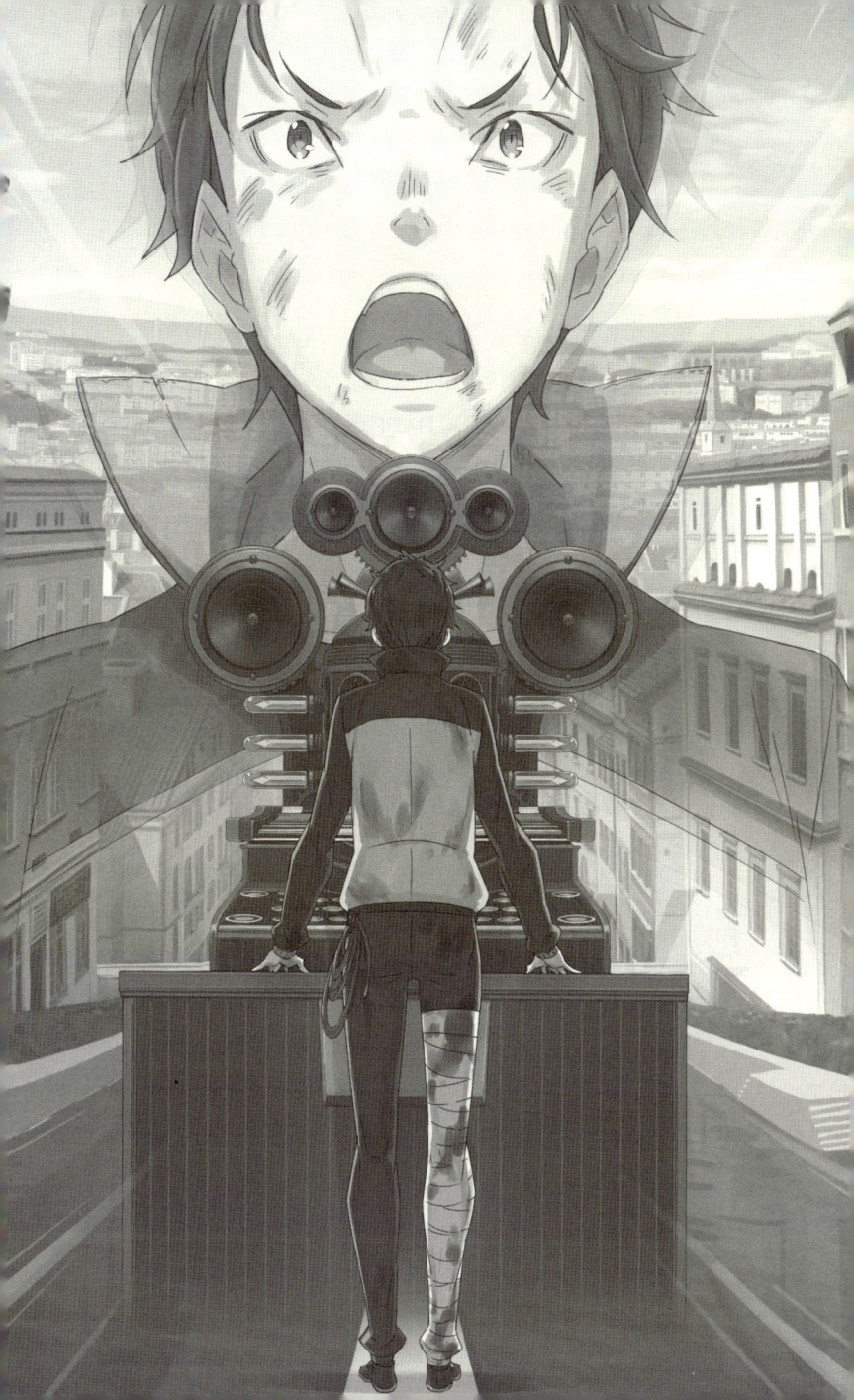

6

"唉……"

昴离开形似管风琴的"魔法器",深深地呼出一口气。

他拭去额头上代表紧张和不安的汗水,绷紧了脸颊,双腿这时才开始不停颤抖,他希望自己的声音没有表现出这副不堪的模样。

"啊,太难熬了……"

昴夹杂着叹息嘀咕道,超乎想象的消耗令他扭了扭脖子。

说实话,昴在广播过程中太忘我,已经记不清自己具体说了什么。虽说不至于忘得一干二净,但很多部分模糊不清,他只记得大致内容,尽管安娜塔西亚事先写好了广播的草稿并交给了他——

"嗯?"

昴深刻反省了一遍后,发现房间里格外安静,看着他广播的安娜塔西亚等人沉默不语。

在场的人有安娜塔西亚和加菲尔,外加由里乌斯和阿尔,不知何时,里卡多也来会合了。可平时话很多的人们一起选择了沉默,于是昴认为也许是自己说话时语无伦次,搞砸了这次广播。

"菜月。"

"哇呀!对不起!我下次会做得更好的!"

"等等,为什么要道歉?真奇怪。"

因不安而缩成一团的昴下意识道了歉,眼见他的反应,安娜塔西亚无奈地笑起来,再文静地扶着脸颊说道:

"除了奇怪,顺便再加一个评价,虽然这么说可能不太对,但菜月该不会……"

"该不会?"

"该不会当过诈骗犯吧?"

"你真是哪壶不开提哪壶!如你所见,我就是一个随处可见的普通学生……不对,从某种意义上来说,我还不算学生。"

"啊,不是的,我可不是在贬菜月哟。我是觉得,刚才你的讲话技术实在是太精湛了……先抑后扬,简直是完美地套用了话术啊。"

听完昴的回答,安娜塔西亚摆摆手,怀着一半钦佩和一半赞赏点了好几下头。她的一番话令昴歪起脑袋问道:

"啊?哪里来的什么话术?我的脑子里一片空白,都不知道自己说了什么,我只记得看不清稿子上的文字,于是放飞自我了。"

"那你岂不是彻底无视了我的草稿?你讲的话居然跟事先商量好的不一样,知道一旁的我有多担心吗……"

"唔……这个嘛,我得道歉!不过,总的来说,我讲的和稿子的内容差不多吧?如果我讲得实在太差,安娜塔西亚小姐应该会喊停我吧?"

在关键时刻被昴抛诸脑后的稿子上,写满了安娜塔西亚的谈判技巧,以及昴所知的机智且风趣的玩笑话,这些都是为了拭去都市群众的不安。哪怕读稿失败,只要别偏差太多内容就应该没问题,可是——

"这么说也许不太合适,不过菜月刚才说的话根本没提到原稿中的内容,真的是连边都没沾上哟。"

"咦?"

安娜塔西亚一口否定了昴的乐观估计,昴不禁僵住了,借视线询问其他成员是否属实,可惜在场的另外四人以各自的反

应肯定了安娜塔西亚的话。

"安娜塔西亚大人说得没错,昴。"

由里乌斯上前一步,严肃地板起脸如此说道。

"你在广播中说的话不是事先演练好的,尤其是应该早早表明的讨伐'怠惰'的功绩,你一直留到后半部分才说,我都想质问你究竟有何用意了。"

"真的假的?要是没说出来这个,那我不就成了来路超级不明的人吗?既然如此,你们倒是打断我啊!假如你们认为就算让听众感觉很奇怪也该让我重新说,那就这么做啊!"

"让你重新说?那才叫胡扯。"

根据大家给出的信息,昴认为自己刚才失态了,导致让人怀疑广播的意义。由里乌斯见状后一本正经地摇了摇头,在昴看来,他的表情里似乎含有某种敬意。

"真是一场精彩的演说。"

"啊?"

"忘记原稿的内容并不是什么大问题,因为你凭借自己的语言获得了超出期待的成果。对于你的功绩,我只能报以称赞,现在我对你的感情就跟在白鲸和'怠惰'讨伐战时的一样。"

昴感到费解,由里乌斯便对他给出了言过其实的称赞。这种态度可不像由里乌斯会有的,于是昴将其视为"最优秀骑士"掩饰兴奋的花招,但他刚产生这种想法,就立刻觉得由里乌斯说得太荒唐了。

"你别调戏我。我早就在想了,你的玩笑不怎么好笑啊。"

"听着像玩笑,是因为你太低估自己了,但可以认为刚才的演说是只有你才能办到的,只有你。"

"你果然在调戏我吧?"

在紧迫状况下,由里乌斯的态度依然坚决,让昴深感烦躁。

第三章　最新的英雄和最古老的英雄

昂已经习惯了由里乌斯的讽刺，可现在不是进行这种无谓争论的时候。假设广播讲话失败了，那就必须尽早制定出其他方案。

"本来想扫清大家的不安，结果反倒让人产生了怀疑，实在太不像话了，下次还是换其他人……"

"菜月，能不能别这么瞧不起自己？听你这么说，我可一点都不舒服哟。"

一旁的安娜塔西亚打断了忧心的昂，她理性的眼睛流露出不满，狠狠地瞪了一下昂。

"菜月好像觉得没有真实感，那我就直说了，你的讲话比我想出来的内容完美得多，你简直是天生的煽动者。"

"俺的意见也跟大小姐一样。哎呀，俺真是服啦！听听你刚才说的，那都是些啥啊？你简直太不要脸了，小哥！俺可算知道你是怎么蒙骗小姐们、小女孩和地龙的了！"

"我可没有蒙骗！居然把我说成是煽动者，这也太难听了吧？"

安娜塔西亚的话和里卡多的起哄，让昂瞪大了眼睛。然而，两个被瞪的人望着彼此，毫无歉意地耸了耸肩，如此配合简直天衣无缝，但好像不是在单纯开玩笑。要问为什么，是因为加菲尔正屏住呼吸，紧盯着昂，昂根据自家小弟的表情也看得出来这点。

"加菲尔，你怎么看？我的……那个……广播？"

"老大……果然是老大啊！本大爷离开'圣域'跟随老大的决定是正确的……啊，就是这种感觉。"

"对我来说，你的期待总是有一点沉重。"

"但这也是老大行动的结果！"

加菲尔呼出一口气，给了自家老大一个露齿笑，昂见状便

挠了挠头。

"那我只能承担责任了,感觉我在广播里也说过这种话。"

"是说过哇。"

加菲尔都说到这个份上了,昴再没有真实感也只能接受。安娜塔西亚对昴投去微笑,意外的成果令她开心地抚摸围巾。

"士气提升太大,反倒需要担心大家会勉强自己,毕竟待在这里的我们也受到了'愤怒'的影响,干劲十足。"

"听你这么说,我还是觉得好假……要是真的话,这算不算'忽悠之加护'的功效呢?"

昴调侃了一句,接着望向不知何时走到房间角落的阿尔。注意到昴的视线后,阿尔默默转过脸去,显得极其大失所望。

阿尔曾反对昴进行广播,既然他现在表现出这种态度,那就表示大家说得没错,广播本身似乎成功了。

"要是城里的人能因此冷静一点,那就帮大忙了。另外,我还有其他能做的事吗?"

"说到更高的期望,那就只能是清除罪魁祸首了。通过菜月刚才的广播,魔女教应该知道我们的意图了。"

"在这种情况下,他们还是会为了达成自己的既定目标而行动。虽说这要指望他们的不合理性,但为了尽快分出胜负,我们也得行动起来。"

无论广播的效果如何,毁灭都市的方法依然被握在魔女教手中——

这次必须赶在最糟糕的状况出现前击败他们。

"为此,就得同时打下四座控制塔啊。"

"四个大罪司教,外加两个武艺高强的帮凶,还要应对亚兽,所以我们得好好商量一下人员分配和作战策略。"

同时打下四座遭到占领的控制塔,这是拯救都市的必要条件。因为如果采用老方法先夺回其中一座控制塔,那么其他三座控制塔肯定会打开大水门,所以很难像攻打市政厅时一样将战斗力集中在一点。

昴不能连续赌运气,他也不认为自己能一直赢下去。主要的敌人有六个,由于少了库珥修,昴等人的战斗力下降,可用的手段吃紧——

"那就再加一张鬼牌,如何啊?"

昴正扳着指头数手头上的战斗人员,这时一道声音唐突地钻入他耳中。他不禁转过身去望向房门,等看清站在那里的人影后,他挑起了眉毛。

随后,昴像突然泄气了似的苦笑起来。

"才多久没见,你就这么抬举自己了?"

"莱月先生都挑起大众演说的担子了,跟您比起来,我可不算什么……我应该没和英雄交过朋友,但看来是我想错了。"

"我也觉得自己不是那块料。"

昴也耸了耸肩,朝那个一脸坏笑的人走去。随后,昴和那人一同举起手,来了一记响亮的击掌。

望着心态轻松的二人,加菲尔双目放光,大声说道:

"奥托兄!你没事啊!"

"我真的是历经艰险,九死一生,可算是勉强捡回了一条性命。"

面对喜形于色的加菲尔,给出回应的是一直去向不明的自家内政官——尽管身上脏兮兮的,但还是安然无恙地前来会合的奥托·苏文。

奥托举起手,也想跟冲过来的加菲尔击掌,谁知道加菲尔丝毫没减速,猛地飞扑,抱住了他的腰。

"唔?哇!咦,啊?喂,怎么了,加菲尔?这么用力表达

重逢的喜悦……好痛!好痛,好痛,好痛!你的劲好大!"

"啊,太好了!不过,本大爷……根本……没有担心过……"

"毫……毫无说服力……呃啊!"

与见到昴时一样,加菲尔全力表达重逢的喜悦,勒得奥托喘不过气来。等慢慢被松开后,奥托勉强调整好呼吸,苦笑道:

"话说回来,菜月先生和加菲尔也平安无事,真是太好了。哎呀,二位远比我会保命,我倒是没怎么担心你们。"

"这样啊,其实我也没怎么担心你,到底是为什么呢?"

"弄不懂了,是因为奥托兄的人品问题吗?"

"那个,我不要求菜月先生跟加菲尔一样,但最起码该担心一下我吧?在这种非常情况下,我可是单独行动,勇敢面对危险的!"

可事实上,奥托平安地与大家会合了,所以他的话没有说服力。

不管怎么说,三人重逢了,就在他们为此欢庆时,安娜塔西亚拍了一下手,打断了他们的谈话。

"好了,好了,冷静下来,冷静下来。总之,奥托还活着就好。虽然有很多话想问你,比如在这段时间去做什么了,但在此之前……"

说到这里,安娜塔西亚顿了一下,用浅蓝色的眼睛紧紧地盯着奥托。

"刚才那段意味深长的话……你能解释一下吗?"

"是鬼牌吧?解释起来倒很简单,不过若是让鬼牌先进入房间,那我平安生还一事就会被轻易忽视掉,于是我要了点小花招……其实我带了一个人回来。"

经过安娜塔西亚提醒,奥托一边难堪地解释,一边从门口让开。在门后等待的人以此为信号,慢慢地踏响了脚步声,此人一迈进房间——

"抱歉,我来迟了。"

此人只说了一句话,就让听众深感放心,仿佛有千军万马助阵一般。不仅如此,听众还产生了狂风肆虐的错觉,这种错觉与看见烈焰出现在眼前的真实感相互作用,剧烈撼动人心。

这次再会的确拥有如此强大的力量,因为渴望已久的战斗力、最强援军的到来令人们的心沸腾了。

"我是'剑圣'家族的莱因哈鲁特·梵·阿斯特雷亚,让各位久等了,我来会合了。"

说着,燃烧的红色火焰——"剑圣"表明了参战的意愿。

第四章 铭刻历史的繁星

1

"关键时刻没能帮上忙,真是对不起,我一直在反省自己力量不足。"

莱因哈鲁特集室内所有人的视线于一身,如此赔罪道。

眼见"剑圣"低头道歉,众人一时间说不出话来。说一些客套话,在表面上应付他倒也不难,但大家的确有自身的想法——在大家极其渴望获得战斗力的这几个小时里,莱因哈鲁特竟然去向不明,这是不争的事实。攻打市政厅时要是有"剑圣"在该有多好,大家很难不产生这种想法,所以谁都没法轻易否定或是安慰他,可是……

"真是的,你这笨蛋。你到底知不知道,你不在场会搞得我们有多头痛啊?"

一边说,一边轻轻捶"剑圣"胸口的昂就不一样。

莱因哈鲁特用胸口接住昂的拳头,愧疚地望着昂。受到指责的"剑圣"显得很消沉,眼见他反常的样子,昂哼了一声:

"而且,既然要回来,你倒是早十五分钟回来啊。拜你所赐,不是那块料的我被逼着广播,那原本也是你的工作哟。"

"对不起……不过,那段演说很棒,很有你的风格。假如要求我做同样的事,我肯定没法在广播中说出那么鼓舞听众的话,由你来广播才是正确的。"

"你和我需要在广播中扮演的角色,那可不一样啊。"

听见莱因哈鲁特的苦笑和称赞,昂又轻轻捶了一下他的胸口。看见英雄的脸庞挂上了深重的反省表情,昂便指着他的鼻子说道:

"莱因哈鲁特,你何止是以一敌百,以一敌千都行。我可以对你抱有这么大的期待吧？能依靠你吧？"

何止是以一敌百，以一敌千也不在话下，莱因哈鲁特的战斗力足以匹敌千军万马。

昂的期待令莱因哈鲁特眨了几下蓝眼睛，但"剑圣"的犹豫立刻消失了，他的嘴唇勾起弧度，笑着回答道：

"嗯，请依靠我吧，如你所愿。"

"哦……可靠得过分，害得我心脏猛跳。就是这样，莱因哈鲁特来会合了，大家有什么话想说就趁现在都说了吧。"

莱因哈鲁特的愧疚似乎减轻了一点，昂朝他笑了一下，接着转身面向其他保持沉默的人，当着他们的面指着莱因哈鲁特说道：

"在这种时候，被关心的人会难受得多哟，而且现在'剑圣'想乖乖挨骂，教训他的机会可不多，别浪费，别浪费。等大家都欺负他够了，我们再好好聊一下吧，聊聊怎么把人都救了。"

昂闭上一只眼睛，轻佻地说出了自己的决心。奥托和加菲尔早已习惯昂这份虚张声势，顿时嬉皮笑脸起来，可其他人就是瞠目结舌了。

昂心想：算了，有一两个能看透我真心想法的人在，也算正好。

毕竟昂在不久前的广播里表示过，用不着一个人硬扛到底。

2

后来，每个人都对莱因哈鲁特抱怨了一番（详情略去），夺回普利斯提拉的作战会议也重新开始了。

奥托和莱因哈鲁特前来会合，虽说奥托对战斗力的影响为零，但莱因哈鲁特助阵的恩惠实在太大了，可选战术应该也大

幅拓宽了。把这一变化考虑在内,昂正打算开始积极的谈话——

"话说回来,菲鲁特呢?发生骚乱的这段时间,她跟你在一起吧?"

众人在会议室里坐成一圈,在进入最初的议题前,昂向莱因哈鲁特询问道。面对昂的疑问,莱因哈鲁特的脸上出现了一丝阴影,他今天动不动就露出这种表情。

"先提醒你一下,我可不是在责备你,因为我不认为你会为了优先保护菲鲁特的安全,一直躲在安全区域里不出来……"

"我也认同菜月的看法,希望你能说说自己在音讯全无的这段时间里,究竟在什么地方做了什么事。我们是在拼命战斗,可没在闹着玩。"

昂试着给莱因哈鲁特台阶下,安娜塔西亚与他不谋而合,她抚摸狐皮围巾,用浅蓝色的眼睛平静地注视着莱因哈鲁特。

安娜塔西亚问题的焦点是菲鲁特阵营今早的行动——菲鲁特等人疑似去找莱因哈鲁特的生父亨克尔谈话一事。

威尔海姆也一样,阿斯特雷亚家的人对待亨克尔的方式实在让人看不懂。这样说也许不合适,这种对待方式简直像——

"把一个十多年闭门不出,变成职业啃老族的儿子当成烫手山芋……"

"抱歉,我得打断一下菜月先生奇怪的妄想。如果莱因哈鲁特先生不方便说,我可以代为解释。"

奥托将想起现代日本社会问题的昂晾在一边,当场举起手来。奥托向莱因哈鲁特投以关怀的视线,看他的态度就像知道内情一样。

"对了,是你带莱因哈鲁特来的,难道发生骚乱的时候,你们就一直待在一起吗?"

"倒不是一直待在一起,我是在最后才遇到莱因哈鲁特先生他们的……即便如此,我也掌握到了大致情况。"

"谢谢,奥托。不过,这是我的家事,而且跟菲鲁特大人也有关系,虽说我的确难以启齿,但由我说出来才合乎情理吧。"

莱因哈鲁特先是摇头拒绝了奥托的好意,顿了一拍后张口说道:

"首先,尽管已经说过很多次了,可我还是要再次道歉。原本说来,我应该最先前来助阵,结果拖到现在才跟大家会合,真是万分抱歉,我已深刻反省。"

"关于这件事,我们已经表过态了,确实很难无条件原谅你,但接下来的战斗需要你,如果你要自省,希望你能用剑来证明。"

由里乌斯以符合他风格的方式安慰了赔罪的莱因哈鲁特,推了他一把。听见朋友的一番话,莱因哈鲁特扬起嘴角,继续说道:

"谢谢。魔女教进行第一次广播时,我和菲鲁特大人正在二号街,目的是……找亨克尔副团长谈话。"

莱因哈鲁特语气沉重,用"副团长"这个头衔称呼自己的亲生父亲。单单根据这个称呼,就足以想象出他与父亲之间的复杂关系以及深深的鸿沟。

"这么说也许不太合适,不过经过早餐时那件事,真亏菲鲁特能做出这个决定啊。"

"菲鲁特大人是很负责的,不会因自身的喜好拒绝必要之事,所以去跟副团长谈话了。不用说,我也一同参加了。"

"顺便问一下,过问谈话内容算违反礼仪吧?"

"毕竟是关系到阵营内情的事,可惜谈话难称顺畅。"

听莱因哈鲁特的语气,众人隐约察觉到谈话进展不顺。

尽管菲鲁特有所成长,但她本质上还是个心直口快的人,她的谈话对象则是压根不掩饰低劣人格的亨克尔,因此就算莱

因哈鲁特不说,也不难想象那两人会发生纠纷。而就在他们谈话的过程中——

"魔女教进行了第一次广播。我当时还以为听错了,同时认为必须立刻行动起来。事实上,我确实为应对危机做好了准备,而且也告诉了拉珍斯他们如何在必要时通知我。"

"嗯,我知道的,我跟拉珍斯……那个,有机会聊过天。"

拉珍斯向天空发射魔法,莱因哈鲁特以此为信号赶到现场。

虽说曾执行过一次依靠拉珍斯发信号呼叫莱因哈鲁特的作战,可遗憾的是,在西里乌斯极其邪恶的权能面前,作战被迫中止。

不过,自己人一发信号,莱因哈鲁特就立刻能赶到现场,这倒是千真万确。但是很奇怪,他在这几个小时里并无作为,原因到底是什么——

"因为亨克尔副团长把菲鲁特大人拐为了人质。"

昴一时间无法理解自己听见的话。不光是昴,由于事态严重出乎意料,在场所有的听众都语塞了。

"我犯了难以挽回的错误,菲鲁特大人落入副团长手中,我没能找出反击的突破口,一直被迫留在现场,动弹不得。"

莱因哈鲁特无比羞愧,面露内心被悔恨灼烧般的表情,用力挤出了这番话。

听着"剑圣"的解释,昴明确理解了为何一开始的提问会令他表情阴沉。他宣誓效忠的主人居然被他的亲生父亲拐为人质,他被这种局面困住,真不知他有多么纠结,多么心痛。情况还不光是这样,有更糟糕的可能性。

"换句话说,就是怎么着,意思是那个副团长成了魔女教的手下?"

令人震惊的坦白还伴随着糟糕且残酷的可能性。

昂此前听说市井之中潜伏着魔女教徒，人们根本无法辨别其身份，但昂并不愿想象自己人里也有魔女教徒。可是除培提奇乌斯之外，昂还见识了多位恶劣至极的大罪司教，因此这种想法变得更加强烈了。

"假设是的，又会怎样呢？我又会怎么想呢？"

然而，面对昂的结论，莱因哈鲁特的回答让人颇为在意。昂无法理解他这一态度，有一半的在场成员也与昂一样面露疑惑。不过，根据安娜塔西亚、由里乌斯和奥托的表情来看，他们得出了不同的结论。

莱因哈鲁特对皱眉的昂缓缓摇头，说道：

"我无意为亲人辩解，但副团长跟魔女教并没有关系。至少在把菲鲁特大人拐为人质后，他的话语里没表现出这方面的迹象。"

"怎么可能？那他为什么要把菲鲁特当人质？这么做到底有什么……"

昂还没来得及把"意义"二字说出口，便意识到了——莱因哈鲁特的忧郁表情和奥托等人难以释怀的脸庞，让昂想到了一种可能性，一种让人笑不出来的、无可救药的结论。

"难道说，他把你困在那里……是为了保护他自己？"

"副团长当时是这么跟我说的，'你的宝贝主人和你的亲生父亲都在这里，你还能抛下我们去救一帮连长什么样都不知道的人吗？'"

"这是一个父亲该说的话？"

昂的感情瞬间沸腾，并一拳打在了墙上。

今天一整天，昂从早上起就一直在与激情碰撞，但他从没想过自己竟会对一个与魔女教无关的人如此愤怒。即便要恨人，昂希望自己可以只恨魔女教的人。

"菲鲁特大人说这只是口头威胁,还说不用管她,让我去战斗。可我违抗了菲鲁特大人,留在了那里,该受指责的人一定是我。"

"为什么你会得出这样的结论?你眼前的大家肯定都很清楚错的究竟是谁!"

"即便如此,做决定的是我,是我啊。"

面对昂的怒吼,莱因哈鲁特依然坚称是自己的责任。昂深感懊恼,因为在昂看来,他的坚持是无意义的,只算顽固罢了。

"结果局面陷入胶着状态,后来我便动弹不得……第二次广播响起时,状况也没有改变……菲鲁特大人对我很失望吧。"

莱因哈鲁特轻声说出了菲鲁特的名字,他都没意识到自己的脸上写满了难掩的失望,这才是最让人悲伤的。

根据昨晚和今早的表现来看,菲鲁特和莱因哈鲁特的关系与以前相比有了很大变化。现在二人之间又多了一个父亲,主仆关系即将再次迎来剧变。

"那么,菲鲁特小姐现在怎样了?"

安娜塔西亚没有理会莱因哈鲁特的表情,再次深挖话题。

身为唯一在场的国王选举候选人,安娜塔西亚背负着十人会代表奇力塔卡对她的信赖,至少她没有表现出同情,而是严肃地推进话题。

"既然莱因哈鲁特人在这里,那就表示问题已经解决了,我可以这样理解吧?"

"是的,菲鲁特大人已跟侍从会合,正和被控制住的副团长一起留在避难所,这是菲鲁特大人自己的决定。"

"控制住?是把他抓起来了吗?"

"他的四肢被绑了起来,嘴也被塞住了,这点报应是副团长自找的。要是没有奥托的帮助,或许很难办到这件事。"

"奥托的名字,居然在这时候冒出来了。"

由于奥托一直没有在谈话中被提起,所以听到他的名字后,昴大吃一惊。当事人奥托扶正帽子,吸引大家的视线后说道:

"就是这么回事。不过,我出现在那里纯属偶然,但因为我已经在旅馆得知三人的关系了,就很快掌握了情况。"

只要知道阿斯特雷亚家的问题以及菲鲁特阵营的领地问题,还有今早旅馆发生的事,又目击了亨克尔把菲鲁特拐作人质、强迫莱因哈鲁特留下的事件现场,那么不论是谁,就算脑子再不灵光也能想出那是怎样的场面。

"毕竟我能想到,面对魔女教时,莱因哈鲁特先生无法行动简直是最糟的情况。我在被吓得六神无主的同时,觉得必须做些什么。"

"你就揍翻亨克尔,救出了菲鲁特,是这样吗?"

"是你个头啊!我才不会干这种血气方刚的事呢!我只是利用简单的魔法吸引他的注意,让菲鲁特大人趁机逃掉而已。"

奥托纠正了昴的错估结论,长长地叹了一口气。

"所幸莱月先生发表了大型演讲,之后我没费多大劲就来会合了。虽说早点行动会更好,但我也遇上了不少事。"

尽管有一点跑题,不过莱因哈鲁特也严肃地肯定了奥托的贡献。奥托还是这么深藏不露,又在暗中活跃。

"可是啊,奥托兄在这段时间里去做什么了?说实话,凭奥托兄的实力,在都市里到处乱走等同于自杀。"

"刚才重逢时,你就表现出了对我的担忧,真把我吓了一跳,我的确经历了很多曲折……算了,我还是说出来吧。"

说到一半,奥托咳了一声,指向市政厅外面继续说道:

"我依照早上的计划独自前往了缪斯商会,为的是重新跟奇力塔卡先生谈判。但是,我发现能比约定的时间更早到达,就在中途下了龙船，决定走去商会……然后，我碰到了魔女教。"

"你听见广播了吗？不，从时间上来看，你应该还没听到才对。"

卡佩拉进行第一次广播时至少是在正午钟声响起之后，即便奥托中途下了龙船，也不可能在放完广播之后才抵达。

奥托点头肯定了昴的想法：

"嗯，不是听见了广播，我遭遇的就是魔女教……而且是自称大罪司教的人。至于地点则是前往缪斯商会的途中，就是二号街的控制塔。"

"居然是大罪司教，在广播开始前就现身了？"

奥托的报告令昴十分震惊，但仔细想想，这不是没有可能，因为在广播开始前，西里乌斯和雷格鲁斯就大闹了时刻塔广场。

除占领市政厅的卡佩拉之外，空闲的大罪司教在都市中处于自由行动状态，奥托遭遇的却并非这三个大罪司教。

"那么，你遇上的是……大罪司教'暴食'吗？"

"是的……对方是这么说的，也没理由骗我，应该是事实吧。那人看上去像个小孩……不过，年龄对他们来说并不重要。"

奥托的目击证言所指出的人物，与昴见过的罗伊·阿尔法德特征一致。

昴压根不想知道大罪司教的考核上岗条件，但"暴食"的确是个孩子，是个还在长个子的孩子，还是个笑起来让人觉得很难受的孩子。

"起初，大家还以为是不懂事的孩子搞恶作剧，控制塔的警卫正准备提醒他，结果被压扁了……一点也不夸张，警卫变成了肉饼，所以我再不情愿也得相信他的话。警卫和城里的卫兵立刻把他围了起来……不过，他们根本不是对手。"

单是看奥托苍白的脸色，就知道对"暴食"的攻防战有多

么惨烈。

普通人面对"暴食"时根本没有还手之力,奥托也说自己束手无策,他和周围的人被迫卷入战斗,一起全力奋战了,可是——

"结果控制塔被夺走,也不知除我之外还有没有逃掉的人。"

"你在那种状况下都能逃掉?你面对的可是大罪司教啊!"

"不是靠我的力量,而是多亏了周围的人。加入战斗的'白龙之鳞'知道我的身份,是他们拼命帮我逃了出去。"

"又是'白龙之鳞'的人。"

昂又听到了奇力塔卡的私人部队"白龙之鳞"的活跃表现。该部队是普利斯提拉的关键防卫力量,目前大部分成员与奇力塔卡一样生死不明,其中一部分人为了履行义务,和"暴食"拼了个你死我活。

"我落荒而逃,从水路逃走了。后来,我听见了魔女教的广播,就不敢贸然行动,步步为营……然后跟莱因哈鲁特先生他们……"

"你们就这样会合了啊,原来如此。"

奥托碰到了陷入胶着状态的菲鲁特等人,解决完问题后回到了这里,这便是他迄今为止的冒险经历。他这段旅程严酷且让人惊叹,丝毫不逊色于昂等人的,渡过生死难关的艰辛程度之高令昂皱起了眉头。

"挺身迎敌,好让你逃走的那些人同样希望渺茫啊。"

"嗯。真是的,我身为商人,若不还清欠的账,胸口会很难受的。"

肩上的重负压得奥托悔恨地咬住了嘴唇。

欠债还钱,天经地义——奥托总挂在嘴边的至理名言,安娜塔西亚也同样说过。奥托向这个信条起誓,欠下的债一定要还清。

"所以,就用这个都市的命运偿还吧。根据刚才的演说,难道菜月先生打算把我那份也一起还掉吗?"

"我说你啊……"

奥托一改严肃的表情,对昴眨了一下眼睛,让昴泄了劲。

没错,昴泄了劲——从演说开始就一直绷紧的肩膀泄了劲。

昴明白奥托这番话的真正含义,奥托是说自己也有战斗的理由,他会这么说,言外之意就是不能把都市的命运交给昴一个人。简单说来,他就是想告诉昴别用力过猛吧。

"唔……"

逞强行为遭人看穿,昴的脸变得滚烫,强烈的羞耻感涌上心头。

什么都市的命运?什么众人的希望?还什么期待的象征呢,真是可笑至极。都市也好,构成都市的每一个人也罢,都没轻到昴可以独自背负的地步。这么简单的道理,难道不经人提醒就不明白吗?

"有我和菜月先生的绵薄之力,再加上加菲尔的傻力气,就能举起有一定分量的重物了。这种想法,你们觉得怎样呢?"

"这就叫'一个人举不起克维音之石'啊!有时候,你真的挺厉害的。"

昴说出从加菲尔那里学来的异世界惯用句,惊叹于奥托的稳定表现。奥托给昴的帮助实在太大了,因此昴感觉一旦向他低头道谢就再也抬不起头来了,于是认为今后也必须和他保持对等关系。

"什么嘛,关系这么好,难怪你们阵营能运作良好,真让人佩服。"

"啊,对不起,不知为何就进入了一对一的谈话模式。"

"没事,没事,菜月似乎也得到了很好的放松。"

安娜塔西亚用调侃的语气说道,对昴解除紧张状态表示欢迎,这表示她也同样看穿了昴用力过猛。

昴尴尬地挠了挠头,换了一个话题:

"那么,会合组的情况已经弄清楚了,剩下的需要商量的事……"

"最好能确定一下,该怎么应对魔女教的四个要求。"

由里乌斯竖着四根手指,举起手提出了意见。只见他眯起黄色的眼睛,环顾了一遍所有人的脸:

"虽说没必要跟魔女教谈条件,但看清对手的目标很重要。奇力塔卡氏已经说明了'魔女遗骨'的情况,'银发少女'指的是谁也很明显……"

"剩下的就是'人工精灵'和'睿智之书',对吧?我没听说过后面那本书,前面的'人工精灵'也让人怀疑,它真实存在吗?"

莱因哈鲁特接过由里乌斯的话,他皱起精致的眉毛,陷入了沉思。

几乎所有在场成员都有相同的疑问。无论是"人工精灵"还是"睿智之书",恐怕只有爱蜜莉雅阵营的人听说过——安娜塔西亚除外,她听昴解释过,已经明白情况了。

昴瞥了一眼安娜塔西亚的侧脸,她正好也望着昴,似乎察觉到他视线的意图,随即点了点头。

昴认为,应该向大家解释清楚这两个问题。

"对不起,老是打断各位,我有一件事要说。"

然而,没等昴开口,反倒是奥托先举手说了起来。

昴望着奥托,还以为他准备透露碧翠丝的出身,说出她就是"人工精灵"。当然了,昴本就准备这么解释,所以无意反对。

"奥托，贝亚子的事就由我来……"
"不是的，我要说的不是小碧翠丝，而是'睿智之书'。"
"啊？"

昂估计错误，顿时目瞪口呆。

奥托没有理会昂，轻轻地叹了一口气，有点像豁出去了似的说道：

"对不起，把书带到都市的人是我。"

3

奥托给出了爆炸性发言，让室内所有人都无比惊愕。

"睿智之书"是否存在都令人怀疑，其所有者居然主动承认了。人们惊讶是理所当然的，但其中昂受到的冲击不可估量。

"睿智之书"已被烧毁，昂本以为已经和它断绝了关系。

"为什么……你会拥有'睿智之书'？"

"首先，为防止大家误会，我要先声明一下，'睿智之书'……这东西确实是由我带进都市的，但所有者并不是我，所以魔女教的要求也让我非常惊讶。"

"这说法真让人在意啊，到底是什么意思？"

昂显得很动摇，奥托则异常冷静，而安娜塔西亚捕捉到画外音，歪起了脑袋。奥托见状点了点头，说道：

"我解释一下，我想各位应该不知道'睿智之书'是什么，简单来说，魔女教徒手上有'福音书'……就是能显示持有者未来的可疑魔书，而'睿智之书'就是它的原版，据说描述的准确性有天壤之别。"

"原来是那东西的原版啊。听你这么说，就能隐约理解魔女教徒为什么想要它了。拿来比较或许是不敬，但它的效果跟

龙历石相近吧?"

"很遗憾,很难比较两者。毕竟我获得'睿智之书'时,大部分书页已被烧毁了,它基本等于残骸。"

"被烧毁的残骸……"

奥托的描述,与昂脑海中两本"睿智之书"的结局重合在一起——碧翠丝持有的那本与禁书库一起被烧毁了,而罗兹瓦尔在"圣域"失去了他的那本,是被拉姆烧毁的。

与昂向安娜塔西亚说的一样,两本书最终都化成了灰,也就是说,奥托获得的是灰烬——十有八九是罗兹瓦尔的那本。

"啊,我好像明白奥托的意思了。你是要找复原师达茨,对吧?"

"真是瞒不过安娜塔西亚大人,就是这么回事。"

安娜塔西亚的脑筋转得很快,奥托见状,就像认命了一样点头以示肯定。听见二人的对话,由里乌斯和莱因哈鲁特的脸上也流露出理解的表情。

"等一下,你们是理解了,可别不管我啊。那个复原师是什么人?"

"跟字面意思一样,就是精通复原物体魔法的术师。达茨是这一行里特别有名的高手,以那家伙的本事,说不定能把灰烬恢复成书。"

"把灰烬复原?真的假的?这也行啊?"

"我秘密拜托了名声很大的达茨氏恢复'睿智之书',所以它现在应该被保存在达茨氏的工作场所。"

奥托说出了魔女教要求的"睿智之书"的所在位置,可前提是去避难的达茨没有将它带走。

"奥托兄,你到底是在什么时候去找那人谈的?"

"昨天在缪斯商会的谈判破裂,我跟大家分开后就去了。

第四章 铭刻历史的繁星

达茨氏对古老的东西和珍品很感兴趣,很乐意接受我的请求,不过……"

听见广播里要求献上"睿智之书",奥托恐怕惊得满地打滚吧。听完他的解释,就可以理解被烧毁的"睿智之书"为什么会出现在水门都市了。然而,难以理解的是他复原那本书的真实意图——

前面已经说过了,昂对"睿智之书"没有一点好印象,他憎恨制作此书的恶劣魔女是其中一个原因。说实话,书被烧毁后,昂的心情十分舒畅。

那么问题来了,奥托为什么想复原那本大有来头的魔书?

"获得书的原委和复原后的用途,我就不细说了。我只是想表明这本书确实存在以及它现在的位置,其他方面就是我们阵营的内部问题了。"

"至少,魔女教的其中一个目的是得到'睿智之书'。你觉得谁该为这个问题负责呢?"

"我认为不该让魔女教之外的人为魔女教的行为负责。您非要这么说,那我也只能反过来为难你们了。"

由里乌斯追问道,奥托却眯起眼睛望着安娜塔西亚。至于奥托的言外之意,就是邀请诸位候选人来到水门都市的主人或许该为此负责吧。

察觉到奥托的视线后,由里乌斯摇了摇头,回答道:

"对不起,我说了没有意义的话。当然了,我没打算追究你们的责任。他们犯下的罪行,只能让他们以接受惩罚的方式赎罪。"

"深有同感。"

奥托点头肯定了由里乌斯的说法,又瞥了一眼一脸费解的昂,用唇语告诉他:"晚些再解释。"

也许奥托的意思是到时候再说出真实意图吧,既然如此,目前先暂时放下疑问。

"不管怎么说,'睿智之书'真实存在,这一点已经明确了。那么关于'人工精灵',也应该以其存在为前提推进谈话。"

谈话告一段落时,莱因哈鲁特切入了新的议题,而这正是昴准备坦露的,只是被奥托出乎意料的坦白延后了。

"于是,安娜塔西亚小姐,我觉得应该说……"

"嗯,是啊,说那件事吧。"

"咦?"

昴向安娜塔西亚征求意见,但没想到她的眼神竟略微徘徊了一下。昴在对她的反应感到疑惑的同时,拍手吸引了大家的注意力。

"大家注意一下,总打断各位,真抱歉,关于'人工精灵',我有事要报告。"

"菜月先生,您决定好了吗?"

听见昴的发言后,奥托察觉到他接下来会说什么,便如此确认道。这是触及碧翠丝身世的内容,或许奥托认为这是一个敏感的话题吧,但昴认为必须进行说明。

在场的都是自己人,那么现在应该把正在争夺王位一事抛诸脑后。

"于是,我们不能有所隐瞒。那帮人想要的'人工精灵',就是我的搭档贝亚子……就是碧翠丝,她现在正跟伤者们躺在一起。"

"是碧翠丝大人?这样啊,难怪……"

"难怪?你是什么意思?"

昴没有隐瞒,开诚布公,而由里乌斯若有所思地点了点头。眼见他的反应,昴歪起了脑袋,紫发骑士则摸着刘海说道:

"是这样的,我知道碧翠丝大人是高位精灵,但总感觉她的波长很不可思议。现在听你说她并非是自然产生的,我才想通了。"

"像这种情况,难道正经的精灵术师可以一下子感觉出来吗?"

"我不太明白你这个问题……啊,也是啊,你很担心碧翠丝大人,我可以理解。"

"要是只看一眼或是靠近就能感觉出来,那就很可怕了。"

由里乌斯眯起眼睛说道,昴则坦率地点了点头。

目前,魔女教要求的是"人工精灵",并没有指名道姓要碧翠丝。据此来看,他们是否掌握了"人工精灵"的详细信息还是未知数。如果他们不知道"人工精灵"的外貌和姓名,那么碧翠丝只要不主动承认就行了。但是,假如有辨认的方法,那昴就不能贸然离开碧翠丝身边了。

由里乌斯就像要扫清昴的担忧似的,认真地说道:

"你放心好了,不必担心。我能察觉到违和感,是因为在'诱精加护'效果的作用下,我接触精灵的机会比常人更多,所以你可以认为一般人无法进行分辨。"

"这样啊……嗯,这就,啊,嗯,放心了。"

听完由里乌斯的说明,昴长舒了一口气,扫清了心中的沉重感。以莱因哈鲁特为首,周围的人也点头肯定了由里乌斯的意见,纷纷承认自己没看出碧翠丝是特殊的精灵。

这就表示,暂且不必担心危险会集中在碧翠丝身上了。

"可是啊,这也太那个了!那本稀奇古怪的书也好,那啥啥精灵也好,那帮人想要的东西基本都在小哥的阵营里啊。"

"别说出来啊……说得像是我被诅咒了一样,害得我都要怀疑人生了。"

"你哪是能怀疑人生的料？真是笑死俺了！"

里卡多张开大口，破锣嗓子发出的大笑吹散了会议室的凝重气氛，他毫不客气的笑声让昴略感宽慰。

事实上，里卡多说得没错——魔女教锁定了昴的阵营。

奥托和由里乌斯说过，魔女教的罪行不该让魔女教之外的人承担，但出现了这么多情况，昴的阵营很可能引来非议。里卡多刻意大声指出这一点，借此扼杀这种可能性的萌芽。

里卡多为人光明磊落，也可以说他是单纯的不拘小节。可他毕竟是率领"铁之牙"的团长，无论是在观察气氛还是在制造气氛方面，他都是数一数二的人才。不过——

"咋的，别看小哥你长得人模人样，俺都怀疑你到底是不是人类了！你在那种状况下被水冲走还能活下来，你肯定还有事瞒着没说吧？"

"你看出气氛了吧？你刚才是故意的吧？我突然觉得那是你的本色演出，好吓人啊。"

"别想太多啦，俺是基本上什么都不想的。"

里卡多始终保持着毫不客气的一面，以至于昴开始怀疑片刻前自己对他的钦佩。眼见昴的表现，安娜塔西亚耸了耸肩，说道：

"总之，这下大家就可以认为'人工精灵'也确实存在了。当然了，就跟奥托刚才说的一样，我们不会答应魔女教的任何要求，没错吧，菜月？"

"那是当然，在我老死之前，我不会放开贝亚子的手。就算我变成老头子也要抱着她睡觉，所以他们连碰都别想碰她。"

昴同意了安娜塔西亚的话，展现出坚决拒绝要求的姿态。见状，莱因哈鲁特严肃地板起脸，说道：

"我明白，绝不能答应他们哪怕一个要求。不过对于结婚典礼，或许可以视条件而不加理会……"

"不行！这也绝对no！那是因为……那个白发混蛋鬼扯出来的结婚对象是爱蜜莉雅炭！"

"噗！虽说我早就有不祥的预感了，但没想到真是爱蜜莉雅大人啊！我非常希望她是因为去避难了才不在这里的……"

莱因哈鲁特瞠目结舌，奥托则被震惊的事实吓得面无血色。眼见二人的反应，昴便为迟迟未说明道歉：

"对不起，都怪我不争气，敌人当着我的面把她带走了，所以'银发少女'指的就是爱蜜莉雅。可是，我不会让那个混蛋得逞的，要娶爱蜜莉雅的人是我。"

昴狠狠地捶了一下自己的胸口，露出了牙齿，燃烧起愤怒、义愤和恋爱之心。这一坦荡的宣言让奥托抱着头，莱因哈鲁特则哑口无言。

"咦？我说了什么奇怪的话吗？"

"奇怪倒是算不上……只是感叹你真敢说。用'魔法器'进行的演说就很让人佩服了，刚才那段话也让人很佩服，菜月真是个男子汉。"

"这温暖的评论是什么意思？我果然说了奇怪的话吗？"

安娜塔西亚摇头否定，而里卡多露出了明显的坏笑，奥托则很无语，至于抱着胳膊点头的加菲尔倒是老样子，但是——

"莱因哈鲁特，怎么连你也是这种表情？"

"我既有惊讶，也有跟安娜塔西亚大人一样的钦佩。我隐约察觉到了你的感情，可我真没想到你会如此明确地说出对爱蜜莉雅大人的爱意。"

等惊讶消失后，莱因哈鲁特的眼中又流露出纯粹的感动，还扬起了嘴角。昴没想到，生性直率的他也会这样调侃人。

可想而知，对骑士道有独特见解的由里乌斯肯定会对昴大

动肝火——

"由里乌斯?"

谁又能想到,昂惴惴不安地转过身后,居然发现由里乌斯的反应与自己想象中的大不相同。只见他眯起黄色的双眸,向昂投以羡慕般的目光,这是一种殷切的期望,仿佛他的胸口被狠狠抓挠了一样。

"对不起……我稍微走了一下神。该怎么说你好呢?"

"没事,不说也没关系……啊!总之!总而言之!"

由里乌斯顿了一拍才回过神来,尽管昂被他的表现打乱了步调,但昂先用夸张的动作改变现场气氛,再环顾了一遍室内的成员:

"我一定会亲手抢回爱蜜莉雅,为此就要干掉'强欲',我说到做到。"

"嗯,就这么办吧。既然是这样,就绝不能饶了他。"

莱因哈鲁特赞同了昂的决心,浑身散发出的清澈斗气变得更强了。受其影响,昂一边汗毛直竖,一边继续说道:

"虽说奥托很悲观,但不是只有坏消息,爱蜜莉雅还没有被白抓,她跟阿尔取得了联系,向我们透露了敌人的情报。"

"爱蜜莉雅大人做了这么厉害的事情?她没事吧?"

"你好歹说成是危险的事啊……阿尔,给他说说情况吧。"

从奥托的反应里能明显看出他对爱蜜莉雅的评价,于是昂将话锋转到在会议室角落默默地靠墙站的阿尔。

听见昂的呼唤,阿尔慢吞吞地抬起头,缓缓离开墙壁。昂发表演说之后,阿尔就一直是这副模样,不过他在演说前的对话时也一样,整个人的气场与平时差异太大,这让昂很在意。

面对昂不安的视线,阿尔有气无力地哼了一声:

"啊……那个小姐姐明明在敌人手上,却一点都没气馁。

或许她是认为既然'强欲'的目的是跟她结婚,她就肯定不会被杀。"

"嗯……不,这可不好说。"

阿尔摸着头盔的接缝,抠响铆钉,他的一番话让昴歪起了脑袋。

虽说爱蜜莉雅的确有可能这么想,但根据她的性格来看,昴感觉即使情况有变,她也会采取类似的行动。不管情况是好还是坏,她都会把别人看得比自身更重。

爱蜜莉雅的这种信念既让昴开心,又让他担心。他还想要更多有关她的信息,不过单单知道被囚禁的她平安无事,他就已经感到很幸运了。

"爱蜜莉雅给了我们'强欲'和'色欲'抢走的控制塔的情报,而根据奥托刚才说的,我们也查明了'暴食'占据了哪座控制塔。"

"就是二号街的控制塔。既然一号街的是'色欲',三号街的是'强欲',那么用消除法来判断,四号街的就是'愤怒'。能得到这些情报,冒的险也算是值了。"

"没错。"

安娜塔西亚总结完情报,昴便轻轻地对她打了一个响指,还对她眨了一下眼睛,却只换回来她的苦笑。昴没有丧气,又指向阿尔说道:

"于是,还得谢谢把情报带回来的阿尔……话说啊,你这关键人物还闹多久别扭?我确实没听从你的忠告……"

"我才没闹别扭呢,我这种大叔消沉起来也不可爱。"

"这不是可不可爱的问题……虽说不愿承认,但我们已经输过一次了,我不会重蹈覆辙,所以……"

昴张开指着阿尔的手,向他伸出了手掌。阿尔低头看了一

眼,隔着头盔,用狐疑的眼神回望着昴。

"这次你也得帮忙,就为了我的恋情奋斗吧。"

昴像是开玩笑一般说出了真心话,等待阿尔的回复。他相信阿尔最后一定会像以前一样,开着玩笑答应下来,然而——

"如果这是兄弟的真心话,那我倒也很愿意帮忙。"

阿尔烦躁地扫开昴的手,语气里全然没有亲切之情。

"唔……"

阿尔用隐藏在漆黑铁盔之下的眼神,还有明显不同于平常的语气将昴死死缠住,于是一股寒气袭上了昴的背脊。

在这一刻,阿尔向昴施放的是粗野暴躁的激情。这种极具攻击性的莫名感情让昴感觉似曾相识,但他想不起具体在哪里品尝、感受过,无法厘清记忆。

昴就这样莫名其妙地与阿尔互瞪着,然后——

"灵感来了,敬请欣赏——你的眼神令我心跳不已、炽热难耐。"

"唔呃啊?"

"噫!"

昴被冷不丁的插话惊得不知所措,谁知他的尖叫声反而吓了插话的人一大跳。那人用力向后一跳,结果撞上备用的桌子,狠狠地摔了一跤。

"哇呀!手肘!膝盖!全身骨头散架的疼痛!六根肋骨全断了!一定不会错的!"

一个身材娇小的人在被撞倒的桌子下一边挣扎,一边发出难听的惨叫声,听起来就像猴子叫。听见这道背景音后,大喘粗气的昴转过身去,立刻惊讶无言。

那个在会议室的地板上来回打滚,充分展现出个性的人——

"是莉莉安娜啊!喂,既然你在这里,那就表示……"

"妾身肯定也大驾光临了啊,你这愚蠢的凡人。"

"噢!"

昴认清了莉莉安娜后,发现另一个语气桀骜不驯的人踏入了会议室。

一位女子重重地踏响脚步声,她散发着红色的光芒,就像在夸耀一般极尽彰显自身的绚烂之美。她用血红色的眼睛睥睨着室内,打开了手中扇子,随后——

"看来演员都到齐了啊。凡人们,你们等待妾身,迎接主宾入座的用心,的确是值得夸奖。今后也不要忘记这种心意,切勿怠慢了。"

说着,露出开心笑容的红衣女子——普莉希拉·跋利耶尔,堂而皇之地现身了。

4

"公……公主!你没事啊!"

普莉希拉突然登场,包含昴在内的众人都大吃一惊。不过,其中最早回过神来并跑向普莉希拉的是她的侍从阿尔。

"到处都找不到人,担心死我了……gradonna?"

"你这蠢货!"

再会的喜悦并没有持续多久,因为普莉希拉用扇子狠狠地打了一下阿尔的头。巨大的声音回荡在会议室内,阿尔随即倒在了莉莉安娜身边。

昴曾领教过扇子的威力,便下意识地"哇"了一声。

"阿尔啊,你不陪着妾身,竟敢跟凡人们一起玩闹,这像什么话?看妾身的样貌,听妾身的声音,闻妾身的味道,听妾

身的命令,这才是你和修尔特的职责吧?修尔特也是的,胆敢让妾身去找,实在让妾身心寒。"

"唔,真是万分抱歉,普莉希拉大人……"

普莉希拉毫不留情地猛踹阿尔。在她身后,一个长着粉色头发的稚嫩少年正战战兢兢地探出头来,他就是普莉希拉之前要找的修尔特。

"言出必行啊……行动力真是惊人。"

因魔女教的恶意,都市里到处都是混乱和暴力,亚兽正飞扬跋扈,威胁着市民们的生命。在这种环境下,普莉希拉却能带着莉莉安娜和修尔特平安往来于都市,因此她的信念和绝对的自信,轻松地超出了昂想象的范畴。

"今天早上在旅馆时也一样……你真的很喜欢给人惊喜。"

"你们这帮凡人,只需惊叹于妾身的绝世美貌即可。如果你们乖乖低头,想必妾身会大发善心,可惜你们不懂讨妾身欢心,尤其是……"

安娜塔西亚和普莉希拉看上去很合不来,二人来了一场只算互相牵制的舌战。随后,普莉希拉用修长的红眼睛注视着昂,昂感受着她的压力,一时间不知道该说什么,只回问了一句:"怎么了?"

"刚才那段难听的广播,是你的所为吧?"

"那又怎样?"

"哼,无须紧张,妾身自然会公平对待结果,即是所谓的'fair'。目前,都市的凡人视线都集中在你身上,但那些必是妾身之物。"

"那个……也就是说?"

"不要让妾身多费口舌,你怎能让妾身再张尊贵金口,又添无谓劳累?"

第四章 铭刻历史的繁星

普莉希拉如挑衅般眯起眼睛,旁若无人地坐在会议用的椅子上。她靠得椅背嘎吱作响,还抱住胳膊,挺起丰满的胸膛:

"来,为妾身说明现状。你们就化为妾身的手脚,好好履行自身责任。算作奖励,妾身亦可参与,你们只要感激就行。"

"等……等一等啊,公主!你该不会真的打算跟魔女教那帮人对着干吧?"

"不然呢?阿尔,难道你是想让妾身逃走?如若真是这样,你就大错特错了。"

普莉希拉重重地坐在椅子上,表明了参战的意愿,阿尔向她提出了抗议。谁知道,她反过来瞪着阿尔,让这位铁盔男子浑身颤抖。

"既然妾身定下了访问都市一事,那何时离开自然也凭妾身打算。妾身绝不受他人指使,更别提那些愚昧的信徒了,妾身断不会听他们的妄言。世间万物皆为迎合妾身而存在,你身为妾身的仆从也身为小丑,就应当清楚此事,阿尔。妾身之准则即为世间之法,所作所为皆为天意。"

普莉希拉的钢铁意志——错了,是更加坚固的意志,如那不灭钻石一般。在场的所有人里面,阿尔应该是对此最深有体会的。

"阿尔大人,就是……那个,普莉希拉大人就是这样一个人……"

"嗯,我知道的。让你费心了,抱歉,小修尔特。"

阿尔有气无力地耷拉着肩膀,对急不择言的修尔特面露苦笑。根据阿尔的表现来看,他针对昂的态度已经消失了。

或许是阿尔终于下定决心了吧,这是因为普莉希拉的霸者作风使然。

"奥托,能趁这个机会说说吗?"

"也好,我明白了。"

阿尔拗不过普莉希拉,开始悠然地向她解释情况。其间,昴带着奥托来到走廊,准备讨论被搁置的问题——奥托对复原"睿智之书"的想法。

"加菲尔,开始谈正事的话就叫我们回去。"

昴吩咐完小弟,在会议室外的走廊与奥托迎面而站。随后,奥托平静地注视着昴,开口说道:

"事情始于一年前,是在解决完'圣域'的问题后不久。当时,边境伯爵制造的大雪已经融化了,我在聚落里走动时偶然……不对,那不是偶然吧,拉姆小姐说书有可能没全烧完,所以我当时在很积极地找它。"

"既然是在那里找到的,那你捡到的就是罗兹瓦尔那本啊。"

"对,我想查看内容的也是他那本,我罕见地走运了一次。"

"罕见地走运"是天生倒霉的奥托自虐的玩笑,可惜昴没心情陪他一起笑。

眼见昴的心里依然留着疙瘩,奥托嘴角的笑容也消失了,他重重地叹了一口气:

"实话实说吧,菜月先生对梅札斯有什么看法?"

"我对罗兹瓦尔?"

听见奥托的问题,昴陷入了沉思,再回答道:

"毕竟一年前发生了那种事,我觉得不能对他掉以轻心。但是,现在已经弄清楚他的目标了,只要彼此的目标还一致,他就不会威胁到我们。至于现在嘛……他和我们算是共犯吧。"

"可我根本不相信梅札斯边境伯爵。"

奥托就像在说昴太天真了似的,果断地否定了他的想法。这番话过于犀利,以至于昴一时间无言以对。

"您刚才说了吧,毕竟一年前发生了那种事。嗯,没错,一年前的'圣域'里发生了那种事,而且他好像在那之前就谋划了很多。不过,菜月先生和爱蜜莉雅大人似乎愿意原谅他的作为。"

"我可没有原谅他,我觉得他干的那些事太荒唐了,到现在还是很生气。但是,我们需要他的力量是不争的事实,所以就算一直和他关系紧张也没办法,爱蜜莉雅的看法也一样。"

"这就叫天真啊……可是,我不会说这不行。"

奥托瞪着昴,眼里流露出焦躁。他这种急躁的感情,昴也非常清楚——

"没关系,我觉得菜月先生和爱蜜莉雅大人保持这样就好。二位目前还没必要改变,因为我会替二位提防的。"

"替我们提防?"

"毕竟我是内政官,有很多机会接触边境伯爵。根据我这一年的观察,他没有干坏事或策划阴谋的迹象,可我不清楚一年前的情况,就算他在更早前布下陷阱也不足为奇。"

昴闭口不语,他明确体会到奥托的警戒心、担忧和考量有多么沉重。

奥托对罗兹瓦尔的不信任是十分正常的,因为对自身的行为付出代价是自然法则,不管是善行还是恶举都如此——不对,恶举更该如此。

"既然他一直遵守'睿智之书'记载的未来,那么只要看过书的内容,就会知道他设下了怎样的陷阱吧。在今后的局面中,书肯定有能帮上忙的时候。"

奥托握紧拳头,极力主张道,这次轮到昴急躁了。

奥托说得没错,在这一年里,跟罗兹瓦尔走得最近的是他,想必他一直在关注罗兹瓦尔的一举一动,过着永远无法放松的日子吧。他得出的结论,是罗兹瓦尔在这一年里没有显出策划

阴谋的迹象,可即便如此,他依然无法放心,不肯放松警惕——昴这位爱操心的朋友,就是有这样的"坏毛病"。

奥托也希望自己能相信罗兹瓦尔,但他无法原谅的不是那个小丑于现在和未来的行动,而是于过去"有可能存在的阴谋"。

"那么,你想在'睿智之书'上看的不是未来?"

"是想看到过去的记载。我希望得到阵营伙伴不会被伤害的确凿证据,所以找到了'睿智之书',委托别人复原……对不起,我自作主张做了这些事。"

面对低头道歉的奥托,昴无言以对,因为他和爱蜜莉雅本应察觉到奥托心中的不安和担忧。

昴再次切身感受到,平时奥托在幕后的努力给了他莫大的帮助,但他真的不明白奥托为什么要做到这个地步——

"我是不会说出理由的,因为理由很无聊。"

奥托抬起头来,根据昴的表情读出他的内心想法,先发制人。到头来,昴深深品尝着尴尬的滋味,一边挠头,一边叹气。

"我已经明白情况了,也接受书的问题了,更没生气……不过,魔女教想得到书是个问题,我们该怎么处理它呢?"

"我觉得不管能不能成功复原,都该把书拿回来。达茨氏有很大可能遭到袭击,而且我也不想让书落入魔女教之手,这是我的责任。"

"攻下四座控制塔是最优先的任务,没办法为你分配战斗人员哟。"

"在这危险的都市里,我把'剑圣'带回来了,您是把我这个功劳忘了吗?别看我这样,蒙骗动物以制造生存圈,可是我绝活中的绝活。"

奥托将手指架在自己的嘴唇上,暗示自己有"言灵加护"的力量。

事实上，在保小命的能力方面，昴对奥托抱有极大的信任。由于敌人的主力都集中在战略要地，所以奥托的计划实施起来也不算困难。

"虽说无法扫清不安，但只要留在这个都市，大家的情况就都一样。菜月先生得尽全力夺回爱蜜莉雅大人，您和我都责任重大。"

"我明白，我要干掉'强欲'那混蛋，还要娶爱蜜莉雅为妻，这都是我的职责。"

"后者就靠您自己努力了，就得靠这股气势。"

眼见昴再次鼓足了干劲，奥托便扭头望向会议室，用眼神示意昴该回去了。昴点头回应了他，转身面向会议室的门——

"昴阁下。"

昴被来自楼梯方向的一道低沉话音叫住，随即停下了脚步。他又转过身去，与叫住他的人对上了视线，看见了本应在楼上陪伴库珥修的威尔海姆。

"奥托，你先回去吧。"

"好的，我先进去谈后面的事。"

奥托对威尔海姆行了一个注目礼，先返回了会议室。昴背对房门朝下楼的威尔海姆走去，老剑士见状便迎面行了一礼。

"我没有参加会议，真是对不起，给大家添了太多麻烦。"

"毕竟情况特殊，没人会怪你的。那个……库珥修小姐怎样了？"

昴听说情况不理想——不对，是情况很差，而且被解释得很吓人，说是如果库珥修被人看见现在的模样就实在太残酷了。

面对难掩不安的昴，威尔海姆垂下蓝色的眼睛，说道：

"库珥修大人刚醒，情况还没稳定下来，不过……"

"她醒了吗？太好了！我一直很担心。"

"她让我来叫昴阁下,您可以来一趟吗?"

听见好消息后,昴双目放光,但威尔海姆接下来的话让他歪起了脑袋。当然了,昴非常愿意和库珥修聊聊,想亲眼确认她是否安然无恙,然而——

"这是她本人坚持的请求,不过菲莉丝的脸色不太好看。"

"我想也是。"

之前,菲莉丝那番诅咒般的话语令昴的心渐生惭愧,现在依然挥之不去。

在市政厅顶层与卡佩拉战斗时,昴是唯一能保护库珥修的人。这与昴的实力和事实无关,而是菲莉丝凭状况和感情下的判断,导致他无法原谅昴,昴也痛彻地理解他的心情。

"菲莉丝也许会说出失礼的话,但请您不要放在心上。另外,如果可以,还请您原谅他。他心里也是明白的,只是有一股无可奈何的感情没法宣泄而已。"

"重要的人在受苦,自己却帮不上忙,我很理解他想诅咒周围人的心情,可我不希望那一刻的漆黑感情彻底吞噬了他。"

如果找人发泄就能让内心好受一点,那又有谁能指责菲莉丝这么做呢?昴也做好了准备,甘愿接受辱骂。

"您这边请。"

听见昴的回答,威尔海姆闭了一下眼睛,接着在前面领路,带昴前往主人的房间。

咯噔咯噔的脚步声规律地回荡在走廊,二人在前往库珥修房间的途中——

"昴阁下,经过市政厅一战,我想报告一件事。"

"是什么?如果是库珥修小姐之外的事……"

"是跟大罪司教在一起的魔女教徒……就是那两个剑士。"

威尔海姆的一番话令昴略微紧张起来。

这是昴预料中的问题。蜜蜜受了无法愈合的伤,威尔海姆的旧伤再次开裂,这都是事实,至于魔女教带来的两个武艺高强的剑士——

"其中一人是'八臂'库尔干。他是佛拉基亚帝国的将军,是用八只手作战的钢剑剑士,还享有'最强'的称号,但他本人应该在十多年前就死了。"

"他已经死了?那个,威尔海姆先生,就是说……"

"然后是另外一人。"

威尔海姆打断了昴的提问。

老人停下了脚步,昴也急忙停了下来。"剑鬼"就这样背对着昴,没有继续说下去,于是昴上前一步来到他身边,却立刻后悔了——昴不该去看他的表情。

"另一位是上一代'剑圣'特雷西亚·梵·阿斯特雷亚。她是我的妻子,本已在十五年前的大征伐中败给白鲸并身亡。"

威尔海姆的声音保持平静,单是能做到这一点,就会令人认为他拥有强韧的精神吧。不过,只要看到"剑鬼"痛苦扭曲的侧脸,这一感慨就会彻底褪色,愤怒、痛苦、一言难尽的思念就快撕碎这个男人了。

"会不会是你的夫人和帝国的将军都活着……"

"应该不会,我的妻子和库尔干都已逝去,这是无法颠覆的事实,可是有一些蠢货甚至能侮辱死者。"

威尔海姆咬紧牙关,正常地接受了妻子去世一事,这让昴陷入了沉思——

操纵死者的邪恶法术。

换句话说,就是那两人被施加了某种通灵术吗?就是所谓的操纵尸体的死灵法术,这在虚构的世界中是很常见的魔法。当然了,在虚构的世界中,让死者复生的魔法也不罕见,但是

在这个世界里并不存在这么方便的魔法。

人无法死而复生——昴在这一年多里学到了这条不成文的规矩,所以这种魔法只是操纵死者罢了。

"过去,曾有人使用过操纵死者的禁术。在几十年前的亚人战争……那人在王国的内战中加入亚人一方,控制尸骸加入军队,因此被视为王国最大的敌人。"

"率领死者军队的王国之敌……"

"亚人族的英雄里布莱·费尔米、大参谋巴尔加·克罗姆威尔,还有——"

威尔海姆顿了一下,接着说道:

"魔女斯宾克斯,她残忍地令人和亚人付出了大量牺牲,却仍能面不改色,实乃最凶恶之徒。除'嫉妒魔女'之外,她是唯一留名王国历史的魔女。"

5

出自威尔海姆之口的魔女名字,是昴未曾耳闻的。

昴所知的魔女,除了"嫉妒"莎缇菈之外,就只有在艾姬多娜的墓地遇见的六位冠以大罪之名的魔女。结果,没想到还存在其他魔女,这对昴来说简直是晴天霹雳。

"那么,威尔海姆先生的意思是,那个叫斯宾克斯的魔女跟这件事有关?"

"不是的。对不起,我的解释不够充分。斯宾克斯在亚人战争中被消灭,已经死亡了,所以这次的事应该跟魔女无关。"

"已经死了?消息来源可靠吗?她会不会是在装死?话说我有一种印象,感觉魔女死了反倒会更自由。"

昴触犯"死亡回归"禁忌时出现的莎缇菈是这样,在自身的领域内享受死后生活的艾姬多娜也是如此。

"杀都杀不死,从某种意义上来说,就跟蟑螂一样啊……"

"我不知道昴阁下对魔女抱有怎样的印象,但我们只是为了方便起见才称斯宾克斯为魔女,重要的是她使用的术法。"

"就是操纵死者的魔法……"

"当时人们称其为尸兵,因此那两人恐怕也被施加了相同的禁术。"

尸兵,就是把"尸体"变成"士兵",这种表现方式直截了当,但十分残酷。

明明死者、逝去的人还在活动,人们却不得不面对那是尸体的现实。妻子遭人利用,被当成尸兵,实在难以想象威尔海姆会有怎样的心情。

"我的妻子已经去世了,我无力改变。"

昴为自己露出了痛苦表情感到后悔,他不该让威尔海姆再说一遍。

昴试图抓住希望,可他的愚蠢想法迫使威尔海姆又说了一遍,让老人再次说出妻子已遭杀害的事实。望着老剑士的侧脸,昴无话可说,彻底无言。

"占用您这么多时间,真是对不起。不能再让库珥修大人等下去了,请进去吧。"

威尔海姆弯下腰,示意昴走进走廊尽头的门。库珥修在最深处的房间里等着昴,但昴感觉脚就像黏在地上一样难以迈步。

昴十分愧疚,这一定是他内心懦弱一面的表现。

"是我,菜月昴。那个,库珥修小姐?"

昴敲响房门,用沙哑的声音打了招呼。经过短暂的沉默后,门被人从另一头慢慢打开了。

"昴……"

从门后现身的菲莉丝神色悲怆，昴不得不愣住了。

菲莉丝哭得眼睛红肿，栗色的头发无比凌乱，浑身都染上了别人的血。也不知是不是他根本顾不上擦拭，他的脸颊和脖子上都沾有血痕。

"啊……我听说库珥修小姐找我，就过来了。"

"嗯，在里面的床上……你千万别做多余的事。"

菲莉丝的声音又沉重又痛苦，后面的话语里甚至透出了憎恶。但是，他憎恶的目标不是昴，而是全方位的憎恶。他憎恨世上的一切，无处宣泄的怒气正支配着他。

昴深深地吸了一口气，跟在菲莉丝的身后进入了房间。房间并不算大，这里原本被用作休息室，安放着几张供人小憩的床，以将室内分隔为多个小房间，库珥修就在最深处的一间。

要找昴的女子正躺在简陋的床上，她琥珀色的眼睛注意到了昴。

"昴……昴大人？"

库珥修活动嘴唇，叫了昴的名字。听见她的声音，昴正准备做出回应，却语塞了。

昴必须下定决心，故作平静，说出让库珥修安心的话——可惜，情况糟得连这么简单的事情都办不到。

"我这副模样，让您……见笑了，真是非常抱歉……"

"哪里……哪里，没有……这回事，没有这回事。"

眼见昴僵着不动，库珥修便用柔弱的声音道歉。她的态度悲痛，于是昴为了掩饰，开始拼命解释——

库珥修被淋上卡佩拉的血，受到了黑色的诅咒，状况惨不忍睹。在她的脖子和四肢等可见部位的皮肤上，都冒出了黑色的纹路，因此不难想象，她被衣服和毛巾被遮掩的皮肤也是处于同样的状态。犹如黑色血管的网格状纹路不自然地跳动着，她苗条的身体看上去就像被毒蛇缠住了似的。

库珥修纯洁无垢的白色肌肤,正在被丑恶的诅咒羞辱。

当然了,受害部位不只是脖子以下。她原本威风凛凛、让人联想到利剑的伶俐面容,左半部已经受到黑色斑纹的侵蚀。不知道是出于怎样的恶意,库珥修的右脸美丽依旧,反倒让左右两半脸形成对比,催人心生纯洁之物被玷污的厌恶感。

库珥修戴着遮住左眼的眼罩,昴甚至不敢想象她眼罩之下的样子。

这下,昴就能理解为何大家都不想让他和库珥修见面了。由于男女有别,诅咒造成的影响以及其他方面也会有差异,但库珥修的下场实在太惨了。

"难道说……这是跟我一样的龙血诅咒?"

如果真是这样,那这残酷的差异——昴和库珥修受害情况的差异究竟算什么?

昴的右腿表面也有像库珥修一样的黑色纹路,但除了外观,昴的右腿没受到影响,他既没有疼痛感,也没有异物感。库珥修则明显不同,她正痛苦地喘着气,纹路每次跳动,她的呼吸都会颤抖,看上去正承受着剧痛。

"菲莉丝……"

昴扭头望向王国的顶级治愈术师菲莉丝,希望他能做些什么。然而,昴的这个行为只能伤害深感自身无力的菲莉丝。

菲莉丝咬住嘴唇,低头抠着自己的手臂。在这里,没人比他更痛恨自身力量不足。毫无疑问,只要了解他和库珥修的关系,就知道他肯定已经试过了超出昴想象范围的一切办法。

"库珥修小姐,找我……有什么事?"

库珥修处在这么痛苦的状况中却把昴叫来,究竟是为了什么?昴不认为自己能为她做什么。

或许是有话想说吧,正痛苦喘息的库珥修要报复让自己受这种罪的"色欲",又或是埋怨昴几句。于是,昴将耳朵贴到她的唇边,发誓不会听漏她的微弱之声,随后——

"你……没事……就好。我听说……你跟我……淋了……一样的……血……"

昴的耳朵能感受到,库珥修的话语很柔和,她就像放心了似的。紧接着,昴意识到了自己的真实想法,险些被自己羞耻的念头气死。

昴本以为被责骂会让自己好受,所以他怀疑了库珥修的崇高品质,贬低了她那颗高尚的心。可库珥修只是纯粹地担心他,生怕他受到同样的痛苦折磨。

"对不起……对不起,库珥修小姐……"

昴拼命挤出的声音里包含着各种感情,对库珥修人格的疑虑也好,害得她受罪的愧疚也好,无法替她受苦的煎熬也好,全部混在了一起。

昴立刻握住了库珥修有气无力地垂在床边的左手。

库珥修的手指也受到了黑斑侵蚀,看上去奇形怪状,摸起来却很柔滑,让她显得更加可怜。不过——

"唔啊?"

昴突然感受到一阵疼痛,就像握住了滚烫的铁,他不禁大叫了一声。

针扎般的剧痛侵袭昴的手掌,他立即条件反射般松开了库珥修的手,然后发现自己的手掌冒出了黑色的纹路。

"给我看看,昴!"

昴目瞪口呆,菲莉丝则拿起他的手开始检查。菲莉丝发动的治愈术光芒笼罩着纹路,但疼痛和侵蚀都没有消失的迹象。

不过,昴发现了另一种现象。

第四章 铭刻历史的繁星

"菲莉丝！你看库珥修小姐的手！"

"什么……"

经过昂大叫提醒后，菲莉丝回头一看，顿时惊愕地瞪大了黄色的双眸，原因是看清了库珥修的左手。她左手上的黑色肉瘤颜色变浅了，尽管只算心理安慰的程度。

"难道说，从库珥修小姐身上……转移到我身上了吗？"

根据两人的变化来看，只能这么认为了。碰到的两只手的变化就是证据，库珥修体内的诅咒转移到昂身上了。

"可……可是，明明我摸就没有任何变化！给库珥修大人诊疗身体时已经摸过无数次了……看啊！就是不转移到我手上！我，我……"

听完昂的设想后，菲莉丝含着泪，摸着肉瘤摇头。

菲莉丝关注的不是新出现的治疗方法，而是因自己无法帮忙的事实深受打击。眼前的现实以及无法挽救主人的自己，接连让他感到难以承受。

"明明我……没法……帮助库珥修大人……"

"菲莉丝，让开……我要确认一下。"

虽说很对不起不知所措的菲莉丝，但验证发生的现象才是当务之急。

昂推开菲莉丝，再次面向库珥修。库珥修是一脸的莫名其妙，不知道发生了什么事，只好用闪着泪光的右眼注视着昂。昂把手伸向她的脸，捂住盖着她左眼的眼罩。

"呀啊！"

紧接着，一种仿佛脑髓被灼烧、熔岩流过血管般的炽热感令昂尖叫起来。侵蚀身体的诅咒通过指尖流入昂的体内，点燃、融化并引爆了神经。

这就是库珥修品尝的痛苦吗？她品尝着这股滋味，依然很

关心昴——既然如此,菜月昴也可以做到。

"啊……"

不知不觉间,昴已瘫坐在地上,像来到陆地的鱼一样大口喘气。在昴身旁,菲莉丝茫然地望着库珥修,不禁嘀咕起来。

"这是……"

也许是有一定的效果了,只见库珥修惊讶地眨了眨右眼。从她那布满黑色纹路的左脸上就可以发现,诅咒的影响确实变轻了。

昴亲身感受到了变化,于是他撑起重重的身体,准备进行第二次尝试。一次就有这么大的变化,那只要再重复几次,应该能治好她——

"不行,昴大人……你还……没有发现吗?"

"什么?"

然而,阻止昴的不是别人,正是库珥修本人。

库珥修慢慢地用琥珀色的眼睛看向昴伸出的手,昴顺着她的视线望过去,看见了她眼中的景象。片刻过后,昴理解了她这番话的意思。

昴的右手和右腿一样,也受到了黑色肉瘤的侵蚀,但目前还没什么问题。昴吸收了库珥修的诅咒,这种变化简直求之不得,丝毫无法动摇昴的决心。

可是,比较吸收的纹路和原本纹路的数量后,会发现这明显不划算。

昴从库珥修那里吸收了左手和脸上的一部分纹路,相对的,他右小臂外侧的大部分皮肤都被黑色纹路覆盖了。这场"交易"的比例不是一比一,而是十比一或者更高。

"这不能成为我犹豫的理由。"

虽说在吸收的瞬间有疼痛,可一旦昴的身体吸收完,纹路就不会继续侵蚀他的身体，他丝毫没有疼痛的感觉。

与库珥修相比，昂承受的痛苦只是一瞬间，而且既然男女有别，那么这丑恶的诅咒究竟对哪一方的影响更大，连想都不用想。只是身体到处变黑而已，只要能救库珥修，这根本不算什么。

"昂大人，不行……你的好意，我无法接受。"

"说什么傻话，我只是有一点痛，没事的。我觉得跟一开始得意忘形地文身结果后悔了比起来，像这样弄脏身体要好得多，所以……"

"今后……未必没事。要是我和昂大人……都无法战斗了，那比现在的状况……更致命。"

比起自己的身体，库珥修更担忧都市和他人。这种想法从道理上来说是正确的，但是人无法按道理解决所有事情。

"菲莉丝，快阻止昂大人……"

"我……我……库珥修大人，我……"

"拜托了。现在，除了我，还有很多人……需要……昂大人，所以……"

菲莉丝之所以会犹豫，是因为对他来说，库珥修的重要程度高于一切。谁都不能指责犹豫不决的他，在场的三人都没有错，是没错的道理和不正确的道理错了。

"不要感情用事，昂大人，拜托了……"

"库珥修小姐，我理解你的心情，可即便如此，我也要……"

"你不是……已经说过了吗？你说'把剩下的事全部交给我吧'。"

库珥修的恳求，粉碎了昂优先照顾亲近之人的想法。

库珥修选择的话语强而有力，却不就是昂自己说的吗？听见了这句话的库珥修，是要昂说到做到，必须兑现诺言吗？

"请对我……也说一遍,请对我说'把剩下的事全部交给我吧'。"

库珥修露出了看上去很痛苦的微笑,她在等待昴开口。

昴屏住呼吸,活动干燥口腔中的舌头,静静地闭上眼睛。不顾后果、只想着拯救眼前之人的自己受到责备,还让库珥修说了不用多说的话,所以至少——

至少在这个时刻,要满足库珥修的愿望。

"库珥修小姐,好好休息吧。"

"昴……大人。"

"把剩下的事全部交给我就行。"

"好。"

至少要履行库珥修要求的职责,说出她要求说的话。

听见昴的回答,库珥修安心地长舒一口气,就此绵软地闭上了眼睛,这正是她一直在靠意志保持清醒的证据。她的呼吸再次变得低沉,又开始了对抗诅咒侵蚀的战斗。

为了尽早将库珥修从痛苦中解放出来——

"抱歉,菲莉丝,我得走了。"

"我到底该怎么办啊?"

昴为库珥修盖好毛巾被,站起来后听见了微弱的低语声。菲莉丝摆出了脆弱不堪的表情,正等待来自昴的安慰。

说真心话,昴很想让菲莉丝一直陪在库珥修身边,但是状况和菲莉丝的能力不允许昴这么做。

"我们需要你的力量。今后伤患肯定还会增加,如果缺少你,会有大量生命无法得救,所以拜托你了。"

"可我连最想救的人都救不了。"

"菲莉丝……"

"对不起,我说了蠢话,让我跟库珥修大人单独待一会儿。"

第四章 铭刻历史的繁星

菲莉丝转过身去,坐到了床边的椅子上。昴临走前拍了一下他的肩膀,又瞥了一眼库珥修的睡脸,离开了房间。

威尔海姆在走廊等着昴,姿势仍与昴进入房间时一样。也许是听见了里面的对话吧,老剑士向昴鞠了一躬:

"谢谢,昴阁下能体谅库珥修大人的心情,我要向您表达感谢。"

"我才没你说的这么了不起呢。哪里是我体谅了库珥修小姐的心情,反倒是我被她激励了……我的身体到底出了什么事?"

昴能吸收库珥修的诅咒,而且说到底,"龙血"对他身体的影响本来就很弱。此外,他还有对魔女因子的抗性,外加"死亡回归"的能力,一切都显得暧昧不清,也不知道在未来能不能获得解决所有问题的正确答案。

"总之,等解决问题后,我得再来说服库珥修小姐。"

"可是,您的右手没问题吗?"

"就是看上去很惨罢了。我穿上长袖衣服,再戴上手套就完事了……只要能拯救一位美少女,我留下无法愈合的伤根本不算事。"

毕竟身体是昴自己的,他还是有所抵触,但他说这话时态度还算认真。

如果没有其他解决方案,哪怕要昴吸收库珥修的全部诅咒,他也在所不惜。要是身体变得漆黑,他就对爱蜜莉雅、雷姆和碧翠丝拼命道歉,请求她们原谅。

"一切都得等攻克了这个难关再说。我们下去吧,大家应该在开攻打控制塔的会议。"

"莱因哈鲁特去下面了啊。"

昴正准备抓紧时间返回会议室,背后传来的威尔海姆的低

语刺痛了他。今早在"水之羽衣亭"发生的一幕闪过昂的脑海,祖孙和解的场面被人破坏,导致二人没能成功修复关系——

"别误会了,昂阁下。"

不过,威尔海姆摇头拭去了昂的不安。

"我对跟莱因哈鲁特一起作战并不抵触,但我只有一个请求。"

"请求?"

"可否不要把尸兵的身份透露给莱因哈鲁特?"

昂无法理解威尔海姆低声述说的话语,陷入了困惑。

尸兵,这是昂刚听威尔海姆说过的侮辱死者的术法。在水门都市,这种邪术的牺牲品是……

"意思是别把你的夫人……别把莱因哈鲁特祖母的事告诉他吗?"

"嗯,没错。我不想让莱因哈鲁特……不想让孙子见到他变成尸兵的祖母,他肯定会自责吧。不怪别人,都怪我。"

"都怪威尔海姆先生?这……"

昂很想说"这怎么可能",可他没法轻易说出口。

在想起今早的一幕时,昂也想起了亨克尔说的话,那句话根本没有可信度,但也没有遭到否定。威尔海姆曾责备过莱因哈鲁特,将妻子的死归咎于他,这段令人难以置信的过去并未遭到否定。

"昂阁下知道'剑圣加护'是很特别的加护吗?"

"我对重点一无所知,只是大概知道历代被称为'剑圣'的人都有这个加护,拥有它的话会非常强。"

"这样理解基本没错,但'剑圣加护'跟其他加护唯一的不同点是……它是继承的加护。"

"继承的加护?"

听见昂的低语,威尔海姆点了一下头。老剑士闭着眼睛,面容扭曲,像忆起了痛苦的过去。

"从初代'剑圣'雷德·阿斯特雷亚所在的时代开始,这个加护就代代继承至今。阿斯特雷亚家的血脉承载着加护,它必定会从族人中选出下一代'剑圣',妻子的加护也被莱因哈鲁特继承了。"

"像这样在家族中一脉相承的加护……这样啊,原来是这么回事。于是,你的夫人去世后,莱因哈鲁特就继承了加护。"

昂有所理解,当他试图接受时,脑海中出现了疑问。

上一代"剑圣"在白鲸讨伐战中败北,不幸身亡,结果莱因哈鲁特继承了加护。这的确是让人心痛的过去,但从某种意义上来说,这算正当的继承。

那么问题来了,这个流程与今早阿斯特雷亚家的争吵不符。

威尔海姆的悲叹、亨克尔的嘲笑以及莱因哈鲁特的沉默,都在否定这个正当的加护继承方式,而这个疑问的答案——

"那是在跟白鲸战斗的过程中……莱因哈鲁特继承加护的时间,是在妻子参加大征伐的过程中。妻子在战斗时失去了加护,被迫以一个普通女子的身份殿后。"

这就是阿斯特雷亚家分裂的真相。

王国为讨伐白鲸组织了大远征,在战斗的过程中,加护转移到了下一代"剑圣"的身上,而失去加护的上一代"剑圣"被留在了战场上。然后,她为大军殿后,为了保护众多士兵与魔兽战斗,失去了音讯。

"从妻子手中夺走剑的不是别人,正是我。是我让为剑神所爱的妻子放下剑,当一个普通的女子。因为我做的这些事,妻子才会像那样死去。"

"威尔海姆先生……"

"剑神没有原谅我的妻子,她在战场上被剥夺加护,能依靠的只有一度被舍弃的剑,她当时究竟在想什么……我实在无法接受。我责怪过继承加护的莱因哈鲁特是事实,尚年幼的孙子为祖母的死悲伤,被迫承担起沉重的命运,愚蠢的我无法原谅他,所以我很后悔。"

昨晚,威尔海姆向昂坦露的后悔——他曾经犯下的错。

尽管威尔海姆心里很清楚错不在莱因哈鲁特,但是为妻子身亡哀叹的他无法承认这一点。其结果就是,阿斯特雷亚家产生了致命的裂痕,家庭四分五裂。

"我不想再重蹈覆辙了,因为莱因哈鲁特无须为我妻子的死负责,我的孙子没理由受到责备,一点都没有。"

所以,威尔海姆不想告诉莱因哈鲁特真相,打算靠自己的剑解决这件事吗?

这份思念、后悔和决心,昂非常理解,可是这样一来——

"库珥修小姐和菲莉丝,还有你的夫人和莱因哈鲁特……你背负这么多,可是会被压垮的哟。而且就算我不说出去也没意义,因为我们并不清楚尸兵会出现在哪里啊。"

"关于这一点,您就不需要担心了。"

"咦?"

昂以缺乏确定性、赌局很不利为由试图说服威尔海姆,没想到老人居然笑了起来

"剑鬼"露出豪迈的笑容,断言道:

"我的妻子特雷西亚,是不可能不来见我的。"

6

昂返回了会议室,感觉室内的气氛突然紧张起来。

第四章 铭刻历史的繁星

原因在于昴带来的威尔海姆,他与莱因哈鲁特视线交错,二人默默交换了某种感情,选择远离彼此站着。

昴知道威尔海姆的真心,所以即便心情复杂,却什么也没说,只是默默地在圆桌的空位——奥托和加菲尔之间,坐下了。

"我来迟了,抱歉。谈得怎样了?"

"我们互相进行了大致说明。倒是菜月先生,上面的……库珥修大人的情况怎样?"

"不算好……我有一点要先说清楚,那就是并非没有希望。虽说得等赶走魔女教才能顾上她,但应该能解决。"

"这样啊,那这就是唯一的好消息了。"

奥托露出了笑容,在场的其他人也松了一口气。

尽管很对不起大家,但昴无法详细解释方法。他很清楚,如果说出来,自己有很大可能会遭到制止,因此打算先斩后奏。当然了,击败"色欲",找到根除黑色纹路的方法才是最好的。

"话是这么说,库珥修小姐已经很难回归战线了。菲莉丝也是,我很想让他陪着库珥修小姐。我认为救护班和'铁之牙'的成员应该留在这里,大家怎么看?"

"位于都市正中央的市政厅必然要发挥司令塔的作用,同时攻打四座控制塔的方针还是不变,可是啊……"

"可是?"

"关于作战计划,某人的坚持很让人为难。"

说着,安娜塔西亚向圆桌对面投以意味深长的视线。就算不顺着望过去,也能轻松想象出那个让人为难的人是谁。

那位鲜红色的国王选举候选人,事到如今依然毫无协调性,正用扇子给自己扇风。

"是普莉希拉啊。你这次又提出了怎样的无理要求?"

"听这口气,你似乎很懂妾身啊,愚蠢的凡人。不过,莫

非你无法猜透其中原委？妾身是要去那四号街控制塔，砍了'愤怒'的脑袋。"

"你……"

普莉希拉自认为威风凛凛地说出了出人意料的话，一脸得意。听完她的发言，昴目瞪口呆，打从心底里感到惊讶。

看见昴一脸吃惊，安娜塔西亚表示理解：

"看见没？她一直是这个样子，我都不知道该怎么办了。"

"还能怎么办？阻止她啊……我很想这么说，但没用。"

正常来看，普莉希拉这番话显得很无谋，可冷静一想，又能说这个选项并非不可取。

既然在攻打市政厅时已经派上了库珥修，那就不能以普莉希拉是国王选举候选人为由反对她的意见。同时，实力不足这个理由也不适用于她，她至少具备轻易斩杀凶猛亚兽的实力，用剑的本领不亚于库珥修。

昴见过无数高手，在他这个外行看来，普莉希拉拥有不俗的实力。

"愚蠢。妾身实力与魅力并重，那又怎会有犹豫？那些不堪大用的愚者与无力之徒，又怎能与妾身相提并论？这真是不敬。"

"这话可不能置若罔闻，你口中的愚者该不会是我的主君吧？"

"你倒是心里清楚，老骨头。遇上区区小事便下火线，这绝不是天选之人应该做的。罢了，是妾身看走眼了。"

会议刚开始，普莉希拉和威尔海姆之间就充满了火药味。

换成往常，威尔海姆恐怕早就把那些话当成耳边风了，但是在诸多因素的作用下，他现在并不从容。普莉希拉还是一如既往，甚至让人怀疑她是不是在"全天候运转"。

"好啦,好啦,那什么无力之徒和愚者都算在我头上吧。大家继续商量吧,你就别找茬了。"

"女狐狸,你弱便是你有理了?妾身可没那么大的善心,听你瞎啰唆。"

"强弱和胜负无关吧?要是不表现出宽宏的胸襟,就没法让周围的人为你效力哟。大家都很烦躁,你稍微忍耐一下。"

"哼!"

调解、说服,再令对手闭嘴,安娜塔西亚的手段让昴咂舌。

普莉希拉看起来依然很不开心,但收回了针锋相对的态度,威尔海姆见状也将剑气收进剑鞘。即便如此,谈话的气氛依然不算亲切友好,可不论怎样也应该优先推进谈话。

"那么,普莉希拉大人准备带上阿尔阁下,就两个人前去讨伐大罪司教'愤怒'吗?"

"不要说胡话。带小丑出行,岂不是污了妾身的荣光大道?不用多说,修尔特也得留在这里。他不过是个侍童,妾身只为玩赏才带他来。"

"那么,您该不会打算独自前去杀敌吧?"

由里乌斯表示这实在是无法答应,用低沉的语气质问普莉希拉的真意。听见他的一番话,阿尔搭便车劝说道:

"就是啊,公主。你要说自己一个人就绰绰有余,那就牛皮吹大了,起码得带上'剑圣'……"

"别一句'起码'就把最强战斗力带走!难道你有胜算?"

"多此一问。再说了,吵嚷什么?妾身何时说过要独自去了?大罪司教'愤怒',由妾身和那边的歌女讨伐就行。"

"歌女是……"

普莉希拉"啪"一声合上扇子,用它指向房间的角落。她指的是盘腿坐在地上,正抱着留利来摆出划船姿势的莉莉安娜。

突然被搬上话题舞台的莉莉安娜回过神来,张大嘴巴问道:"指……指定我吗?为什么一下子成这样了?"

"愚蠢的凡人,你刚才所说的都出自真心吧?说于都市蔓延的可恨混沌气息,是大罪司教'愤怒'的嚣张权能所引发。"

"啊,嗯,没错。而且……"

昴回想起莉莉安娜在避难所用歌声解救居民心灵的一幕,倒吸了一口凉气。

说实话,昴与普莉希拉一样,也考虑过用莉莉安娜的歌声应对"愤怒"的权能。问题在于把莉莉安娜带上战场的危险性,以及她对把自己的歌声当成武器的抵触感——

"昴,你解释一下,莉莉安娜小姐跟大罪司教'愤怒'有什么关系?"

"已经解释过'愤怒'的权能了吧?它会让城中所有人的心产生共鸣,传播不安和混乱之类的感情,于是我们反过来利用这一点,通过广播让大家鼓起了勇气。莉莉安娜的歌声也有一样的效果,不对,效果应该更强。"

毕竟只要听见莉莉安娜的歌声就会获得效果。她不像昴,没必要鼓起聊胜于无的勇气,也没必要慎重择言、如履薄冰。

莉莉安娜的歌声有货真价实的力量,所以她只需要唱歌就可以俘获人心。正是这股纯粹的感动,能将人们的心从西里乌斯的权能中解放出来。

"四下转悠避难所寻人的时候,你的歌声的确撼动了凡人,之后再做就好。如果能拉拢那帮愚民之心,就是你的功劳。"

"这……这理论也太粗暴了!但是,但是,我只是用歌声鼓励了大家而已。那个,能不能回报您的期待,我不太有自信……"

"原来如此。莫非你是要承认,你那些代代相传之歌也不

过如此吗?"

普莉希拉嗤之以鼻,面露打从心底里的鄙视,一番话改变了莉莉安娜的表情。莉莉安娜原本打算用卑微的谄笑带过这件事,却突然变得认真起来。

"这是什么意思?"

"还用多想?你那些宝贝歌,不是说要让后人传唱?现在可好,要你救人,你却临阵退缩不敢吱声,妾身可不要你这丧家犬。哎哟,怕是你还不如犬,犬是想吠便吠,比你强多了。怎么?你还不快灵光一闪,来一首丧家犬赞歌啊?"

"啊,啊,啊!至于说得这么过分吗?这话可是你说的哈!谁怕谁啊?来就来!好嘛,我就唱给你听!现在要是忍气吞声,那还当什么女人!我要是怕了,死去的奇力塔卡先生也会气得从坟墓里爬出来的!"

猛烈爆发的莉莉安娜接受了普莉希拉猛烈的挑衅。她涨红了脸,一用指甲快速拨动留利来的琴弦,一边怒吼:

"奇力塔卡先生在都市的水面上悲哀地逝去了,我本来还想为他唱一首镇魂歌呢,不唱了,不唱了!争夺感情?正合我意!我继承的歌曲哪里可能输给那种莫名其妙的力量!因为歌曲的力量也是莫名其妙的!"

莉莉安娜彻底兴奋起来,跳到圆桌上随便躺着演奏。眼见她的表演,奥托和修尔特急忙把她拉下桌子。昴用余光望着开始在房间角落演奏摇滚乐的莉莉安娜,同时对普莉希拉说道:

"我知道那家伙的傻劲和歌声是国宝级的,也认为她能反击'愤怒'的权能,但我不敢确信。"

"妾身必胜,因为世间万物皆为迎合妾身而生,又因为妾身最为赏识那歌女的声音,定能保她的脑袋不受分毫伤害。"

"得通过腹部呼吸来唱歌,所以你不保住她腰以上的部位可没意义哟。"

普莉希拉压根不打算让步,可昂还是想找出最后一点证据,至少得肯定莉莉安娜的歌声能用来对付西里乌斯才行。

"我说啊,莱因哈鲁特,你有没有只要看见对方就知道他拥有什么力量……对了,就是加护,你有没有类似看透加护的能力啊?"

"那种加护是叫'审判加护'吧。原来如此,只要这位'歌姬'具备相关的加护,我们就有理由相信普莉希拉大人的主张了。"

经昂询问后,莱因哈鲁特扶着下巴,思考起来。

昂就是抱着死马当活马医的心态问了一下,所以莱因哈鲁特会发愁该如何回答是理所当然的。面对正沉思的"剑圣",昂摆了摆手,说道:

"你别放在心上,这个要求的确是奢望。总之,莉莉安娜的歌声实际有多少效果,我想尽可能多掌握一点情况再……"

"没那个必要,昂,我有了。"

"啊?有孩子了?"

听到"有了",昂一时间只能想到这个意思。(**注:莱因哈鲁特那句"有了",在日语中有"受孕"之意,所以昂会误解。**)

眼见昂的反应,莱因哈鲁特面露苦笑,随后眯起蓝色双眸望着莉莉安娜。在他的注视下,莉莉安娜扭来扭去,不过他无视了这一反应,解释道:

"真惊人啊,她的确拥有'传心加护'。"

"比起加护,你更让我吃惊。咦?你刚才说什么?你说'有了'?"

"现在可不是开玩笑的时候,昂。简单来说,'传心加护'就是将自己的想法传达给别人的加护,但它原本只能用来向亲密之人传达……现在居然是用歌声传达,我真没想到。"

莱因哈鲁特由衷佩服莉莉安娜歌声的力量，但昴被他的态度惊得嘴巴大张。

昴从很早以前就说莱因哈鲁特的力量简直是外挂，过于非凡了。但现在看来，他实在是太超常规了，太受神明、世界和命运的宠爱。

只要莱因哈鲁特想要，上天就会把他想要的加护赐给他。想到这里，昴突然认为自己的想法不对劲。考虑到刚在莱因哈鲁特身上发生的事，就只能解释为他可以获得想要的加护，这本是能让人放心、羡慕的，然而昴总觉得自己严重误解了事态，内心莫名躁动不安。

不管怎么说——

"不！请交给我吧！本人莉莉安娜一旦接受了工作，就一定会好好完成，放心吧。我就只有唱歌，只有唱歌……只有唱歌，没错吧？除此之外，我就什么都不做了吧？是吧，是吧？普莉希拉大人，是不是啊？"

"你别说到后面又害怕了……总之，大罪司教'愤怒'就交给普莉希拉和莉莉安娜组合来对付，没问题吧？因为莱因哈鲁特担保能对抗权能。"

"我倒是可以接受，大家也没问题吧？"

莉莉安娜随心所欲地改变脸色，时青时红，可昴未加理会，直接确认道。之后，安娜塔西亚作为代表给出了回复，其他人并非没有不安，但都表现出了接受的态度。

在座的所有人里，唯一脸上没有丝毫不安的只有当事者普莉希拉。

"甚是无趣，为歌女拼上性命的人是妾身，那试问妾身怎能将性命托付给不信之徒？但这歌女的歌声的确值得托付。"

既然普莉希拉把话说到这个份上，昴就没法提意见了。事实上，无论是看到莉莉安娜力量的人，还是相信这种力量并愿意与"愤怒"一战的人，都是普莉希拉。

普莉希拉的言行和态度背后隐藏着智谋和慎重，她毫无疑问是一位女中豪杰。

"即便如此，我还是想尽可能降低风险……"

"为何？虽说这绝无可能，但如若妾身殒命，你那主子就能获利。无须劳心劳力即可除掉最大障碍，岂不是万万岁？"

"别逼我发火。"

昴用短短的一句话否定了普莉希拉单纯的想法。

通过让其他候选人掉队的方法，提高自家阵营在国王选举中胜出的可能性，这简直下作得不能再下作了。昴不打算让别人送死，也绝不会为任何人的死亡感到高兴。

"公主，已经谈妥了吧？那接下来就老实一点吧……公主？"

"无妨……只是妾身从未如此想过，有些措手不及罢了。哦？莫非你在闹别扭？你这男人，看起来粗野不堪，耍小心思倒算得上可爱。"

"才不是呢！"

阿尔扭头移开了视线，用右手托着脸，摆出事不关己的态度。眼见侍从的态度后，普莉希拉也哼了一声，靠在椅背上不再开口。

看样子，终于能进入下一个议题了。

"前面有不少曲折，就来说说下一个分组吧……我有一个建议，既然要去一号街攻打跟我们有很深恩怨的'色欲'，而那里恐怕集结着敌人最强的战斗力，有大罪司教本人，外加两个魔女教徒，说不定还有亚兽……"

"那些全是'色欲'的手下，这是你的看法吗？"

"关于亚兽，从它们的生态来看，会出现的可能性相当高。至于那两个魔女教徒……"

"恐怕是被尸兵术法操纵的剑士。"

昂解释到一半，威尔海姆打断了他。老剑士的说明令昂略感惊讶，由里乌斯则在嘴里嘟囔了一句：

"尸兵……我在过去的资料中见过，那是在亚人战争时代的邪恶禁术的成果，是魔女斯宾克斯使用的邪术。"

"'色欲'自称是已去世的王族，还提到了在王城严加保管的龙血。她的身世确实有不少疑点，但她无疑是对王国有超常执念的人，或许她还能随意查阅封存在王国历史中的秘术。"

"感觉思维有一点跳跃啊……您有确证吗？"

不愧是由里乌斯，准确指出了别人不愿提及的问题。自然，只要威尔海姆说出其中一位尸兵是特雷西亚，就有充分的证据了，但这部分内容正是他请求昂不要在莱因哈鲁特面前提起的。因此昂很烦恼，思考该怎么做才能稳妥地撑过这个局面——

"如果是尸兵，那跟本大爷交手的就是'八臂'库尔干。"

这时，挨着昂坐的加菲尔伸出了援手。加菲尔愁容满面，抱着胳膊，轻轻咬响牙齿说道：

"他有八只手，而且还那么强，本大爷实在想不出还能是谁。没错吧，'最优秀'？"

"你跟他直接交过手，这么说很有说服力。即使在多臂族中，有八只手的人也非常罕见，再加上他还拥有超强的实力……"

"那就是他了，另外一个女人应该也差不多吧？"

"是尸兵啊。他们居然连女子都操纵，我可不怎么喜欢这种对手。"

加菲尔和由里乌斯继续对话，奇迹般地没有往特雷西亚的方向深究。不过在最后，莱因哈鲁特因其中一位尸兵是女子而皱起了眉头——

"敌人使用了尸兵是毋庸置疑的,但好在他们没有把墓地挖个一干二净,我们还不至于跟所有死者为敌。至于是他们操纵的数量有限,还是执着于质量,就不得而知了。"

"尸兵这种侮辱死者的禁术,很符合大罪司教'色欲'的嗜好。虽说这是让人极其头痛的论据,但可以接受。"

"多亏敌人的性格实在够烂,我们才能接受这个结果,也够惨的了。"

昴神情苦涩,围着圆桌的成员们则纷纷用表情赞同了他的发言。

面向整个都市进行广播的卡佩拉,是唯一一个所有人都知道的性格烂到极点的敌人,但前面也说过,这很讽刺。

"好,现在要回到最初的话题……我想把攻打'色欲'的任务交给威尔海姆先生,可以的话,我希望加菲尔也一起去。"

"什么?老大?"

将话题带回正轨后,昴按照既定计划行事,提议将攻打"色欲"的任务交给威尔海姆和加菲尔。

听完昴的提议,两位当事人的反应形成了鲜明的对比。知道内情的威尔海姆默默点头,始料未及的加菲尔则震惊地瞪大了眼睛。

在加菲尔看来,这当然是惊人的决定,因为——

"老大,你要去救爱蜜莉雅大人吧?那就让本大爷……"

"有你这话,我很开心,也很放心,但从人员配置的角度来看,我认为这是最合适的……而且,你应该也得做个了断。"

在昴的提醒下,加菲尔面露被戳中痛处的表情,一言不发。

与"色欲"及其手下有恩怨的并非威尔海姆一人。加菲尔对昴说过,被"色欲"权能改变样貌的人——被变成黑龙的男

子,是他认识的。不仅如此,对他来说,被"色欲"变成手下的尸兵特雷西亚……

"蜜蜜被敌人刺伤,为了分担她受的伤,她两个弟弟都处于重伤状态。为了逃出缪斯商会,他们消耗了力量,三人基本都失去了意识,所以你明白的吧?"

"死神加护"的力量无比强大,一旦让对手受伤,就会追杀到底,至死方休。为了逃离加护带来的"死亡",那就只能击败加护的持有者,所以加菲尔和威尔海姆一样,也有战斗的理由。

"大家都知道,我主库珥修大人受'色欲'卑劣能力的影响,正在受苦。身为库珥修大人的侍从,我有义务为主人而战。"

"如果有可能,真想从'色欲'口中问出更多关于龙血的情报。威尔海姆先生会主动请缨,也有这方面的原因吧?"

"您所言极是,所以希望能把讨伐'色欲'的任务交给……"

"我反对。"

威尔海姆强烈的意愿化作迸发的剑气,斩开会议室内的空气。他那透出决心和对主人忠诚的眼神让所有人都感到犹豫,不知道该不该反对他的意见,除了他唯一的亲人。

"莱因哈鲁特……"

"现在的祖父大人并不冷静。那个大罪司教伤害了库珥修大人,我自然可以理解您的敌忾心,但这股愤怒很可能令您的剑术水准大打折扣。"

"你的意思是,失去平静的我,连帮助库珥修大人都做不到吗?"

"考虑到库珥修大人的情况,讨伐'色欲'一事不容有失。既然如此,这个任务就该交给我。至少在精神层面,我不会让对手有机可乘。"

莱因哈鲁特的说法非常正确,他是基于想尽可能稳妥解决事态进行考虑的。事实上,他说威尔海姆不冷静,这话也没有错。

然而,面对莱因哈鲁特的意见,威尔海姆——错了,"剑鬼"扬起了嘴角,那绝不是亲切的微笑,而是凶猛野兽般的狞笑。

"你说我无法保持平静?这是理所当然的,莱因哈鲁特。"

"可是,祖父大人……"

"你也不想想我,也不想想你的祖父是谁?我可是人称'剑鬼'的男人!我一心只想着化身为剑,结果没有成功,反而爱上了一个女子,我就是一个半吊子。但是,正因为我过的是半吊子的人生,所以我在面对该做的事时一直全力以赴。"

威尔海姆威猛凶狠的笑容,将他清澈温和的印象一扫而尽。一旦流出鲜血,撕破表皮,他下面那张渴求鲜血和钢铁利刃的鬼面就会出现。

痴迷于剑的鬼,其蓝色的双眸,追求唯一一道剑之外的光芒——

"在我决定挥剑时,我的心会热得难以忍受,当我置身于战场时,无法保持冷静是家常便饭,我就是这样活到这把年纪的。如果这次无法报答主人的恩情,就此腐朽老去,那我绝不情愿,所以我不需要多余的担心。"

"这些道理,不就只是单纯的精神论吗……"

"只要贯彻到底,精神论也会变成信念。只要花上十四年,就算是生锈的剑,也依然保留着可为妻子报仇的锋利,现在就将我这把剑收进剑鞘还为时尚早。"

威尔海姆表示,这是他在与白鲸战斗时为莱因哈鲁特的祖母报仇的信念。听他这么说,莱因哈鲁特无言以对。

即便如此,莱因哈鲁特还是垂着头表示难以接受,这时威尔海姆继续对他说道:

"需要你的战场不在这边,而在别的地方。"

"需要我的战场?"

"昴阁下,请把莱因哈鲁特带去您的战场。"

"剑鬼"静静地注视着昴,如此恳求道。

"为了夺回爱蜜莉雅大人,您必须跟'强欲'战斗,就让莱因哈鲁特当那把为您而战的剑吧。"

"威尔海姆先生……"

面对威尔海姆的建议,昴挠了挠脸,轻轻地叹了一口气。莱因哈鲁特听见祖父的话后望向了昴,昴便回望着他那蓝色的双眸,说道:

"反正我本来就要说这件事……没错,我想让你陪我一起去跟'强欲'战斗,只有你能击败那个麻烦的自恋狂。"

根据大罪司教引发的现象,基本能推测出其权能的效果。雷格鲁斯拥有的"强欲"权能具有超群的致死性,那是因为从现状来看,他的权能就是"无敌"这种荒唐的能力。昴也不愿把它视为毫无弱点的、纯粹的"无敌",但是——

"想胜过雷格鲁斯的'无敌',能与之抗衡的战斗力必不可少。我认为单纯比较攻击力和防御力的话,他在大罪司教里两方面都能排第一,所以我想借助你的力量。不过嘛,用'最强'对付'无敌',一看就是硬碰硬。"

以不讲理制不讲理,以不合理制不合理。

平时,在绝大多数情况下想用这个办法也没法用,因此当有机会使用时,昴根本不会考虑其他办法,他相信这就是最好的战术。

"原来是免疫攻击的敌人啊。我的确适合当这种怪物的对手,可是……"

"本大爷也想求你,能不能帮帮老大和爱蜜莉雅大人呢?"

226

即使得知雷格鲁斯拥有"无敌"的权能,莱因哈鲁特仍旧无法扫清迷茫。然而,加菲尔起身来到"剑圣"面前,深深地低头磕在圆桌上,恳求惊讶的莱因哈鲁特。

"本大爷不配当护卫,来到这个都市后,连一次都没履行好必须履行的职责。到头来,在这场大战快分出胜负的紧要关头,本大爷还帮不了自己人,得拼命偿还欠外人的债……所以……"

"加菲尔……"

加菲尔的牙齿打战,他认清了自身的无力,接受了招来的后果。面对声嘶力竭的少年,红发"剑圣"沉默了片刻——

"那么,请你向我发誓。就像你期待我完成这个使命一样,我也期望你能完成自己的使命,你我都一定要完成。"

"嗯……嗯,啊,交给本大爷吧!有'剑鬼'和本大爷出马,就所向无敌了!"

"明白了,我相信你和祖父大人会获胜,那我就化身为昂的剑吧。"

加菲尔抬起头来,咬响了牙齿,莱茵哈鲁特朝他点了点头。

接下来,"剑鬼"和"剑圣"、祖父和孙子、剑士和剑士就这样视线交错,向彼此点了一下头。

莱因哈鲁特就此定下了自己的战场,这让昂产生了获得千军万马助阵的感觉。

"抱歉,这是我个人的希望,莱因哈鲁特。"

"哪里的话,没关系。无论是怎样的战场,我都会尽自己最大的努力战斗。只要你和爱蜜莉雅大人能得救,那我求之不得。"

"总是依靠你,真的很抱歉。虽说我是仗着你强就过分依赖你……但我会想办法弥补你不足的地方,敬请期待吧。"

昂的一番话惊得莱因哈鲁特目瞪口呆。昂对这罕见的反应显得很不解，莱因哈鲁特见状立刻轻轻笑了一声：

"没什么，估计你应该没问题吧。嗯，我会期待的，期待你会试着弥补我力不能及的部分。"

"嗯？啊，你就好好期待吧，因为我也很期待你。"

经过商讨，攻打三座控制塔的小组就定下来了，至于剩下的最后一座——

"'暴食'就必然由我和里卡多负责了。"

由里乌斯集众人视线于一身，语气低沉地说道。正如他所说，如果从集结在市政厅的成员中挑选战斗人员，那么挑战最后一个敌人的就只能是他和里卡多。

然而——

"由里乌斯，没事吧？从刚才起，你的脸色就一直很难看。"

"让您担心了，对不起，我没事的。说到身体好坏，我可不能在昂面前示弱。"

"你这话是什么意思啊？"

"当然是基于你的右腿和所处的状况给出的意见。你别找我的麻烦，我无意跟你争论，不希望局面变成那样。"

"唔……"

昂下意识找麻烦，结果遭到无视，尝到了无功而返的滋味。

不光是安娜塔西亚，昂也对由里乌斯的态度产生了违和感，但具体是源于怎样的感情就不清楚了。

昂还没有找出答案，由里乌斯便优雅地行了一礼，带着坚定的眼神说道：

"最后的'暴食'就由我和里卡多负责吧，我在市政厅跟他交过手，也算有了恩怨。原本昂和威尔海姆大人应该很想当他的对手才对，二位肯放下私人感情交给我的任务，我一定会完成的。"

"嗯……是啊。"

由里乌斯的一番话，如实替昴说出了真心想法——

昴很想亲手讨伐大罪司教"暴食"，想必威尔海姆和仍在楼上受苦的库珥修也一样吧。

"暴食"吞噬他人记忆和名字的权能——一想到深受其害，仍长眠不起的雷姆，昴就恨不得亲手击败并消灭他。昴很想打他、踹他、踩他，让他为自身的所有行为后悔，还要让他哭着下跪，肆意折磨他，把他打得站不起来。

昴要把这样一个角色交给别人——

"说实话，我根本不想交给任何人去做。我想把雷姆夺回来，一直很想，我坚信这是我的职责。即便如此，如果必须交给别人，那我会交给你。别误会了，这是消除法……虽说是消除法，但我要交给你。对我来说，你是其中一个能让我不情愿也会强忍着把这个任务交出去的人。"

雷姆的记忆和自身存在被当成了"人质"。

爱蜜莉雅被敌人抓住，正等着别人把她救出来。

对昴来说，二人都很重要，都是他想夺回来的重要之人，所以无论在哪个少女面前，他都想逞强——

因为昴是爱蜜莉雅的骑士，是雷姆的英雄。

"我要打倒'强欲'，夺回爱蜜莉雅，至于痛揍'暴食'的任务，这次就让给你了……可别失手了。"

"我一定会回报你的期待，这次一定，一定会！"

由里乌斯用力点了点头，接受了昴的信赖。

随后，"最优秀骑士"望着威尔海姆，微微摆正了表情。

"威尔海姆大人。"

"我想说的话，昴阁下基本都说完了。我无法饶恕'暴食'

是不争的事实……所以,我也要拜托由里乌斯阁下,这个都市的不法之徒的确是有些多了。"

"深有同感。您的心意,我接受了。"

由里乌斯承受着犀利的剑气,像获得了勇气一般静静地闭上了眼睛。这时,一直在默默倾听对话的里卡多,张开满是尖牙的嘴问道:

"咋啦,也不问问俺的意见就擅自决定了?俺倒是不在乎啦!俺也认为这种布阵才是最棒的。"

"里卡多非得有人哄才行啊。块头这么大,闹起别扭来一点都不可爱……由里乌斯就交给你了哟。"

"放心吧,俺啥时候说过谎呀,安娜仔?"

"这个称呼该换换了,我可是里卡多的主人。"

安娜塔西亚生气地鼓起脸颊,引得里卡多放声大笑。他用黑色的大眼珠俯视着安娜塔西亚,眼神无比温柔。

"那么,这下就布好阵了吧。"

听见昂的一番话后,围着圆桌的所有成员都点了一下头。

"四号街的'愤怒'西里乌斯交给普莉希拉和莉莉安娜,然后阿尔就留在市政厅负责防卫……没错吧?"

"竟然无视妾身,想把控人心?笑话!妾身便教教你这脑袋空空如也的蠢货,胆敢做出僭越之举,必然会遭报应。"

"我只唱歌,只唱歌。没错,我是只会唱歌的肉块,我不珍惜生命,只珍惜舞台。好,感觉能行,我现在感觉自己能行!"

普莉希拉用扇子给自己扇风,莉莉安娜则集中精力进行神秘的自我暗示,而看不见表情的阿尔浑身散发出他难以接受事实的气息,可普莉希拉丝毫不打算理会他。

虽说在平衡战斗力方面还有不太明确的地方,但是大家的自信心可谓是最强的。

"然后是一号街,由加菲尔和威尔海姆先生负责'色欲'。"

"噢,那可是'梅佐雷亚的绝景',本大爷一定要靠这双拳头把它全部收入囊中。"

"交给我吧,我必定会跟尸兵来个了断。"

艰难的大战近在眼前,斗志最旺盛的应该是这两个人。

"剑鬼"威尔海姆是为了对主人尽忠以及未曾忘却片刻的心爱亡妻,加菲尔是为了与心中那股不成形的、撼动灵魂的感情来个了断,二人均是为了不能退让的事物奔赴战场。

"接下来是二号街的'暴食',由里乌斯和里卡多,你们两个人来负责。"

"这是托付给我的使命,要是无法完成,我还如何自称骑士?那样实在是太丢脸了。"

"俺的家人也吃了那帮混蛋的大亏,俺要把他们打趴在地,满地找牙!"

说到与魔女教的恩怨,二人在今天之前应该和魔女教无缘,但由里乌斯和里卡多的阵营成员们在与魔女教战斗时倒下,现在他们背负起昴和伙伴们的希望,将怀着各种战斗的理由挥剑。

大家是一起出生入死过的伙伴,相信战友并不需要理由。

"最后是三号街的'强欲',由我和莱因哈鲁特负责。靠你表现了哟?"

"嗯,交给我吧。我也会依靠你的,昴。"

面对昴的要求,莱因哈鲁特点了点头,丝毫不紧张,仅仅这一个动作就让昴深感放心,原因是临战的"剑圣"散发出的剑气无比犀利。

昴也挺直了胸膛,决心正确面对战斗,发誓不容有失。

确认完人员配置后,安娜塔西亚拍了拍手:

"这样一来,战斗的人员分配就定好了,剩下的就是'对

话镜'的分配……有三面镜子，其中一面由待在市政厅的我拿着，其他的怎么说？"

"可能的话，跟'愤怒'战斗的小组一定要拿一面。至于另外一面，我想想……'色欲'和'暴食'小组，大家觉得给哪组比较好？"

"你的想法是？"

"因为'愤怒'的权能影响到了整个都市，她在或不在，会对都市的状况产生很大影响。所以，我希望能尽早分享到这方面的情报。"

在分配"对话镜"的问题上，全员点了点头，接受了昂的建议。至于剩下一面要分给哪一组，昂正在思考，这是因为——

"我说这话可能不太合适，可负责和'强欲'战斗的是莱因哈鲁特。既然那混蛋的权能感觉像是附带条件的'无敌'，那就不能乐观估计，但姑且还是有瞬间解决他的可能性。在快速获胜之后，我想让莱因哈鲁特去支援其他战场。"

"而都市的状况一旦有变，就通过广播用的'魔法器'下达指示，这也是在击败'愤怒'后更有效的战术啊。"

"我觉得这样很明智。你真的变可靠了啊，菜月。"

听完昂和奥托的对话，安娜塔西亚露出了钦佩的微笑。随后，她将手里的"对话镜"抛给了普莉希拉，普莉希拉用扇子接住，再灵巧地挑到莉莉安娜眼前。

"哇，哇，哇？"

"你来保管，歌女，妾身才不拿比餐具更重的东西。"

"您也太懒了吧……那个扇子作为装饰品来说，已经够重了吧？"

"蠢话连篇。莫非你看不见它的样式？这镂金如此漂亮，不知比那些随处可见的劣品高出多少了，可不能将它与餐具混为一谈。"

"不还是比餐具更重吗……"

姑且不论倔强的普莉希拉,反正莉莉安娜收下了一面"对话镜",把它收进了毫无凹凸起伏的怀里。

最后一面镜子被交给了威尔海姆。做出这个选择的人,是将"对话镜"从桌面滑过去的由里乌斯。

"考虑到敌人的数量,比起'暴食'小组,'色欲'小组那边更需要联系手段。虽然我觉得二位不比敌人差,但只要认为有危险就请立刻报告。"

"明白了,不过我认为不会有那样的机会。"

威尔海姆接受了由里乌斯的关心,将最后一面"对话镜"收进怀里。这样一来,队伍和物品都分配好了,可以说决战的准备已经就绪。

"再过一会儿,大家要同时离开市政厅,夺回都市作战正式开始!"

昴一声令下,大家都点了点头,脸上纷纷流露出紧张。

空气中弥漫着寂静的紧张感,可昴始终觉得这不是什么好兆头。

"怎么说呢……大家的表情这么阴沉,不觉得会带来坏结果吗?"

"菜月先生又说奇怪的话了,这是怎么了?"

"才不是奇怪的话呢,这很重要哟。无论集结了多么强大的战斗力,只要士气低下、缺乏团结就是纯粹的乌合之众,这是亘古不变的道理。为防止出现这种情况,该怎么做呢?就算只是做做样子也行,大家能不能一起喊出来啊?"

昴对愁眉苦脸的奥托说道,同时站起来用力拍响了手。为了让大家都能看清楚,昴高高举起拳头宣誓:

"上吧,大伙!我们要通过这场战斗,把那些跑来捣乱的家伙赶出城市!干掉魔女教,达成happy end!"

昴酣畅淋漓地大喊,令众人面面相觑。隔了一拍后,大家才接连向天举起拳头——

"噢!"

众人发出声势惊人的大喊,昴感受着大家的斗志,甚至起了鸡皮疙瘩,却歪起了脸颊。因为大家的喊声并不合拍,气势也各不相同,举起的拳头和手掌也缺乏统一感。然而,他们正是与菜月昴并肩作战,一起夺回都市的伙伴。如此可靠的成员,如此强大的战斗力,可不是随便能凑出来的。

一直被动挨打,在一段时间内被逼入绝境,让大家以为真的无法挽回了。然而,昴等人为了迎战敌人,又回到了这里——

水门都市普利斯提拉的最终决战即将打响。

"这场战斗的胜利,属于我们!"

符合昴作风的发言,为这场圆桌会议画上了句号。

7

爱蜜莉雅通过"对话镜"向阿尔秘密交代完情报后,利用冰之平台返回寝室,首先开始处理替她睡在床上的冰像。

既然没有人显得慌慌张张,那就表示还没人发现爱蜜莉雅离开过。或者说,即便有人进过房间,也被精致的冰像彻底骗住了。

爱蜜莉雅就这样想着,不舍地将冰像还原成玛娜。

"真惊人……想不到您居然回来了。"

"呀！"

突然被人从身后叫住，爱蜜莉雅吓得肩膀抽了一下，她转过身去，视线对上了站在房间入口望着自己的一百八十四号。

一百八十四号原本在收拾被雷格鲁斯破坏的房间，她眯起眼睛望着手忙脚乱的爱蜜莉雅，轻轻地叹了一口气。

"您明明周到地留下了替身，怎么又改变想法跑回来了？"

"啊？替身？我不太明白你在说什么。我太累了，一直在这里休息，就在这床上……好冷！啊，不冷！"

不久前还藏着冰像的床很冷，显然在拒绝爱蜜莉雅躺下。但是，爱蜜莉雅担心谎言暴露，于是勇敢地与寒冷战斗，躺在了床上。

"你看，我一直像这样躺着的，根本没逃走。"

"是啊……我以为您逃走了，是我误会了。可这样一来就奇怪了，您为什么没有逃走呢？"

"因为要是我逃走了，你和其他妻子们还有城里的人们会很惨的。"

面对一百八十四号平静的问题，爱蜜莉雅又把腿从床上伸出来，坐在床上回望着她。

一百八十四号的眼神冰冷，毫无感情，这让爱蜜莉雅产生了违和感。起初，这种违和感暧昧不清，但没过多久，爱蜜莉雅就看见了模糊的轮廓。

爱蜜莉雅看出来了，沉积在一百八十四号眼睛深处的感情，带着接近恳求的颜色。

"难道说，你希望我逃走吗？可我要是逃走了，你和其他人会很危险的，为什么啊？"

爱蜜莉雅回想先前的一幕，认为一百八十四号在发现她将冰像留在床上后，并没有向雷格鲁斯报告。或许是因为这样能

推迟别人发现她不在的时间,为她争取逃跑的时间。

就结果来说,爱蜜莉雅无意逃亡,一百八十四号的关心成了无用功——

"不对,要是你没有替我隐瞒,那我偷偷到处调查的事应该也会被雷格鲁斯发现,所以我想谢谢你……"

"根本用不着道谢,到头来毫无意义。我本想在人生的最后时刻鼓起一点勇气,结果毫无意义。"

说着,一百八十四号抱紧了自己的胳膊。眼见她那颤抖的手,爱蜜莉雅才意识到她是鼓起了全部的勇气才没有履行报告义务。

雷格鲁斯只是稍微发一下脾气,就差点漫不经心地杀死一百八十四号。如果这一幕是家常便饭,那妻子们平时过的就是比邻"死亡"的生活。不知她究竟需要多大的勇气,才能反抗这植入心底的强大恐惧。

"为什么要回来?"

"啊……"

"您还不如不回来,让我被夫君的愤怒吞噬还好些。不管都市变成怎样,我们变成怎样,您都不要回来。但您还是回来了,到头来只会让现状保持下去,我只能在一如既往的生活中等待结束。"

一百八十四号向爱蜜莉雅真切地诉说道,似哀求,似诅咒。听了她的这番话,爱蜜莉雅咬住嘴唇站起来:

"既然站起来了一次,那你就再努把力吧。你看,我还从没放弃过呢。"

"已经不行了,我鼓起了那一丁点儿的勇气,结果没有得到任何成果。光是想想再试一次,我身体里的一切就怕得不行……已经不行了。"

一百八十四号不情愿地摇头，让爱蜜莉雅无言以对。她注视着爱蜜莉雅，冷冰冰地——错了，是心灰意冷地继续说道：

"您不放弃是您的自由，但我不会再鬼迷心窍了，其他境遇相同的妻子们恐怕也一样。我本来只是一个普通的女孩，在山间的小村里跟家人一起生活。夫君为了娶我，把我的父母、兄妹、邻居还有只算相识的村民们全杀光了，一个不留。他的妻子们，境遇都和我一样。"

一百八十四号心灰意冷地讲述雷格鲁斯向她求婚的过往之事，其内容恶劣至极，显得非常不现实，但只有不了解雷格鲁斯的幸福之人才能将其视为玩笑，一笑带过。

毫无疑问，雷格鲁斯当然做得出那些事情，他就这样让强娶来的妻子们侍奉他，建立只属于他的乐园。

"雷格鲁斯说过，他有二百九十一位妻子。"

"嗯，有二百三十八人已经去世了，剩下的只有在这都市里的五十三人。"

"那个，去世的妻子们究竟是……"

"还需要说明吗？"

一百八十四号沙哑的回答是对爱蜜莉雅提问的嘲笑，不，这是自嘲般的笑。她诅咒的不是别人，是自己，是自己和雷格鲁斯妻子们的命运。她一直在诅咒，早已筋疲力尽，早已丧失反抗的力气，就这样迎来了今天。

在这样的生活中，眼见被雷格鲁斯选为新妻子的爱蜜莉雅有逃走的迹象，一百八十四号心中又究竟萦绕着怎样的感情呢？想必她所说的"鬼迷心窍"，有着比字面描述更深刻的意义。

爱蜜莉雅只看见了问题的表面，就以为自己什么都知道了，但这对一百八十四号来说——错了，是对妻子们来说，这是消磨灵魂的命题。

爱蜜莉雅没想到自己浪费的机会竟是如此沉重，一时间不知道该对一百八十四号说什么。哪怕她现在就这样任由冲动驱使，说出毫无根据的话，也永远无法打动一百八十四号的心。她绞尽脑汁，急忙思考必须在这时告诉一百八十四号什么。她很急，很急，然而还是想不出来，想不到正确答案，想不到如何诉说理想，想不到该怎样全力以赴。

无论爱蜜莉雅怎么想，她始终想不出该怎样用最想说的话打动最想打动的人。她担心重视的事物将从手中滑落，自己会被源自心底的恐惧和冰冷绝望统治，就在这时——

"啊，哎呀，这样大家就能听见我的声音了吗？试麦，试麦，one,two,one,two。"

爱蜜莉雅此刻最想听见的声音从天而降，仿佛向她伸出了援手。

8

他的演说很生涩，哪怕形容得再好听，这场演说也算不上威严庄重。

"好像能听见，帮大忙了。那么，最开始让大家受惊了，抱歉。肯定有很多人想知道我接下来会说什么，有做心理准备的，有不安的，不过尽管放心。先声明一点，正在广播的我不是魔女教的人。"

明明他只要说谎就好了，在不必要的时候这么正直，连会让听众不安的话都毫不隐瞒地说出来。

然而，在最后的最后，他会说出扫清大家不安的话。

"但是，我不能逃走，我要战斗。我就是这样一个人，仅此而已。"

他这些话很真挚，想必是爱蜜莉雅此刻最想听的话，想必是都市的人们在这个时刻最想听的话。

"又弱又没用的我都没放弃，就让我相信你们吧。并不只是我这咬死不放的弱者还没放弃……就让我相信你们吧。"

啊，他在拼尽全力，但他的声音真是太卑鄙了，是那么颤抖，是那么催人泪下，让人感觉仿佛能听见他那原本无法听见的心跳——爱蜜莉雅听见了催人泪下的声音。

"难道说，只有我没放弃吗？"
——不是的，没这回事。
"还没结束……还能继续战斗，会这样想的人难道就只有我吗？"
——不是的，没关系，我也还能努力。
"不是吧？"
——嗯，不是的，绝对、绝对不是，这是来自我内心深处的否定。
"大家也能继续战斗下去吧？不会屈服于懦弱吧？"
——我能听见你的声音。不会的，我没事的，一点都不害怕。

"我叫菜月昴，是击败了魔女教大罪司教'怠惰'的精灵师。"

光是听见广播中的名字，爱蜜莉雅内心的冰冷绝望就被一扫而空。

明明在不久之前，爱蜜莉雅还以为跌进了漆黑的深渊，已

经没救了。明明已陷入进退两难的境地,她才诅咒过无力的自己,可她单单是听见他的声音就安心了,就能获得满足。

因为广播里说了,这个声音——爱蜜莉雅的骑士说了:

"然后把剩下的事全部交给我吧。"

既然他说了"交给我吧",那就一定能驱散所有阴影。

无论有多么不合理,无论有多么不可能,他都一定能攻克难关,所以——

"刚才那声音是?"

"是我的骑士,他非常努力的。"

突然开始的广播在突然中结束了,感情被搅得一团糟的一百八十四号呆若木鸡。在她的身前,爱蜜莉雅按着自己的胸口,如此微微笑着说道。

一百八十四号望着爱蜜莉雅,目瞪口呆。爱蜜莉雅并不知道原因出自自己提到骑士时的表情,不过她回望着一百八十四号惊讶的脸庞,继续说道:

"我是不会逃走的,绝不会丢下你们离开。"

"为什么?"

"因为我已经知道了你的痛苦过去,也听你说了现在的心情。你应该很害怕才对,可即便如此,你还是想帮我。"

哪怕只鼓起了一次勇气,哪怕现在已经屈服了,但是一百八十四号确实战胜过恐惧,反抗过命运。所以,爱蜜莉雅决定了,绝不会屈服。

"我希望你和其他女孩都能获得幸福。结婚可是跟心爱的人一起获得幸福的仪式,新娘必须幸福才行。"

听见"结婚"一词,爱蜜莉雅脑海里描绘出的是相爱的两个人幸福生活的景象。

第四章 铭刻历史的繁星

爱蜜莉雅的脑海里浮现出往昔梦中的福尔图娜和杰乌斯——他们没有结婚,没能结为夫妻,但她期盼过,她很想见到他们结婚。相爱的两个人结婚,就应该像他们一样幸福才对。

"我认识两个明明相爱却无法结婚的人,他们让我感觉很心痛,很揪心。现在一想到他们,我的胸口依然会痛。"

所以——

"结了婚却无法获得幸福,我不喜欢这样的关系。"

这种关系,爱蜜莉雅光是想想就火冒三丈,她绝不承认。

爱蜜莉雅下定决心,从根本上不放弃任何事物。因此,无论是这座城市,还是一百八十四号及其他女孩,还是爱蜜莉雅自己,她都绝不会放弃。

爱蜜莉雅要把这些事物全部带走,亲手带走。如果能力不足就找别人——找自己的骑士帮忙。

"您……您的想法很了不起,但是我已经说过了,如果您打算做什么,请您一个人去做。"

"嗯,是啊,我会一个人……不,不是这样。"

爱蜜莉雅摇了摇头,温柔地否定了一百八十四号。

一百八十四号说爱蜜莉雅独自一人,孤立无援,但她错了。予以否定的不是别人,正是爱蜜莉雅的骑士,他大声向整个都市宣告了这一点。

如果说这位骑士说错了什么,那就是爱蜜莉雅不打算把所有事情全部交给他做。

"我从来不是独自一人……好险,差点弄错了。"

"您打算怎么做?"

一百八十四号才主张过不会涉身其中,现在却询问起爱蜜莉雅的计划。

原来这就是昴眼中的景象啊——爱蜜莉雅沉浸在不合时宜

的感慨之中,但不忘打动一百八十四号那被搅乱的冰冷感情,说道:

"举办结婚典礼吧。"

面向惊讶的一百八十四号,爱蜜莉雅如此断言道。

The only ability I got in a different world "Returns by Death"
I die again and again to save her.

第五章 终将爱上的人

1

圣堂婚礼的准备工作正依照原计划有序地进行着。

所幸,雷格鲁斯的暴脾气似乎没在圣堂内爆发,气氛庄严的圣堂完好无损,安稳地完成了内部的婚礼装饰,看起来璀璨夺目。

以一百八十四号为首的雷格鲁斯的妻子们,为下定决心参加婚礼的爱蜜莉雅扎好了头发,把她打扮成一个新娘。

已经很久没人为爱蜜莉雅做过费事的发型了。以前,帕克在每天早上都会为爱蜜莉雅做发型,但自从它待在魔水晶里不出来后,她就很久没像这样做过了。现在,只有安妮罗洁偶尔会帮她弄一下,其他时候就随意了。

妻子们为爱蜜莉雅扎起长长的银发,再细心地编好辫子。

为防止纯白婚纱的清纯印象受损,上面点缀着不显奢华的饰品。至此,爱蜜莉雅的新娘装扮便完成了。

爱蜜莉雅望着映在镜中的自己,对女子们的手艺深感佩服,心想:原来如此,跟平时的自己大不相同。

最近,只要昂不帮忙,爱蜜莉雅就会尽可能从简打理头发,而且为保证轻便也不在身上佩戴饰品。因此不得不说,现在这些饰品在提高女性魅力方面确实发挥了很大作用。

"感觉哪一件配我都太浪费了……"

试衣镜前的爱蜜莉雅嘀咕道,让帮她更衣的女子们深深地叹了一口气。

女子们和一百八十四号一样,在更衣时没说过一句多余的话。她们的叹息令爱蜜莉雅意识到自己的不足,随即挺直了胸膛,扎起来的银发如月光般闪亮,在她的背后来回摇晃。

第五章 终将爱上的人

"那就过去吧……千万不要惹夫君生气。"

个头高挑的红发美女替一百八十四号说道,她在前面领路,爱蜜莉雅跟在后面。二人身后是两位拿着婚纱裙摆的女子,其中一位就是奉命陪在爱蜜莉雅身边的一百八十四号。

一百八十四号有意绷紧了脸,眼中藏着一丝不安,毕竟只有她听过爱蜜莉雅决定参加婚礼的宣言,内心十分动摇,不知道爱蜜莉雅究竟抱着怎样的心情参加婚礼。即便如此,她似乎也没向雷格鲁斯表明不安,但这样就足够了,她已经为爱蜜莉雅的决心提供了助力。

在圣堂里,参加者们早已到齐,正等待爱蜜莉雅抵达。中央的通道上铺着红地毯,美丽的参加者们整齐地排列在左右两侧,她们都是雷格鲁斯的妻子,除去爱蜜莉雅的伴娘外,总共有五十人。

至于雷格鲁斯,他身穿白色礼服,悠然地站在红地毯终点处的祭坛前。

在红发女子的带领下,爱蜜莉雅向雷格鲁斯走去。她在途中观察了两侧的女子们的表情,不过她们的脸庞上完全看不见表情,就像戴着能面一样。(**注:能面是日本传统戏剧能剧所使用的面具。**)

在参加者们的注视下,爱蜜莉雅来到了祭坛前。伴娘们离开爱蜜莉雅身边,各自加入两侧的女子队列,只有一百八十四号除外,只见她绕到了祭坛另一侧,以婚礼司仪的身份站在那里,脸上带着一丝紧张。

雷格鲁斯让爱蜜莉雅站在一百八十四号的正面,并转动她的身体面向自己。

"真惊人啊,虽说刚才的礼服也不错,但你穿上新娘衣装后更添了一份美丽。对你一见倾心的我果然没有看错,我们真

是世上最般配的两个人。"

说着,在祭坛前等待的雷格鲁斯点了点头,很满意打扮好的爱蜜莉雅。他捋起自己的白色刘海,继续说道:

"话说回来,这样一看,预留出七十九号的位置真是正确的决定。我就有这种预感,早晚有一天,配得上它的人会坐上这个位置。连我都佩服自己的决定和坚信不疑的决断力,完全相信自己可不是谁都能办到的。"

"为什么只有七十九号是空缺呢?"

爱蜜莉雅进入圣堂,站在祭坛前。不同于雷格鲁斯自我陶醉般罗列出的美丽辞藻,她最初的一句话是非常不识趣的问题。然而,这个问题没有破坏雷格鲁斯的心情,他歪起脑袋回答道:

"嗯?这个嘛,以前我对一个配得上这个号码的女子一见倾心,但遗憾的是,就在我准备迎娶她的时候,我认为她不合适。可是在最重要的外貌方面,她非常接近我的理想,所以或许是出于不舍吧,为了不忘记她,我一直让这个号码保持空缺……不过,多亏这样,我才能遇到你,这真是命中注定的相遇。"

"以前……空缺……"

在强调命运的雷格鲁斯面前,爱蜜莉雅活动嘴唇,反复思考让她在意的单词。之前面对雷格鲁斯时产生的违和感又再度出现,尽管她心中的疑惑有了轮廓,但她依旧捕捉不到清晰的外形。

其间,雷格鲁斯为配合穿上婚纱的爱蜜莉雅,扶正了自己礼服的衣领。

"那么,事不宜迟,开始婚礼吧。很不巧,正式的见证人不在,所以婚礼的形式很简略,你不介意吧?仪式重要的不是神经兮兮地按部就班,而是本质,即两个人的爱开花结果。注重外表而疏忽本质,这就像固定节目似的经常出现,真是很愚蠢啊。

当然,我可不会做出这种愚蠢的事。"

在雷格鲁斯滔滔不绝地喷涌语言大浪时,一百八十四号正不断推进祭坛上的准备工作。

这一步原本是正式见证人的工作,不过一百八十四号准备起来很娴熟,肯定是因为她并非第一次为雷格鲁斯主持婚礼。

"拘泥于形式而忽视本质就太滑稽了,这就是所谓的满足于做表面文章吧?爱做这种事的人被别人在背后嘲笑都不知道,反倒更难堪。他们在自己心中给事物下定论,活在狭隘的世界里,但相对的,他们应该也很幸福。"

一百八十四号熟练地做着准备工作,以至于显得很可怜,雷格鲁斯甚至没瞥她一眼。

在五十三位妻子之中,一百八十四号恐怕处于总管的地位。雷格鲁斯居然只是心血来潮就想杀死这样一个人,可见他连妻子间的人际关系都丝毫没看清。

爱蜜莉雅认为自己果然无法饶恕雷格鲁斯,尽管都到婚礼现场了才这么想,实在太晚了。

"对了,雷格鲁斯,在结婚之前,我想先声明几点。"

所以,爱蜜莉雅在正对着雷格鲁斯的场面下,如此宣布道。

爱蜜莉雅的一番话令祭坛对面的一百八十四号绷紧了脸,一股轻微的动摇情绪在出席的妻子们之间扩散开来。

"是啊,我们等婚礼结束就是夫妻了,有些话确实只能在这之前说。"

让人意外的是,面对爱蜜莉雅的请求,雷格鲁斯竟然友善地点了点头。

"关于今后的夫妻生活,其实我也想先声明几点。你想啊,虽说等结了婚再按顺序教给你也可以,但不管做什么事,心态都很重要,对吧?要是等结婚之后才发现跟之前想的不一样,

那就太悲惨了。为防止出现这种不幸的情况,让我们好好了解一下彼此的想法吧。夫妻也是人,没错吧?"

"嗯,是啊。毕竟都是人,这非常重要啊。"

"就是啊!太好了,看来我们很聊得来。那么有几件事,我让其他妻子也保证过,来确认一下吧。你放心,这是大家都遵守的约定,并不困难,相当于妻子理所当然的修养。"

雷格鲁斯风趣地摇了摇肩膀,在爱蜜莉雅面前竖起手指:

"首先是第一点,跟我结婚后,禁止你笑。"

"啊?"

爱蜜莉雅皱起眉头,对雷格鲁斯的建议表示无法理解。见状,雷格鲁斯继续竖着手指,慢慢地摇了摇头:

"我啊,喜欢你的脸。我非常喜欢脸,是根据脸来选择妻子的,拥有美丽动人、极具魅力的脸是被我选中的条件。我娶的二百九十一位妻子,全是有着漂亮脸蛋的人。你的脸也很可爱,所以我要娶你为妻,明白吗?我觉得吧,世上任性的人比想象中更多。不是经常有人说恋人和夫妻的爱会冷却吗?两人本该是相爱的,可一旦生活在一起,不合之处就会冒出来,比如对食物的喜好、生活习惯、兴趣和时间……擅自以这些任性的理由厌倦喜欢过的人,这种人渣真的太多了,我打从心底里认为这是在胡闹。"

雷格鲁斯保持微笑,看上去确实在痛快地恶骂可恨之人。同时,他天真地、毫不顾忌地、毫无逻辑地表达出对蔑视爱之人的义愤。

"他们一个个都那么任性。不是喜欢对方吗?不就是感性不同吗?为什么会厌倦呢?这么愚蠢的事也太奇怪了,所以我要根据脸来选择喜欢的人。如果对方长着让我喜欢的脸,那么无论她是怎样的人,我都不会厌倦她哟。因为我喜欢脸啊,只要她的脸没变，我的爱就永恒不灭。哪怕是从不收拾换下的衣服的人，哪怕是只对小孩下手的杀人狂魔，哪怕是做菜技术无比糟糕的人，哪怕是为了给家人抵债而被卖掉的人，哪怕是洗衣服时不注意串色的人，哪怕是会杀小动物的脑子有病的人，哪怕是挑衣服的品位差劲的人，哪怕是守财奴，哪怕是不爱洗澡、像脏东西一样臭的人，哪怕是真心打算毁灭世界的人，我都不在乎。"

雷格鲁斯挨个指向在场的五十三人，接连宣告道。

也不知道在场的妻子们究竟有多少位符合雷格鲁斯口中的描述，但他断言无论对方是怎样的人，都能无差别地爱她。

平等，这是雷格鲁斯的豪言壮语。

平等的爱，雷格鲁斯宣称要毫无区别地爱妻子。

可是，爱蜜莉雅看不出这番高谈阔论与刚才的要求有什么联系。

"这跟不能笑有什么关系呢？"

"很简单哟。不是有那种女孩吗？平常又可爱又漂亮，但一笑起来就很丑，这是我无法忍受的。因此，我禁止笑，其实是禁止所有表情变化。简单来说，就是我无法忍受你这张可爱的脸有可能变丑，这是世界的损失。所以，不准笑，不准哭，不准生气，不准开心，乖乖保持着可爱的脸就行。"

说到后半段，雷格鲁斯抓住爱蜜莉雅的下巴，在能感受到彼此呼吸的距离命令道。

违背与雷格鲁斯的约定——不对，反抗他的强制要求会有怎样的后果是显而易见的，但是即便如此，爱蜜莉雅还是无法接受。

"你说过，只要脸是你喜欢的，你就不会厌倦，那之前的事又是什么情况？"

"嗯?"

"要不是我拉她的手,她就应该死在你的手下了。"

说着,爱蜜莉雅伸手示意站在祭坛对面的一百八十四号。一百八十四号僵在原地,雷格鲁斯瞥了她一眼,沉思了片刻,然后恍然大悟般板起脸说道:

"啊,这是一个令人悲伤的误会。我是不会对她厌倦的,只是她做事不够周到,坏了我的心情,我无非是想让她为此负责而已。"

"那不就是厌倦吗?否则的话……"

"不是的,这不是厌倦。我依然喜欢她的脸,依然爱她,即便她死了,我也不会变心。人们不是常这样说吗?就算心爱的人死去也会一直活在自己心中,在今后的人生中,对那个人的爱情不会变淡,而我就是这样的啊。"

雷格鲁斯按着自己的胸口,如舞台演员一般朗朗讴歌自己一贯的主张。

这是完美无缺的、纯洁无瑕的、只在自己心中定下的理论,其中丝毫没有受他人想法干涉的余地,这是完美无缺的人格缺陷——

面对这样的彻底定型的人格,爱蜜莉雅打从心底里感到失望。在此之前,她很想相信即使对手是大罪司教也能有对话的余地。

"我说啊,难道你对我有意见?如果真有,那就太让我伤心了。我这么关心你,都做出这么大让步了,你却无法领会我的用心?身为一个人,这样不太合适吧?在我看来,只要稍微关心一下他人,从对方的角度考虑一下,就不会出现这种情况。"

望着闭口不语的爱蜜莉雅,雷格鲁斯第一次讶异地皱起了眉头。或许这意味着他终于真正面对了站在他面前的准新娘,不过对待方式还是一如既往。

"关心他人是人际关系基础中的基础,忽视了它,就表示你认为对方没这个价值。这是轻视对方的行为,也就是轻视我个人的行为。这是——侵犯——我的——权利,这可无法饶恕啊。"

雷格鲁斯在说话的同时,浑身上下不断释放出危险的气息。他释放出的鬼气歪曲了空气,圣堂的女子们都被他的凶狠气焰压制住了。

面对制造这一切的凶徒,爱蜜莉雅轻轻地吸了一口气:

"我啊,认为结婚是一件非常幸福的事。"

"嗯?"

"这是让相爱之人想在一起的愿望成为现实的仪式。喜欢一个人拥有非常重大的意义,在茫茫人海中找出唯一喜欢的人,而对方就像回报似的也喜欢我……我觉得这真的很了不起。"

身穿婚纱的爱蜜莉雅面带微笑,让雷格鲁斯大感不解。不同于看不透状况的大罪司教,出席婚礼的女子们和祭坛后的一百八十四号的表情都愈发阴沉。这是对婚礼的风向感到不安,担忧中心人物爱蜜莉雅的表情。这证明她们很善良,是懂得关心他人的美妙女子。

"我问你,雷格鲁斯,你为什么要用号码称呼妻子们呢?"

"你执着于称呼吗?这跟执着于事物的表面一样,完全是仅顾着表面关系吧。难道说,没有这些多余的要素,就没有一直爱下去的自信和真实感吗?在这方面,我是不会受这种又肤浅又虚伪的价值观摆布的。为了平等地爱大家,我得滤去没用的要素,剩下的就是本质,这难道不是真理吗?"

"是啊,不过我并不讨厌昴叫我爱蜜莉雅炭。"

"昂?"

听见无法置若罔闻的单词后,雷格鲁斯突然不开心地挑起了眉毛,但爱蜜莉雅无视了他的变化,继续说道:

"昴叫我爱蜜莉雅炭时,话语中饱含着他的心意。他偶尔会叫我爱蜜莉雅,我就会立刻明白这是特别的时刻。我根本不认为这是不必要的事,名字里应该含有这样的心意才对。"

"我说啊,你怎么擅自讲起来了,昴是谁啊?那是人名吧?话说,这是男人的名字吧?一个马上要结婚的女孩,在将来的丈夫面前提起另一个男人的名字,这实在太缺乏常识了吧?就算那是没什么关系的人,我也会受伤。你伤害了我,明白吗?"

"昴才不是没什么关系的人,他是我唯一的骑士,是一边说喜欢我,一边叫我名字的人。"

"啊?"

爱蜜莉雅的回答,让雷格鲁斯的鬼气爆发了。

一百八十四号和其他妻子们感受着这股暴虐的气息,全部僵住了,就在这时——

"不许动!谁敢动,我就让谁脖子以下的部分消失。我就听听你的解释,但你要注意自己说的话,为防止我误会,你要尽全力关心我的感受,我可不想把这场婚礼变成某人的葬礼。喂,你明白的吧?"

雷格鲁斯颤抖着肩膀,用忍受屈辱的表情和声音恐吓道。

在大罪司教的牵制下,出席者们都不敢动弹,然而面对膨胀的鬼气,爱蜜莉雅以不变的表情和心态进行还击。

那次广播让爱蜜莉雅有了勇气和决心——她希望能配得上自己的骑士。

"结婚的人必须是相爱的男女,但我还没有这个资格。因为我还不知道以女人的身份喜欢上一个男人是怎样的感觉,所以昴明明说过很喜欢我,可我既无法给他想要的答复,也没法给他不想要的答复。这样非常过分,我也可以理解昴会伤心,会不知所措,可是……"

雷格鲁斯一言不发,爱蜜莉雅的心却在其他人身上。

教堂里的所有人都很清楚,爱蜜莉雅的眼里没有雷格鲁斯,只有雷格鲁斯无法接受这个事实,用力咬着嘴唇。

"虽然我还不明白喜欢上一个人是什么感觉,但有朝一日,我肯定会喜欢上某人,我肯定会以女人的身份爱上某人。那一天到来时,我的心里已经决定好要喜欢谁了,所以——"

爱蜜莉雅换了一口气,盯着雷格鲁斯,遥望他身后远处的某人说道:

"我不会成为你的人。"

"啊……这样啊!我现在也不想娶你这种又任性又花心的女人了,这下清静了!"

听见爱蜜莉雅对求婚的回答,雷格鲁斯涨红了脸,暴跳如雷。大罪司教任由愤怒驱使,伸出了手指,爱蜜莉雅则浑身迸发出寒气,摆好迎击的架势。面对原理不明的破坏能力,就得在最初的交手时——

在彼此即将展开攻击的瞬间,巨大的声音响彻了圣堂。

撞击声带着巨大的能量,某个物体像离弦之箭一样飞来击中了雷格鲁斯的全身,原来是被撞飞的大木门——圣堂的两扇对开大门中的一扇。

大木门气势汹汹地飞了过来,重重地撞上雷格鲁斯……

"我说你啊,明明是数好一二再一起踢的,可结果也差太远了,你这是什么脚劲啊?"

"对不起,我没控制好力道。我仔细挑选了目标,所以能不能饶过我的失误呢?"

"救兵登场时的闪亮帅气度差过头了吧?我一脚只能把门

踹开,你一脚却能让门击中敌人……"

两个人影就这么抱怨着出现在庄严的圣堂之中,黑发少年和红发青年二人组登场了。

"啊!"

眼见二人,爱蜜莉雅双目大睁,雷格鲁斯则像掸落虫子一样掸掉黏在身上的木头碎片。大罪司教毫发无损,用烦躁的眼神瞪着两个入侵者:

"竟敢跑来破坏神圣的婚礼,胆子不小啊。我邀请的客人名单里应该没有男人的名字,你们是什么人,带来了怎样的贺礼?说话啊!"

听见雷格鲁斯的恐吓,站在入口的两个人面面相觑,随后一起点了点头——

"我是搭档精灵不在身旁的精灵骑士莱月昴。"

"我是'剑圣'家族的莱因哈鲁特·梵·阿斯特雷亚。"

莱因哈鲁特坦然报上名号后走上前一步,一旁的昴向爱蜜莉雅眨了一下眼睛,指着可恨的雷格鲁斯,咧开了嘴喊道:

"我对这场婚礼有意见!我要把新娘抢走!"

2

同时攻击四座控制塔的作战进入实施阶段,各地即将打响决定水门都市未来的战斗。

在主观因素和偶发因素的作用下,各阵营的攻略小组利用搜集到的情报朝各自负责的控制塔出发,留守小组则怀着紧张的心情等待捷报。

大家本该忍受这让人牙痒痒的处境,但奥托·苏文不一样,

他只身一人离开市政厅,悄悄奔波于危机四伏的水门都市。

"其实我应该阻止你,但是也想弄清魔女教要求的'睿智之书'在哪里。这真是下下签啊,奥托。"

说这话的人,是送奥托离开市政厅的安娜塔西亚。

恐怕安娜塔西亚内心也希望奥托留在市政厅,期待他根据各阵营的战况报告出谋划策。

既然市政厅承担着司令部的职能,那谋士就永远不嫌多。但是,该对"睿智之书"负责的不是别人,正是奥托本人。

为了对抗大罪司教率领的魔女教,昴的阵营与其他国王选举候选人的阵营目前正处于合作关系,可一旦事态平息,他们又会继续相互竞争。因此,奥托必须避免届时"睿智之书"的所有权落入其他阵营之手。说实话,奥托很想避免在会谈时透露"睿智之书"是怎样一本有来头的魔书,可是昴和加菲尔不喜欢打这种小算盘。

奥托感觉像只有自己性格变坏了似的,深深地叹了一口气。

"真不知道,我是从什么时候起变得这么爱为别人到处奔走了……"

奥托扶正帽子,吐露出一年内要烦恼好几次的疑问。他的立场出乎自身意料,与人相处的方式也出乎自身意料,自己此刻的感情更是出乎自身意料。他是真的不知道,自己的家人会怎样看待一点利益都不考虑、像这样奔走的自己。

"姑且不论雷金,感觉会被奥斯洛哥哥嘲笑啊……"

奥托分别想象着亲弟弟和亲哥哥的反应,轻轻地扬起嘴角。

奥托沉浸在感慨中,心想昴要是在这里,肯定会起哄说"这是死亡flag"吧。与此同时,他一边戒备亚兽,一边穿梭于都市的小巷。

由于大罪司教在防守控制塔,那么会对穿行于都市内的非战斗人员造成威胁的就是形态诡异的亚兽。只要足够警惕就能应付得来,这便是奥托在前往市政厅会合前于都市学会的生存策略——

所以,他面对的危险很少,现在不表现出非战斗人员的志气,更待何时?

"要是能这样骗过自己就好了。"

奥托用力抓住衣襟,猛烈的心跳令他苦笑着自嘲道。

魔女教,大罪司教,魔女教徒——对奥托来说,这些事物关联着可怕的记忆。一年前,他与昂等人相遇的契机和他险些丧命的记忆是表里一体的,他根本忘不掉大罪司教当时带给他的恐惧。

奥托忘不掉大罪司教"怠惰"那双对夺走人命毫不在乎的浑浊眼睛,忘不掉听从那个男人的命令、不顾痛苦献上自己血肉的狂热信徒,忘不掉自己在打从心底里期望获得别人帮助时,世界被寂静笼罩的无声孤独。

奥托从未感受过那么强烈的恐惧,从未像那样畏惧空虚。面对加菲尔时也好,逃避"猎肠者"追杀时也好,被魔兽群袭击时也好,与那时的恐惧相比根本不算什么——

与魔女教相遇,在奥托心中留下了如此强烈的心理阴影。然而,他今后肯定还会不可避免地继续直面这样的恐惧。在有可能面对这种恐惧的地方,他自愿决定了自己该去哪里。

奥托没法放着爱蜜莉雅、昂、碧翠丝、加菲尔、拉姆、弗雷德莉卡和佩特拉不管,他很喜欢这些少男少女。

奥托明明没打算老待在一个地方不动,可在不知不觉间,他已经舒服得不想走了。他明知有可能遇上自己最害怕的敌人,却难以离开这个地方。如果是为了保护这个地方,如果有必要和他们并肩作战,那他甘愿压抑恐惧,尽全力弥补大家的欠缺

之处,所以——

"我一定要想办法履行自己的职责。"

奥托向复原师所在之地进发,踩在街道上说出了决心。这既是为了鼓舞畏惧的心,也是说给"敌人"听的话语。

奥托停下了脚步,他的正前方站着一个小小的人影。

一座石桥横跨水路连接着对面的广场,小小的人影就站在那边。广场上有多个人影,但是在这一刻,奥托关注的只有其中站着不动的唯一一个人影。

四周的声音消失了,无比寂静,什么都听不见。生物们屏息不语,拼命隐藏自己,为了与世界融为一体而拼命挣扎。

奥托·苏文很清楚这种状况代表什么,所以即使眼前的人影耷拉着双手,甩动深褐色的头发转过身来,奥托的心跳依然惊人地——真的是非常惊人地平稳。

"欢迎光临,大哥哥。"

人影注视着奥托,嘴角向两侧咧出邪恶的弧度,凶恶地嗤笑起来。

"欢迎来到魔女教大罪司教'暴食'莱伊·巴登凯托斯的狩猎场。"

不该出现的大罪司教出现了,他在遍布尖牙的口腔深处舞动红色的舌头,嗤笑不止。

在水门都市里,预计之外的非战斗人员的殊死一战拉开了序幕。

[完]

The only ability I got in a different world "Returns by Death"
I die again and again to save her.

后记

我要向大家展示雷格鲁斯有多么恶心!

嗨,大家好,我是长月达平!也是鼠色猫!这个字号已经成标配了!(注:在这一集里,原版后记再次缩至仅一页篇幅,字号比正文的要小。)

于是乎,跟第17集相似的后记开始了,感谢各位这次也阅读了本篇的读者!各位觉得第18集怎样呢?

我认为,一直看到第18集的诸位"从零"读者应该知道吧,我很喜欢逆转类剧情!故事中深受打击的角色们越是不知道怎样才能站起来,他们战胜困境的瞬间就越是美好,我简直爱死这一刻了!

坊间不少人对"从零"的评价好像是"充满了郁闷剧情",但是在我看来,比起痛苦,后面的喜悦才是故事的主体!不过嘛,战胜的困境越是沉重、越是艰辛、越是尖锐,喜悦的净化作用就越是明显。

因此,我要忍着眼泪为故事的角色们施加苦难。无论是怎样的故事,在开始和结束之间必然存在战斗,这就是浪漫,是宿命。

所以,主人公们在本集内遭遇困境的同时,逆转故事也开始了。每一场战斗都波澜万丈,至于怎样逐一攻略毛病多多的敌人,敬请期待下一集的剧情!

那么,篇幅还是一如既往地紧张,接下来该进入惯例的致谢环节了。

责编I先生,上一集的激烈战斗场面并没有过去多久,辛苦您了。我前面写了,在开始和结束之间必然存在战斗,但这已经频繁到战斗和下一场战斗之间也有战斗的程度了啊。

负责插画的大塚老师,这次包括爱蜜莉雅更换服装在内,我在细节方面的要求太多,真是抱歉。不过,封面的婚纱版爱蜜莉雅自不用说,燕尾服版雷格鲁斯的脸被您画得欠揍到极点,非常感谢!

负责设计的草野老师,这都到第18集了,想不到还有新的惊喜。在期待下次和下下次的同时,我要感谢您,您这次的工作也棒极了。

《月刊Comic Alive》的第三章漫画已经进入高潮,负责该漫画的MATSUSE老师,还有负责《剑鬼恋歌》系列漫画的野崎TSUBATA老师,"从零"的漫画版都在好评连载中!我每个月都好开心!

还有MF文库J编辑部的各位、校对、各家书店、各家销售,以及很多很多人,真的承蒙各位照顾了,谢谢各位一直以来的关照!

此外,还有无数人给了我很多帮助,这是"从零"的基础,我有数不清的话想跟你们说,今后还请各位继续支持我!

最后,我要感谢一直支持我的读者,2019年还请多多指教!

2018年12月(抚摸着因繁忙而变胖的肚子。)

No.184

一百八十四号

「还有，怎么着？啊？确定参加第70届「札幌冰雪节」？这是什么意思，有什么联系啊？详情请查看在电影院上映的OVA第一部？开什么玩笑！当自己是谁啊？！居然这么耍我，别以为我会善罢甘休！」

「是的，您说得没错，夫君。」

「还没完！「2019札幌冰雪节」的小册子上写着「从零」将在LBC芬兰广场举办活动？意思是还请赏脸前来观赏？不就是刚好有空余的版块刊登吗，以为这样就能获得我原谅了？没有诚意啊，诚意！」

「是的，您说得没错，夫君。」

「最后是已经成为惯例的活动，从2019年2月起，将于涉谷丸井百货举办鬼姐妹的生日企划活动……啊，太不像话了！又是只能在这里获得的限定周边，又是特典！豪华展示又是什么？一个两个都没搞懂啊！」

「是的，您说得没错，夫君。」

「啊，干不下去了。我说啊，我已经累了，要去里面休息了。你们也赶紧收拾完，然后去休息吧。迟钝的人可不配当我的妻子。」

「是的，您说得没错，夫君。」

「哈哈，漂亮的回答。那我就先走了，我可是很忙的。」

「怎么不去死……」

（注：以上日期均为日本的发售时间。）

Re: Life in a different world from zero

雷格鲁斯

Regulus

「我说啊，我不知道这是下集预告还是什么破玩意，把我既没说过要做也没说过要接受的工作强塞给我，这究竟是什么意思啊？我倒不是不情愿，可是啊，我总得受到理所当然的关心吧？这是不让对方不开心的最低限度的礼貌吧？既然连这点礼貌都没有，那就表示认为对方不值得以最低限度的礼貌相待，这已经算得暴了吧？」

「是的，您说得没错，夫君。」

「再说了，想让我说什么啊？OVA第二部《冰结之绊》已确定将于电影院上映之类的？那是描写我的新娘七十九号和鼠色猫相遇的故事，但正经来看，还有更值得描写的场面吧？把我叫来了，这也太缺乏关心了吧？」

「是的，您说得没错，夫君。」

「还有啊，活干得太慢了。下一集什么时候发售？19集啊，19集！明年，2019年3月？跟短篇集第4集同月发售？以为这就算赔罪了吗？我说啊，时间是有限的，不论谁的时间都是有限的，居然想擅自且任性地夺走陌生人的时间，如果是正常人，肯定无法做到若无其事吧？这是病，是病啊。」

「是的，您说得没错，夫君。」